中華文化思想叢書

# 還原脂硯齋

## 上冊

歐陽健　著

# 目次

# 序

侯忠義

　　《還原脂硯齋》是一部文藝評論著作。不過，它評論的不是作品本身，而是對作品評論的評論。具體地說，是對《紅樓夢》的脂抄本及以脂硯齋為代表的評語的考證、辨偽和評價。為什麼要對脂抄本與脂評重新審視呢？那是因為它們確有來路不明、面目不清、語言不當之嫌。廓清關於脂抄本和脂批的種種霧障，必將迎來紅學研究的明朗的春天。

　　《紅樓夢》的評點遺產，其實是十分豐富的，而我們的研究卻很不夠。《紅樓夢》的評點史，自有它的體系和發展脈絡，其中卻不見脂硯齋的地位與影響。在程甲本之後，東觀閣書坊於嘉慶十六年（1811）最先出版了評點的《紅樓夢》，評語多達兩千多條，基本上達到與文本融為一體的程度，涵蓋了小說主題的把握、人物的品評及寫作技巧的分析等，保持了中國古代小說評點的基本格局，做到了文人自我欣賞和指導閱讀的結合。在東觀閣本之後，又相繼出現了王希廉、姚燮、張新之、蝶鄉仙史、劉履芬、黃小田等評點家，對於《紅樓夢》的傳播，作出了傑出的貢獻。他們對《紅樓夢》的評點，均以刻本的形式出現，且互相間多有參考和借鑒，獨獨沒有發現這些評本卻參考過脂批的直接證據，這對於出現在乾隆時期的各種脂抄本而言，難道不是一件不可思議的事情嗎？

　　《還原脂硯齋》一書就回答了這個問題。此書是作者一九九一年提出的「脂本乃後出之偽本」，「脂（硯）齋之出於後人之偽託」觀點

的基礎上，對脂硯齋研究的進一步深化和發展。北京大學一位理科教授對我說：科學研究應該「不迷信書本，不迷信權威，不迷信傳統」。我想，這話是符合科學發展實際的。本書作者不迷信權威，勇敢地向既定的成見發起挑戰，提出了否定紅學界維持了七、八十年成見的新觀點，實屬難能可貴。可以毫不誇張地說，本書是一部高水準的學術專著，它代表了當今紅學的新水準。

作者的寫作原則是，從事實出發，堅持實事求是、嚴肅認真的科學態度，審視有關脂硯齋的全部材料，包括對三千六百多條脂批，毫不遺漏地逐條加以辨訂；通過大量的資料和史實，對脂批的年代、性質和價值作出全面闡釋，最後還原出一個真實的、具體的脂硯齋來，從而得出一個比較可靠的結論。此書論述縝密，辨析細膩，針對性強，頗富說服力。

認識真理需要一個過程，這個過程現在已經開始。經過眾多學者的共同努力，為時不會很遠。因此，我衷心歡迎《還原脂硯齋》的面世。是為序。

二○○三年二月四日，時值羊年正月初四，立春
於北京大學

# 序

曲沐

　　歐陽健先生的紅學巨著《還原脂硯齋》，經數年的努力，業已竣事，在黑龍江教育出版社程俊仁先生的賞識與關愛下，由該社隆重推出，快要和讀者見面了，這是一件振奮人心的大事，也是紅學界一件認真辨偽、警世除弊的大事，可喜可賀！

　　我曾經說過：歐陽健先生的「紅學辨偽」，「實在是紅學史上的里程碑，具有劃時代的理論貢獻」。他之貢獻，主要在於揭穿了蠱惑紅壇將近一個世紀的脂硯齋這個「大偽」的本質，保衛了中華民族的文化瑰寶《紅樓夢》。著名作家徐遲曾經說過：「不批判這個祖師爺（脂硯齋），胡適就批不倒；批了脂硯齋，胡適不批也倒了。」（《紅樓夢藝術論》）這話儘管帶有「左」的餘緒，但卻說明了一個事實：脂硯齋確是胡適紅學理論的大支柱，摧毀這個支柱，胡適整個紅學理論大廈就會全然傾坍。我們並不否認胡適在中國近代史上的地位和他對中華文化的貢獻，但他的《紅樓夢》研究卻是失誤的，甚至還有一些「不完全出於輕信」的不解之謎。俞平伯曾說：「我看紅學這東西，始終是上了胡適的當。」這話當沒說錯。

　　我們知道，「新紅學」開山祖師的胡適一九二一年作《紅樓夢考證》，提出「曹雪芹自敘傳說」、「曹寅家世說」和「高鶚續書說」，這三大學說在當時並未形成「定於一尊」的全盛局面。況且這些學說是在批判「舊紅學」尤其是蔡元培《石頭記索隱》的背景下展開的，因之也受到蔡元培的抵制與詰難，這些詰難使胡適無以作答。所以，從

一九二一年五月至一九二七年八月長達五六年的時間裏，胡適的紅學研究是一片空白。

一九二七年，十六回殘抄本《脂硯齋重評石頭記》甲戌本出現了，由於這個本子的脂硯齋批語全面證實了胡適的三大學說，胡適遂將曾經否定了的這個「重評本」定為「海內最古的《石頭記》抄本」，「曹雪芹原稿本的過錄本」，從此，「新紅學」的理論大廈即矗立起來。「這一『巧合得令人蹊蹺』的獨特歷史景觀，可以讓我們作出兩種截然不同的認識選擇：其一，承認胡適的『先知先覺』，他不是一般的凡人，能夠『未卜先知』世上尚有大量『曹雪芹原稿本的過錄本』存在，來證實他的基本假設是『顛撲不破的真理』；其二，承認確有『好事者』為了迎合胡適的需要，偽造或部分偽造了脂本脂批，給胡適紅學觀點提供有力的佐證。」（吳國柱：《胡適紅學範式批判》，載《貴州大學學報》1998 年第 2 期）進入二十世紀九○年代之後，以歐陽健教授為首的一些有識之士擯棄前者而確認後者。

從甲戌本出籠的前前後後看，其一，它是在新舊紅學大論爭的智慧競賽中產生的，賣主想方設法賣給胡適，真可謂「智慧出，有大偽」（《道德經》），它之偽就在它是「迎合胡適考證的需要」，以偽證來證實胡適的學說的。其二，人們皆忽略了的甲戌本產生的社會狀況：二十世紀之初的上海灘，藏污納垢，人文背景十分複雜。就在民國十年前後，也就是甲戌本出現的前些時候，上海有些無聊文人掀起一股偽造「原本」、「秘笈」的惡浪。一九九七年第一期《上海灘》雜誌刊載的《舊上海出版商詐騙奇術》，披露了一些精心策劃的偽造秘笈的奇案，最典型的莫過於著名的《申報》、《新聞報》相繼刊登廣告宣傳「關中發現『武侯秘笈』」，曾經轟動一時，矇騙了很多人，「再版十餘次」，兩個作偽者撈了一大筆錢。有正書局則不僅將《紅樓夢》前八十回篡改加批後石印，打出《國初抄本原本紅樓夢》的幌

子，也將《聊齋誌異》篡改加批後石印，打出《原本加批聊齋誌異》的幌子向社會兜售（見楊海儒《有正本{原本加批聊齋誌異）對原著的肆意篡改》，載於作者《蒲松齡生平著述考辨》）。這個有正本的《原本紅樓夢》，矇騙了很多人，其中就包括胡適、俞平伯和魯迅，今天也還有人相信它。可惜的是，甲戌本賣書人的姓名被胡適掩蓋起來，他人不知，無法清查。所以常人難以理解：為什麼胡適將甲戌本秘藏了三十四年；為什麼在人們一再追問下他就是不肯公開賣書人的真實姓名、地址和身份！這也是為什麼一九六一年甲戌本影印出版後明眼人一下子就看出那麼多破綻；這也是為什麼一九九五年第二期《歷史檔案》公佈了保存在胡適收信的檔案夾裏的甲戌本賣書人胡星垣一九二七年五月二十二日寫給胡適的信以後，人們才大吃一驚：原來胡適有意隱瞞！原來甲戌本的出現的確有著不可告人的秘密！——人們只能這樣解釋。

由於甲戌本的得逞，載有脂硯齋批語的庚辰本、己卯本也相繼出現，胡適皆奉為真本，人們也跟著相信。然而，就是這些充斥著脂硯齋批語的脂本，卻給紅學界帶來空前的災難，它的最大危害就是否定和「糟蹋」已經流傳兩百餘年為廣大讀者所喜愛的一百二十回全璧本《紅樓夢》。脂硯齋不僅篡改《紅樓夢》的語言文字，篡改得「一團糟」、「一塌湖塗」，「亂七八糟，狼藉滿紙」，批語「很少三句不帶別字」，庚辰本「全書遣詞造句，拖泥帶水，黏皮搭骨，很少有幾句話說得乾淨俐落的，有時文理蹇澀，無論怎樣連貫不下去」（臺灣作家蘇雪林）；而且篡改《紅樓夢》的人物形象，歪曲賈寶玉，歪曲林黛玉，歪曲芳官，歪曲尤三姐……還加進一些攻擊少數民族的極端狹隘的語句。脂硯齋還為「自傳說」提供偽證，什麼「真有是事，真有是事」、「嫡有實事，非妄擬也」，什麼「作者與余實實經過」，什麼「鳳姐點戲，脂硯執筆」等等，其實都是一些違背文學基本常識的胡說。

他又偽「曹寅家世說」提供偽證，曹雪芹明明不避諱「寅」字，他卻
胡說避諱「寅」字。他更為胡適「腰斬」《紅樓夢》提供偽證，什麼
「書未成，芹為淚盡而逝」，其實就是套胡適「書未完而曹雪芹死
了」的話頭而來。又在二十二回批道：「此回未成而芹逝矣。」既然
「書未成」，既然曹雪芹寫了不足二十二回書，為什麼又一再透露
「佚稿」的內容，一再胡謅《紅樓夢》的結局情節彝所以脂硯齋的批
語造成了極大的混亂，極其嚴重地破壞了《紅樓夢》的本來面貌。他
的惡業還在於：由於其欺騙性，竟使得不少人如同「皓首窮經」那般
「皓首窮脂」，到頭來仍然是陷於一團迷霧。俞平伯曾經痛心地指
出：「一切紅學都是反《紅樓夢》的。」這個「反《紅樓夢》」的總根
子就是脂硯齋。克非先生說：「脂硯齋有罪」（《紅樓霧瘴》），其罪罄
竹難書！宛情先生也說：「對於《紅樓夢》來說，他（脂硯齋）是罪
人，對於曹雪芹來說，他也是罪人。」（《脂硯齋言行質疑》）然而，
就是這個作惡多端罄竹難書的脂硯齋，卻受到紅學家的頂禮膜拜。特
別是進入二十世紀八十年代之後，對脂硯齋的迷信達到了登峰造極的
程度。紅學家們在「新紅學」觀念的牢籠下，將面目不清的脂硯齋奉
為聖明，將來路不明的脂本奉為圭臬，將庸俗低劣的脂批奉為金科玉
律，於是，紅學界出現兩個「凡是」：「凡是與脂硯齋觀點不合的都
錯，凡是與脂硯齋提供的史實不符者都斥。嗚呼，哀哉！」（朱偉傑
《俗讀紅樓夢》沈仁康序）。「脂學」「曹學」「探佚學」相繼出現，這
些「學」的動機和目的便是否定程刊百二十回全璧本《紅樓夢》。比
如「探佚學」，根據脂硯齋一些別有用心的片言隻語，對所謂《紅樓
夢》「佚稿」作出了想當然的五花八門的推測和猜想，其結論的離奇
怪誕已經將《紅樓夢》糟蹋得不成樣子了。如今，脂硯齋的本子，根
據脂硯齋批語胡編的《紅樓夢真故事》，充斥書肆，魚目混珠，真假
難辨，尤其貽誤、青少年，而真正的全璧本《紅樓夢》卻被「湮晦」

了。這是令人痛心的。，現在該是徹底清算脂硯齋的時候了。早在一九七九年，徐遲就尖銳地指出：脂硯齋「庸俗、輕薄、惡劣、兇狠，首先跳出來給《紅樓夢》抹黑的就是他！只要不被偏見蒙蔽，任誰都能看透這個老奸巨滑」（《紅樓夢藝術論》）。由於徐遲當時尚未看出脂本的晚出和脂硯齋的作偽，所以他那些深刻而尖銳的話並未引起更多的重視。

「江山代有才人出。」二十世紀九十年代之初，歐陽健先生通過對脂本的詳細考察，以大量確鑿的事實證明「脂本乃後出之偽本，而程本方為《紅樓夢》真本」，使紅學界為之「震撼」。隨之展開的真假《紅樓夢》大論爭，脂本真偽之大論爭，程本與脂本孰先孰後孰優孰劣之大論爭，這都是歷史的必然。清代學者阮元有云：「學術盛衰，當於百年前後論陞降焉。」以胡適為旗幟的「新紅學」走過了將近百年的歷史，已經走到了它的盡頭，由於其「觀念」和「文獻」的悖謬與失據，由於其錯把奸佞當聖賢，錯把脂硯齋當成好人，導致其終究要衰敗的歷史命運，這是必然的。一些卓犖的有識之士，終究會識破脂硯齋欺詐的本質，終究會起而捍衛國寶《紅樓夢》，這也是歷史的必然。所以二十世紀之末由歐陽健的紅學辨偽所引發的這場學術大論爭，它的意義就在於這是一場「大是大非」、有關《紅樓夢》生死存亡的保衛戰。脂硯齋這個「大偽」的騙局，脂硯齋對《紅樓夢》所造成的危害，不能讓其再繼續下去了。只要你是熱愛《紅樓夢》的，就必然會痛恨脂硯齋，不能容忍脂硯齋；只要你知道了脂硯齋的危害，就會起而捍衛《紅樓夢》。脂硯齋和曹雪芹，脂硯齋和《紅樓夢》絕不能同時並存，要熱愛和保衛《紅樓夢》就得清除脂硯齋，只有清除脂硯齋，才能有效地保衛《紅樓夢》，哪怕有些人至今尚未覺醒。

我也曾說過：歐陽健先生的紅學辨偽，是出於一種崇高的感情，具有崇高的愛：愛曹雪芹的偉大天才，保衛其創作不被脂硯齋糟蹋與

「抹黑」；愛全璧本《紅樓夢》的藝術美質，保衛其完整性不被「新紅學家」割裂和「腰斬」；愛且能理解程偉元的「苦心」，保衛其功績不被胡適歪曲和抹煞。由於懷有崇高的感情和崇高的愛，他就有膽識「敢於在向來不發生問題的地方發生問題而不喪氣於他人的攻擊」（顧頡剛語）。如果說他的《紅樓新辨》和《紅學辨偽論》是在重重攻擊中已經果決地揭開了脂硯齋的面紗，那麼，《還原脂硯齋》這部堅實的力作，就是全面而徹底地揭露出脂硯齋的真實面孔，將他的本質展示在觀眾面前。正是「懲其惡稔之時，顯其貫盈之數」（《文心雕龍》），使人人都知道脂硯齋之惡貫滿盈，使他再也矇騙不下去了。真理是不怕攻擊的，我們歡迎具有實力的攻擊，然而始終沒有！我相信，若是還有什麼「攻擊」的話，也不會有什麼紮實的力度，因為閉著眼睛不看事實的人畢竟是少數。

《還原脂硯齋》的最大特點是靠事實說話，充分尊重原始材料的客觀性。所謂「原」，即是原始面貌和真實狀態；「還原」，就是在詳細清理文獻的基礎上，形成對歷史原貌的活生生的體認。作者堅決摒棄「以論代史」和「觀念先行」，更不作「大膽的假設」，完全遵循學術研究的客觀規律，將自己先前的觀點暫時擱置一邊，一切從零開始，從源頭開始，從根腳開始，直面有關脂硯齋的全部材料，原原本本地進行整理、鑒別、審查和分析工作。可謂「沿波討源，雖幽必顯；世遠莫見其面，覘文輒見其心」（《文心雕龍》），循蹤溯源，尋微探幽，深刻而清晰地探究出脂硯齋的方方面面，「還原」出一個真實的、具體的、任何人都會認可的脂硯齋。《還原脂硯齋》運用現代科技，真正將脂硯齋徹底「量化」了。它將甲戌本、己卯本、庚辰本的脂批全部匯總，每條批語都不放過，對脂硯齋的每一個問題，諸如脂硯齋的家世、秉性、素養、時代，都是根據全部有關脂批進行辨析；特別是「脂硯齋和曹雪芹」、「脂硯齋和紅樓夢」、「脂硯齋和紅學」等

章節，通過「量化」，使人們看清了脂硯齋的本來面目：他不是曹雪芹的「同時人」和「至愛親朋」；不是《紅樓夢》創作的「知情者」「參與者」和「指揮者」。現代科技成果表明：「量化」是學術研究的必由之路，任何「質」的規定性，沒有必要的「量化」，是難有準確性可言的。從《還原脂硯齋》中我們會看到，脂硯齋沒有任何逃匿的空隙，全部在作者的視野把握之中，不但靠「事實說話」，也靠數位化了的「量化說話」。這就使人覺得那些只靠攫取脂硯齋的片言隻語，就在那裏奢談什麼「曹學」「脂學」「探佚學」和「版本學」，是何等的膚淺與片面！真的要談這些所謂的「學」嗎？就請你好好看看《還原脂硯齋》，這才是真正的「曹學」「脂學」和「版本學」！應該說：這是「新紅學」以來第一部真正將脂硯齋進行「量化」研究的學術著作，使你不服也得服，使你幾乎再無遊移的餘地，這就是這部大書的力量所在，這才是真功夫、真本領、真知識、真學問。沒有這些優良、過硬的的學術素質，是寫不出這部學術巨著的。

我也佩服作者思辯能力和審視能力之強。他發現脂批有兩種類型：一種是脂本上所特有的脂批，一種是大量抄自有正本而署上「脂硯」「脂研」「指研」「脂齋」的批語。紅學界都知道，有正本的批語多半是有正書局老闆狄葆賢加的，也有聘請的「小說評點家」所加，這些都成了脂硯齋剽竊的對象。脂批實際上是脂硯齋意識的外化，從批語中可以看出脂硯齋意識的流動過程。人的意識分顯意識和潛意識。當脂硯齋有意識為胡適提供偽證時，他就在脂本加了一些特有的脂批，這些脂批是極受紅學家們青睞與尊崇的，然而恰恰就是這些脂批才是最最沒有道理的，是最最違背文學基本常識的，他的辮子很容易被抓住。比如書中舉到最常見的一條脂批「……再出一芹一脂」就極為不通，因為這時脂硯齋還沒死，「再出一芹一脂」不就有兩個脂硯齋了嗎？類似這種「不通」「不合道理」者比比皆是，隊們都在不

經意當中相信了，如今一經歐陽點破，才始覺大有恍然了悟之感。再比如，脂硯齋為了證實曹雪芹「自傳說」「家史說」，就把自己打扮成「石頭」和「寶玉」，於第二十七回眉批告訴人們他是「從《石頭記》化來之人」，彷彿是曹雪芹也是賈寶玉活在世上批書改書，這顯然是其顯意識自覺的作偽行為，是在騙人，因為誰都不可能從《石頭記》「化來」。可是，當他由於書中情節的感染，不自覺地下意識流露時，就會暴露出一些真實的情況。脂批中共用了四十五個「近」和「今」，這是針對「遠」和「古」時的曹雪芹與《紅樓夢》來說的。脂硯齋所肯定的「近之小說」中的「千伶百俐」和「這妮子」，作者舉出八九種小說，都在《紅樓夢》之後，脂批中用了十七個「諸公」，他所批評的「諸公」，多是針對王希廉等評點派說的。脂硯齋所謂「重評」，不是自己第二次評，也是針對光緒年間評點派說的。有些批語如「閒閒」「歎歎」「特特」「傷心落淚」「不寫之寫」等襲之張竹坡；有的批語又是從一八八七年《夢癡說夢》引來的。這些發現和論證都是很有說服力的。所以根據脂硯齋抄襲一九一二年有正本判斷，脂硯齋定在一九一二年之後；再根據脂本的出籠是為了「迎合」一九二一年胡適考證的需要判斷，脂硯齋定在一九二一年之後。脂本是一九二七年出現的，則脂硯齋之作偽定在一九二一至一九二七年之間。俞平伯說過：「人人談脂硯齋，他是何人，我們首先就不知道。」可見這個「紅壇一怪」的脂硯齋，距離曹雪芹是很遠很遠的，毫不沾邊。歐陽還用字跡辨別法，發現脂本上的批語有的是偽託的；「左綿癡道人」孫桐生三十多條眉批，筆跡根本就不是孫桐生的；甲戌本上劉銓福的跋，位置和佈局均不合理，顯然是後來所加；夢稿本上「蔭墅閱過」，也是出自楊繼振之手，夢稿本不是《紅樓夢》稿本，也不是程偉元、高鶚修改過程中的稿本，更不是付刻的底稿。我向他詢問：戚蓼生的「序」很可能是後人偽託，歐陽兄從「序」的內

容和乾嘉學風等方面考察，認為偽託的可能性極大。此事尚「俟後之觀者」。就是常被看重的支撐脂硯齋的《棗窗閒筆》，作者通過對「捐納」制度的考察斷其抄寫製作在「光緒之後」；再對宜泉行止、服官、家世、官宦生涯、任職情景的詳細考察，廓清了《春柳堂詩稿》說之曹雪芹，肯定不是寫《紅樓夢》之曹雪芹，於「曹學」毫無價值。有正本第四回回前詩：「作者淚痕同我淚，燕山仍舊竇公無」，「竇公」為誰彝紅學界相互因襲，皆將「竇公」說成五代之竇禹鈞，歐陽經仔細考察，指出實乃指東漢之竇憲，舉證極為詳盡，解決了作詩的批者是現代人的關鍵問題。這些都可以看出作者紮實的功力，發揮了作者在小說文獻、小說版本研究方面的專長，對於有關「曹學」、「脂學」材料的證偽證實，都有非常新穎的見解，發前人之所未發。《還原脂硯齋》還有許多新的發現。最有趣的是脂批「今而後惟願造化主再出一芹一脂」，這條脂批太被紅學家看重了，然而這個「造化主」卻是現代詞彙。歐陽吸收臺灣劉廣定先生的論見，使用現代「數位化」技術，並用《國學寶典》軟體進行查找，查到中國古籍兩千多個「造化」，就是沒有「造化主」一詞，這個詞彙最早是一九○二年梁啟超在一篇文章中第一次使用的，從而證明劉廣定先生的見解是正確的。歐陽還發現：脂批有十一個「阿鳳正傳」，這些「阿鳳正傳」都是仿傚魯迅一九二一年寫的《阿Q正傳》而來。

這些發現眼光十分銳利，真正是「褪其華袞，還其本相」，還原出一個「本相」的脂硯齋。脂本和脂批真可謂狼藉不堪，滿紙塗鴉，胡適當年實在不該妄斷三脂本的干支繫年為「乾隆甲戌」「乾隆己卯」「乾隆庚辰」，此一錯斷，就誤導了近百年，可悲、可笑又可歎！所以我十分欽佩《還原脂硯齋》資料之全和審視力之強，由事實所闡發的真理的顛撲不破。我還敬佩作者的氣度之不凡。如實的展示，客觀而冷靜的分析，既無「情緒化」的偏頗，也不借機批判不同觀點的

人，更不作武斷性的斷語，決不使用「荒謬之至」、「不值一駁」之類無禮的用詞。書中引用大量事實和例證，層層剝筍，步步推進的論證方式，自始至終讓讀者從事實和例證本身得到啟發和教益，自然而然地接受書中的觀點。

我也十分欽佩作者論證問題的準確性和生動性。《還原脂硯齋》儘管以文獻資料取勝，但並不枯燥，讀來是那樣耐讀，那樣引人入勝。這不僅因其附有許多精妙的書影可供直觀，就是論述文字也相當精彩。當我讀到論述脂硯齋過錄有正本批語時，書中歷數其「錯字」「奪字」「衍文」「增文」「避諱」等毛病，越看越愛看，特別在看到「避諱」一節，作者引用《中國古代避諱史》中史料，列舉《乾隆朝上諭檔》中記載王侯錫疏忽避諱在被砍頭之前，刑部的審問記錄，用這種「審問」格式「審問」曹雪芹，看看曹雪芹能否不怕砍頭膽敢不避諱，能否通過刑部這一關，看到此處，簡直使我忍俊不禁，笑個不住：為所引史料的清晰性和論證的準確性與生動性而高興地發笑；也為那種以想當然代替學問，自以為是說什麼小說可以不避諱，說什麼曹雪芹有反封建思想可以不避諱，以此虛妄的意念來為脂硯齋圓謊的可笑而發笑。所以，這部書的精彩之處太多了，美不勝收。

這些年來，由於參與歐陽兄「紅學辨偽」事業，感受良多。他之為人，他之學識，他之氣度，他之胸襟，均使我深受感染和教益，尤其在他受到攻擊與詆誣的時候，從不計較個人得失，處順境而不驕，處逆境而不餒，表現出度量大、胸懷寬，總是站得高，看得遠，不存芥蒂，不忌前嫌，並能從對立觀點和反對文章中發現他人的長處，消除隔膜，化解敵意，尋求對話空間，因之常使我為之讚歎。其實，他的學術人生，常在逆境中涵泳，壓力愈大文章愈富有光彩。我也很欣賞他的那些爭辯文章；我想，如果沒有經受「全面批駁」的洗禮，或許就沒有《還原脂硯齋》這部恢弘而堅實的力著。而且我知道，《還

原脂硯齋》都是在非「得意」的心境下寫成的，他極善於將平時的「不快」和「壓力」化成決心和力量，鎔鑄在學術的著述之中，與研究對象交成朋友，深入對象的「靈魂」深處，探究對象的究竟和底裏，廢寢忘食，樂而忘憂，由是寫出了這部光輝的著作。古人所謂「發憤所為作」，又云：「文章憎命達」，可能就是這個道理吧。

　　由是不由得想起我們的友誼，常使我感到溫馨與懷想。一九九七年吳國柱兄、我與歐陽兄共同撰寫《紅學百年風雲錄》，我們合作的是那麼默契和愉快。歐陽統領全域，抉疑開滯，為全書定下「立意要高，資料要全，氣度要大」的基調，我們一致贊同並嚴格遵守；他反覆告誡也要求我們既然是寫史，就要沖淡「情緒化」，以包容的氣度和平靜的心態來觀察和對待一切，力戒作絕對性斷語，我和國柱自然從風景慕，學習他的榜樣。國柱常說：「沖淡情緒化太難了」，我也有同感，但終究還是這樣做了，如今回過頭來想一想，真覺得歐陽學術風格和思想境界的高標與超群，確有大家風範。我也想起一九九六年與歐陽兄共同整理校注亞東本《紅樓夢》（貴州人民出版社出版）的前前後後。我說：「這次以我為、主，你就委屈一下了」，他是那樣高興而坦然地接受，合作的是那樣默契和愉快，有誰能像歐陽那樣寬厚和無私呢彝我常想，一個人要是汲汲於個人得失，一點虧也吃不得，那是很難相處的，學術界因合作而翻臉者不乏有人；而我們和歐陽兄多年的合作，卻是愈合作愈親密、愈合作愈愉快，每次合作都留下許多值得感懷的友誼情結，這不能不說是歐陽人品的君子風度使之然也。讓我們為歐陽《還原脂硯齋》這一新的學術成就而祝賀，也祝願我們的友誼歷久彌深！是為序。

二〇〇三年二月十二日於
貴州大學百薈書屋

# 自序

　　紅學是研究小說《紅樓夢》的學問，又是一門不斷演變發展的學問。不同的時代，有不同的紅學。不同時代的學者，將賦予紅學不同的內涵，並取得不同的研究成果。

　　徐兆瑋《遊戲報館雜詠》云：「說部荒唐遣睡魔，黃車掌錄恣搜羅。不談新學談紅學，誰似蝸廬考索多？」自注：「都人士喜談《石頭記》，謂之紅學。新政風行，談紅學者改談經濟；康梁事敗，談經濟者又改談紅學。戊戌報章述之，以為笑噱。」（一粟：《紅樓夢卷》，中華書局，1963 年，頁 404）據李放《八旗畫錄》介紹，「光緒初，京朝士大夫喜讀《紅樓夢》小說，且「自相矜為『紅學』」（《紅樓夢卷》，頁 26）；當康有為、梁啟超新政風行之時，喜談「紅學」的都人士都改談起「經濟」（其時之「經濟」與今日之「政治」同義）來了；一旦維新變法宣告失敗，趨時者又紛紛改談遠離政治的「紅學」了。《遊戲報》是李伯元光緒二十三年（1897）在上海創辦的第一張小報，「或託諸寓言，或涉諸諷詠，無非欲喚醒癡愚，破除煩惱」（《論〈遊戲報〉之本意》），「戊戌報章」以此發為「笑噱」，在看重《紅樓夢》政治歷史意義的今人看來，顯然是很難理解的。──這就是十九世紀的紅學。

　　一九二一年，胡適先生發表《紅樓夢考證》，通過「作者」與「本子」的探考，構建了以「自敘傳」為核心的「新紅學」，將「紅學」由士大夫的業餘愛好，提升為一本正經的大學問。然而，已經逝去的八十年，既是「現代紅學」日趨興盛的時期，又是不同觀點「聚

訟而如獄」的時期。一個無庸置辯的事實是：與學術爭鳴推動學科前進的普遍規律相反，各家各派都極為投入極為動情的紅學論爭，不僅沒有解決包括作者生平、版本源流、文本解讀在內的所有難題，反而使相互間的歧義越出越多。——這就是二十世紀的紅學。

當新世紀、新千年降臨之際，人們都企盼著紅學出現全新的局面，至少是能走出那「越研究越糊塗」的怪圈。《紅樓夢學刊》二〇〇〇年第一輯〈走進 21 世紀——部分紅學家新世紀寄語〉的筆談，對新世紀紅學抒發了美好的祝願。然而，新千年的日曆揭了一張又一張，紅學界什麼奇跡也沒有出現。看來，想解開那煩人的「紅學死結」，光有美好的意願是不夠的，還得從根本上下功夫才行。

二十世紀紅學的問題在哪裏？就在那位「人人談講脂硯齋，他是何人，我們首先就不知道」（俞平伯：《脂硯齋紅樓夢輯評引言》，上海文藝聯合出版社，1954 年）的人身上。脂硯齋既是「新紅學」的最大功臣，又是所有紅學公案牽扯不清的癥結所在。

胡適先生為新紅學奠基的時候，他的體系尚處於「大膽假設」的狀態。由於缺乏堅實文獻的支撐，不僅受到傳統型學者的頑強抵制，信奉嚮慕者亦甚為寥落。六年後的一九二七年八月十二日，他忽然給錢玄同先生寫了一封信，萬分興奮地報告說：「近日收到一部乾隆甲戌抄本的脂硯齋重評《石頭記》，只剩十六回，卻是奇遇！批者為曹雪芹的本家，與雪芹是好朋友。其中墨評作於雪芹生時，朱批作於他死後。有許多處可以供史料。有一條說雪芹死於壬午除夕。此可以改正我的甲申說。敦敏的挽詩作於甲申（或編在甲申），在壬午除夕之後一年多。（也許是『成仁週年』作的！）又第十三回可卿之死，久成疑寶。此本上可以考見原回目作『秦可卿淫喪天香樓』，後來全刪去天香樓一節，約占全回三之一。今本尚留『又在天香樓上另設一壇（醮）』一句，其『天香樓』三字上不著天，下不著地，今始知為刪

削剩餘之語。此外尚有許多可貴的材料，可以證明我與平伯、頡剛的主張。此為近來一大喜事，故遠道奉告。」（《胡適紅樓夢研究論述全編》，上海古籍出版社，1986年，頁147，版）由於得到脂硯齋的支持，「新紅學」的大廈方才真正矗立起來。非怪到了一九六一年，胡適先生還滿懷深情地說：「我們現在回頭檢看這四十年來我們用新眼光、新方法搜集史料來做『《紅樓夢》的新研究』總成績，我不能不承認這個脂硯齋甲戌本《石頭記》是最近四十年內『新紅學』的一件劃時代的新發現。」（《胡適紅樓夢研究論述全編》，頁317）

當代的紅學家對脂硯齋更是推崇備至。周汝昌先生提倡的「真正紅學」的四大支──曹學、版本學、探佚學和脂學，都依恃於脂硯齋的絕對權威；馮其庸先生對脂硯齋也有極高評價：「《石頭記》最早以抄本形式流通於世時，就是以『脂硯齋重評』的名字流傳的，再往前一步講，曹雪芹在寫作《石頭記》時，就是有脂硯齋參與的，所以研究《石頭記》的人，沒有不知道脂硯齋的，可以說，脂硯齋與《石頭記》的關係，僅僅次於它的作者曹雪芹。脂硯齋不僅僅是因為他參與過《石頭記》的寫作和修改而顯得重要，更重要的是他是《石頭記》最早的評論者，而且他最知作者的底裏。」馮先生將脂評的重要性概括為：1、脂評透露了作者的家世；2、脂評透露了作者創作、修改的情況和所寫的某些本事；3、脂評透露了《石頭記》八十回以後的某些情節；4、脂評突破了傳統的文藝思想，提出了朦朧的文藝典型論；5、脂評作者本身還兼有一定程度的作者的身份，兼有小說情節和人物的素材的身份，也即是過來人的身份：「由於脂評的這種特殊重要性，所以它在《紅樓夢》研究中，自然就具有十分重要的位置了。」（《石頭記脂本研究》，人民文學出版社，1998年，頁14-28）

脂硯齋對「新紅學」體系既如此重要，我的第一篇質疑文稿在《復旦學報》一九九一年第五期發表後，立刻受到了紅學界的由衷反

對。宋謀先生說：「他說脂硯齋出於偽託，倒使我大吃一驚：難道胡適、俞平伯、吳世昌、周汝昌等人辛苦幾十年，竟是落入了某一個學術騙子的迷魂陣，鬧了一場天大的笑話嗎？」（〈脂硯齋能出於劉銓福的偽託嗎？〉，《紅樓夢學刊》，1993 年第 3 輯）光之先生說：「歐陽健不僅通通否認了脂批及其重要的文獻資料價值；而且連我們至今看到的具有可貴價值的《紅樓夢》早期抄本，都一下子貶成為廢紙。脂硯齋更大倒其黴，他在我們心目中的形象全破壞了。」（〈關於脂評及脂本的「辨析」問題〉，《紅樓》，1994 年第 3 期）賈穗先生則說：「打個比方說，歐陽健先生算是扔給了紅學界一顆當量頗不小的原子彈，冉冉爆炸，連站在紅學這片土地最邊緣的人，也足以感受到其強大的衝擊力，這自非小事，誰都不敢等閒視之。」（〈紅學考據三議〉，《紅樓》，1994 年第 4 期）想起新紅學開創者顧頡剛先生說過，他有「敢於在向來不發生問題的地方發生問題而不喪氣於他人的攻擊」的勇氣（《顧頡剛選集》，天津人民出版社，1988 年，頁 77），對自己這種「不合時宜」的舉動，我也毫不後悔與懊喪。我堅信，有關脂硯齋的爭論不光是紅學的「熱點」，而且是紅學的重點，是誰也甭想繞開的紅學的最大關鍵。二十世紀的紅學公案成千累百，脂硯齋卻是公案中的公案，千百公案中最大的公案。試看形形色色的「紅學熱點」，有誰不借脂硯齋以為護法？又有誰不是附著在脂硯齋「皮」上的「毛」？不對脂硯齋進行全面徹底的清點，所有紅學是非都不可能得到起碼的澄清。

時間轉瞬過去了十二年，只要對世紀之交的紅學苑地稍作掃描，便可感知脂硯齋的根基依然十分穩固。一位友好人士對形勢的最佳估價，是雙方「打了個平手」。但事情不應該就此了結，也不應該久拖不決。二十一世紀該有二十一世紀的紅學，它必須在解決脂硯齋的基點上行進；而要真正解決脂硯齋問題，唯一可行的選擇就是對話。我

們應該追求如下的最佳境界：當時人的高見深契己心的時候，我們將報以會心的讚賞；當他們的觀點與己偶有不合的時候，又將以友善的態度作心平氣和的商兌。這種真正的學術對話，乃是推動研究深入的觸媒與動力。

為了實現平等對話的目標，除了創造寬鬆的學術環境、宣導寬容的學者胸襟，還需要提供現實的物質基礎，那就是對文獻材料的充分把握與全面共用。記得一九九一年八月貴陽「紀念程本《紅樓夢》刊行二百週年學術討論會」上，楊光漢先生聽了我的質疑後，即席發表了如下意見：「一、這是《紅樓夢》版本學中的全新觀點，若能經過充分的科學論證而確立，紅學史要重新改寫。二、祝願此說能獲得最終的確證，果爾，我本人有勇氣否定自己所寫的脂本有牽涉的全部文章。三、但要確證這一新說，任務極為艱巨，而現有的論證，還很不充分。歐陽先生需要面對兩個方面的嚴峻挑戰：一是現存十一個脂抄本上有上萬字的異文及近八千條脂批，對此，尤其是對其中的於新說不利的每條異文和脂批均不能迴避，均需作出充分的解釋（包括推翻前此一切研究者所作的各種解釋）。二是準備接受現今幾乎所有的紅學家的反詰。」（《孫桐生研究》，巴蜀書社，1993 年，頁 54）這是我十一年中聽到的最有學者風度的講話。楊先生的意見之所以可貴，就因為他尊重了學術研究的普遍規律。對於脂硯齋，研究者面對的是「現存十一個脂抄本上有上萬字的異文及近八千條脂批」，從這一共同的基點出發，相互間的共同點本應超過不同點。即或一時產生了分歧，也不難找到解決的途徑：比如看看在材料的掌握上，是否存在全面片面的問題；看看在材料的詮釋上，是否存在角度層面不同的問題……，然後本著實事求是的態度予以處置，就不會有近乎意氣的「觀念」衝突了。

接受楊光漢先生的建議，我決心嘗試來「還原脂硯齋」。暫且將

脂硯齋的分歧擱置一邊，一切從零開始，從源頭開始，從根腳開始，重做材料的整理、鑒別、審析、還原。「原」，指的是原始面貌和真實狀態；「還原」，就是在充分清理文獻的基礎上，形成對歷史原貌的活生生的體認。文獻工作，就性質而言是客觀的，就價值判斷而言是中性的，這與胡適先生所說的「處處想撇開一切先入的成見；處處存一個搜求證據的目的；處處尊重證據，讓證據做嚮導，引我到相當的結論上去」，在精神上是相通的。我特別想做到的是：直面有關脂硯齋的全部材料，揭示所有被忽略的重要細節，既注意宏觀的對於全域的包舉，也注意微觀的對於個案的剖析；既不迴避任何一條關鍵性的脂批，也不放過任何一條有問題的脂批。在「對話」中，堅決摒棄「荒謬之至」、「不值一駁」一類無禮的話語。因為是否荒謬，只有「事實」才能證明；是否不值一駁，只有「駁過」才見分曉。為了便於自己的引用和查對，也為了便於讀者的複按和利用，我將甲戌本、己卯本、庚辰本的批語對照原本逐條輸入電腦，每條批語都冠以版本代號，標出類型，注明序號，這就真正弄清了脂硯齋的「底裏」，改變了俞平伯先生所說「看了這本，丟了那本；找到那本，又忘了這本」的窘狀。從此，脂硯齋的一言一行、一枝一節都在掌握之中，我們可以隨時對他進行探訪、諮詢、審查乃至拷問，最後在文獻的基礎上，按照公認的學術規則，「還原」出一個真實、具體、任何人都認可（甚至是不能不認可）的脂硯齋。這就是我將本書由原定《透析脂硯齋》改為《還原脂硯齋》的原因。

本書既以還原史實為旨歸，勢必大量引用原始文獻，為保證陳述的客觀性，盡可能不作人為的處理，徹底避免張冠李戴、移花接木，堅決杜絕斷章取義、斬頭去尾，從而使願意陪我走完「還原」全程的讀者，能夠隨時對我進行核對總和監督，並為仍未被說服的讀者作另一方向的思考提供便利。為了展示證據的原始狀貌，本書還插入了一

百來幀大小書影，這也可算是對可讀性不強的一種補償罷。

　　詩曰：

　　　脂硯何人稱死結[1]，

　　　倖存批語可還原。

　　　邀君縱覽復條辨[2]

　　　有疑請觀總匯篇[3]

---

1　劉夢溪先生《紅學》（文化藝術出版社，1990年）一書，將「脂硯何人」、「芹係誰子」、「續書作者」並稱紅學的「三大死結」。他說：「脂硯何人？無論說是叔父也好，舅父也好，曹也好，棠村也好，曹雪芹自己也好，史湘雲也好，都不過是一種猜測，而且是證據並不充分的猜測，不僅在研究者中間達不成一致，更主要的是每一種立說本身就沒有實證的支持，……這三個死結，從已經知道的材料看，無論從哪個角度立說，對材料作怎樣的分析，都無法對脂硯何人、芹係誰子、續書作者這三個問題，作出確切的答案。除非發現新的材料，否則這三個死結就將繼續下去，難都休想解開。」（頁334-335）

2　我〈關於脂批的「針對性」和鋒芒所向〉一文在《紅樓夢學刊》一九九九年第四輯刊出，透露了撰寫《透析脂硯齋——脂批條辨》的意向，胡文煒先生在《紅樓夢學刊》二〇〇〇年第三輯發表〈「條辨」與「縱覽」〉一文，希望本書「不僅僅是『條辨』，而且更是『縱覽』」。我萬分感激他的美意，並仔細思考過他提出的所有問題。

3　本書備考附有《脂批總匯》，將全部脂批逐條謄錄校訂，原批的錯字、別字、漏字不作任何改動，讀者如果發現《脂批總匯》有許多錯別字，千萬不要以為是校對的粗心。脂硯齋既然將「黛玉」寫成「代玉」，將「鳳姐」寫成「風姐」，將「紅樓夢」寫成「紅縷夢」，甚至將「脂硯」寫成「指研」，總應該有他的原因；我們要思考的是他之「所以然」，而不是急急忙忙幫他改錯別字。俞平伯先生的《脂硯齋紅樓夢輯評》、朱一玄先生的《紅樓夢脂評校錄》、陳慶浩先生的《新編石頭記脂硯齋評語輯校》已久不再版，本書所附的三篇〈總匯〉，或可暫時起到替代的作用罷。

# 第一章
# 脂硯齋的存在

## 第一節　脂硯齋是「存在」的

有人聽說脂硯齋受到了「質疑」，便大惑不解地問道：「難道你認為脂硯齋也是假的嗎？」

——這完全是誤會。如今提出「還原脂硯齋」的任務，實際上就是默認了如下的前提：確實有過一位叫做「脂硯齋」的人，他在某個時候確實「抄閱點評」過《紅樓夢》。這就是說，脂硯齋是「存在」的；現存的幾種《脂硯齋重評石頭記》抄本，就是最實在的證明。

與一些小說作者題「齊東野人」、「西泠狂者」相仿，「脂硯齋」也是人的別號。他們出於某種考慮，不願亮出真名實姓，故有題署別號之舉。孟子說：「誦其詩，讀其書，不知其人，可乎？」對於研究者來說，縱然確認了這位脂硯齋的「存在」，並不能使他們感到滿足。因為不弄清他的真實身份、生活年代、生平經歷，不知道他的性格秉賦、思想見解、藝術情趣，——一句話，不弄清別號背後所代表的自然人，「脂硯齋」充其量只是沒有內涵的符號，比起不署名來也好不到哪裏去。為了紅學的深化，需要的是活生生的、具體實在的、可以觸摸的脂硯齋，需要的是搞清他在《紅樓夢》創作、傳播、接受中的作用。

正是懷著讓「脂硯齋」的內涵充盈起來的真切願望，紅學家一直在苦苦地探索和追尋。通過三代紅學家的努力，對於「脂硯齋」逐漸形成了較為穩定的說法，亦即為公眾認可的「紅學常識」。下面舉兩

本較有權威性著作的表述：

一本是馮其庸、李希凡先生主編的《紅樓夢大辭典》（文化藝術出版社，1990 年），其「脂硯齋」條云：

《紅樓夢》（《石頭記》）早期抄本上有署名脂硯齋的評語。甲戌本每冊書端題名為「脂硯齋重評石頭記」。第一回楔子云：「至脂硯齋甲戌抄閱再評仍用《石頭記》。」甲戌是現在已知記述脂硯齋評語最早的年代，為一七五四（乾隆十九年），但已是「重評」、「再評」，初評的年代尚難考定。又庚辰本每冊回目後均標明「脂硯齋凡四閱評過」。脂硯齋是曹雪芹生前創作《紅樓夢》時做評語最多的一個。從批語看，脂硯齋不僅是《紅樓夢》思想藝術方面的評點家，而且他了解曹雪芹的生平家世，熟知《紅樓夢》的創作過程，參與過小說的抄閱、對清等工作，在語詞的音、義和八十回後的情節內容上做了提示，並提出過修改意見，而且脂硯齋的名字，被曹雪芹直接寫入小說的正文和題目中。因此，脂硯齋與曹雪芹及《紅樓夢》的創作有著非常密切的關係。由於有關曹雪芹生平家世的材料所知甚少，脂硯齋究竟是誰，迄今尚無定論。有曹雪芹本人說，胡適於《胡適論學近著》中說，「脂硯齋即是《紅樓夢》主人，也即是他的作者曹雪芹。」胡適《跋乾隆庚辰本脂硯齋重評〈石頭記〉抄本》中認為，「『脂硯』只是那塊愛吃胭脂的頑石，其為作者託名，本無可疑。」俞平伯《紅樓夢簡論》亦說：「我近來頗疑脂硯齋即曹雪芹的化名。不然，作者作書時的心理旁人怎得知。」有史湘雲（亦即曹雪芹表妹、妻子）說，周汝昌《紅樓夢新證》主此說。有曹雪芹堂兄弟說，胡適《考證〈紅樓夢〉的新材料》中認為：「評者脂硯齋……大概

是雪芹的嫡堂弟兄或從堂弟兄」。有曹雪芹叔父說，清代裕瑞《棗窗閒筆》云「曾見抄本，卷額本有其叔脂研齋之批語」。近人吳世昌等力主此說。脂硯齋有時又自稱脂齋、脂硯、脂研、脂硯先生。脂硯齋及在早期抄本中包括畸笏叟、梅溪、松齋、棠村等的批語，簡稱「脂評」，批語分眉批、行間側批、雙行夾批等，數量達八千條之多。脂評對研究曹雪芹和《紅樓夢》有著重要的作用。脂評是繼李（卓吾）評、金（聖歎）評、張（竹坡）評之後，關於中國古典小說的最有影響的文藝批評。（頁 979-980）

　　一本是王運熙、顧易生先生主編的《中國文學批評通史》清代卷（上海古籍出版社，1996 年），其第十一章第五節「脂硯齋評《紅樓夢》」云：

《紅樓夢》早期以鈔本形式流傳。一九二七年，胡適購進一部《脂硯齋重評石頭記》（甲戌本），以後人們又陸續發現多種脂評本《石頭記》，它們是《脂硯齋重評石頭記》己卯本、庚辰本，《戚蓼生序本石頭記》（又稱有正本、戚序本）、《戚蓼生序南京圖書館藏本》，《蒙古王府本》（簡稱蒙府本），《夢覺主人序本》，《乾隆抄本百廿回紅樓夢稿》（前八十回），《程元煒序本》，《鄭振鐸藏本》，《蘇聯亞洲人民研究院列寧格勒分院藏抄本》（又稱列藏本），《靖應藏抄本》（此本後又迷失不知下落，其部分評語為毛國瑤摘錄刊行），共十二種。以上諸書或者直接標有「脂硯齋重評」書名，或者錄有脂硯齋等人評語，故稱「《紅樓夢》脂評本」。這類脂評本《紅樓夢》僅八十回，現存絕大多數是不完整本。評語並非出於一人之手，見於評語署名

的有脂硯齋、畸笏叟、棠村、梅溪、松齋、玉藍坡、立松軒、
鑒堂、綺園、左綿癡道人等，其中脂硯齋和畸笏叟是二位主要
的評者，脂硯齋尤其重要。因此我們這裏談脂硯齋評《紅樓
夢》，實是指以脂硯齋為首的、包括時代相近的其它評語作者
在內的人對《紅樓夢》的批評。從評語內容和語氣來看，脂硯
齋、畸笏叟等非常熟悉曹雪芹，了解《紅樓夢》的創作經過，
並且對《紅樓夢》的創作和成書產生了一定影響。這些評語既
是重要的小說批評資料，也為研究曹雪芹及其家世生平、探尋
小說後半部內容的衍演發展提供了可貴的線索。（第頁 832-
833）

兩本著作一致稱譽脂硯齋是繼金聖歎、毛宗崗、張竹坡之後，
「對我國小說理論的豐富和發展作出了重要貢獻」的「最有影響的文
藝批評家」，並予以極高的評價。只是從行文方式講，稍微熟悉史家
筆法的人，都不免會有些不大習慣。因為從司馬遷開始，為人物立傳
已凝成近乎固定的格式。如《史記》卷七十二《穰侯列傳》云：

穰侯魏冉者，秦昭王母宣太后弟也。其先楚人，姓芈氏。

卷七十五《孟嘗君列傳》云：

孟嘗君名文，姓田氏。文之父曰靖郭君田嬰。田嬰者，齊威王
少子而齊宣王庶弟也。

卷七十七《魏公子列傳》云：

魏公子無忌者，魏昭王子少子而魏安釐王異母弟也。昭王薨，安釐王即位，封公子為信陵君。

與《蘇秦列傳》、《張儀列傳》不同，三篇列傳都不以傳主的真名為題；「穰侯」、「孟嘗君」、「魏公子」雖為封爵或尊稱，性質上卻與別號的「脂硯齋」差近。為了指實傳主的為何人，司馬遷於開篇時即逐一交代其姓名、家世和經歷，以便使讀者「明白底裏」。魯迅先生《阿Q正傳》第一章《序》中說：「立傳的通例，開首大抵該是『某，字某，某地人也』。」襲用這一通例，紅學家本應按如下格式為脂硯齋立傳：

脂硯齋者，《紅樓夢》作者曹雪芹之×（兄、弟、叔、伯、妻、妹……）也，名×，字××……

——然後再介紹他的家世、經歷、業績才是。他們沒有依史書的通例去做，絕對不是不懂得立傳的學術規範和傳統格式。《清代文學批評史》的體例是「以批評家為目」，對於其它批評家的生平，都能在文獻梳理的基礎上作準確介紹。如第十一章第一節《毛綸、毛宗崗評〈三國演義〉》，就在小標題「毛評本的作者」下，細緻地考辨了毛綸、毛宗崗、杭永年、金聖歎的關係，明確指出：1、「研究者普遍肯定金聖歎未參預評點，他的名字被署在書的顯要位置，只是書商藉重其名以擴大銷路的一種商業手段」；2、「關於杭永年，有學者懷疑他就是被毛綸斥為『欲竊冒』毛評《三國演義》『為己有』的『背師之徒』」；3、「作者問題主要發生在毛氏父子之間。廖燕《金聖歎先生傳》將毛宗崗列入繼承金氏評書『最著』者名單，晚清邱煒萲《菽園贅談》認為此書是毛宗崗『手批』，今人更多受這種說法影響，一般

將毛宗崗作為毛本《三國演義》的唯一評批者,而將毛本小說理論概歸為毛宗崗的文學思想。其實這是很可懷疑的。」又列舉出三條材料,證明:「毛本《三國演義》是由毛綸主持,毛氏父子共同合作完成的;毛評的小說理論應該歸在毛氏父子兩人名下,而又以毛綸為主。」(頁 798-799)此外,還加了兩條旁注,一條交代杭永年「欲竊冒」毛評《三國演義》論的出處,引黃霖《有關毛本〈三國演義〉的若干問題》和陳洪《〈三國〉毛批考辨二則》,並在正文中表明自己的意見:「這尚待有關資料的進一步發現予以證明。有一點可以肯定,杭永年即使做過一些實際工作,在毛評本《三國演義》完稿的整個過程中,也當屬相當次要的,不足與毛氏父子並提。」做到既吸收了新的學術成果,又有自己經過深思熟慮的判斷,所下結論是較為穩妥的。

相比之下,對於比「毛評本作者」複雜得多的脂硯齋,《通史》作者卻沒有按通例處理,純是材料的局限造成的,這就應了孔子那句話:「夏禮吾能言之,杞不足徵也;殷禮吾能言之,宋不足徵也;文獻不足故也。足,則吾能征之也。」但是,作為一部文學批評史的專著,對身居「批評家」之列的脂硯齋,居然沒有一個字的交代,終究是不太正常的。自一九二七年以來,脂硯齋令紅學家傾倒了七十多年,也讓他們迷惘了七十多年。儘管「脂硯齋是誰」被稱作「死結」,但仍「沒有人不承認這些批語的權威性的,也因而沒有人不承認脂硯齋其人對《紅樓夢》一書的重要性的」(皮述民:〈脂硯齋與〈紅樓夢〉的關係〉,《南洋大學學報》1974 年第 7 期)。《中國文學批評通史》清代卷的兩位作者既不是紅學家,他們不願與脂硯齋多作糾纏,原是可以理解的。作者潛意識裏可能會這樣想:誰想弄清脂硯齋的問題,那就去看紅學著作罷。可惜的是作者忘了:不像樣的「紅學著作」可能速朽,而《中國文學批評通史》卻是有望傳世的著作。若干百十年之後,有人讀到這部《中國文學批評通史》,你要他們到

哪兒去查考脂硯齋呢？

「脂硯齋是誰」，絕不是「誰都休想解開」的「死結」。道理十分簡單：四方上下謂之「宇」，古往今來謂之「宙」。一個人自從呱呱墜地，就生活在現實世界裏，橫則圍於有限的空間，縱則圍於有限的時間；作為社會關係的總和，總要與各色人等進行交往，並在他們的記憶裏留下印跡，所謂「人過留名，雁過留聲」是也。一個人的生命縱然宣告結束，但或多或少總會留下自己的「文獻」，從而為他曾經的「存在」提供歷史性的證明。《紅樓夢》是一部傳誦人口的小說，它的問世距今不過三百年，作為號稱《紅樓夢》最重要的評點家，脂硯齋按理會留下材料證明自己的「存在」，證明自己是在什麼樣的狀態下「存在」的。

現在，就讓我們一道來尋找證明脂硯齋存在的材料；借用法律用語，就是尋找證明他存在的「證人」和「證言」。民法領域正在實施的「證據開示」，給了我們有益的啟示。「證據開示」的核心精神，是在程序上保證雙方權利的公平與平等。具體做法是：控辯雙方對將要在法庭上出示的全部證據進行交換，使各方對於對方的證據使用了然於心，從而更有效地實現指控和辯護。我們在尋找、聽取、審核有關脂硯齋存在的證明時，也將儘量按此精神辦理。

## 第二節　脂硯齋存在的「證明」

### 一　脂硯齋存在的第一份「證言」

和所有的歷史人物一樣，證明脂硯齋「存在」的信息源有兩類：一是他人的介紹與評價，一是本人的自我介紹與評價。一般情況下，人們更看重他人的記述和評價，因為它較有客觀性，也較有可靠性。

細心的讀者已經注意到，《紅樓夢大辭典》介紹「脂硯齋究竟是誰」時，引用過裕瑞《棗窗閒筆》中「曾見抄本卷額本本有其叔脂研齋之批語」的話。《棗窗閒筆》便成了脂硯齋存在的第一份「證言」。

檢看現存的《棗窗閒筆》抄本，一共收有：《程偉元續〈紅樓夢〉自九十回至百二十回書後》、《〈後紅樓夢〉書後》、《雪塢〈續紅樓夢〉書後》、《海圃〈續紅樓夢〉書後》、《〈綺樓重夢〉書後》、《〈紅樓復夢〉書後》、《〈紅樓圓夢〉書後》和《〈鏡花緣〉書後》八篇文章，談的全是對於《紅樓夢》續書的看法；《鏡花緣》雖非《紅樓夢》的續書，《棗窗閒筆》自序謂：「《鏡花緣》自建幟者，惟於自誇不慚，與諸續如出一轍。」故亦論及之。抄本第二篇《〈後紅樓夢〉書後》，涉及脂硯齋的原話是：「曾見抄本卷額，本本有其叔脂研齋之批語，引其當年事甚確，易其名曰《紅樓夢》。」（圖 1-1）短短三十一個字，卻包含了遠比別號「脂硯齋」三字豐富得多的信息。約略言之，可以三條加以概括：

（一）脂硯齋（《棗窗閒筆》寫的是「脂研齋」）的身份——《紅樓夢》作者曹雪芹之叔。

（二）脂硯齋曾在《紅樓夢》抄本上作過批語——這裏又包含兩個要點：

1 批語的位置：在「抄本卷額」，且「本本」都有；

2 批語的內容：「引其當年事甚確」。

（三）脂硯齋為小說改了書名——「易其名（《石頭記》）曰《紅樓夢》」。

《棗窗閒筆》是脂硯齋存在的第一份「證言」，由於它所披露信息之重要，故爾備受紅學家的青睞。但多數紅學家都不曾試圖運用訴訟法程序，對「證言」（無論由何方提出）進行必要的核實，即以之與現存實物材料進行核對，然後再考慮是否予以採信，而是幾乎是一

下子就接受了。既然分歧已經出現，我們就有必要來補做這一項工作了。

　　以上三條，第一條涉及脂硯齋與曹雪芹之關係，實為紅學最重大問題之一。但曹雪芹是「誰」，連《棗窗閒筆》自己也沒弄清楚，只朦朧地說：「『雪芹』二字想係其字與號耳，其名不得知。曹姓，漢軍人，亦不知其隸何旗。」（圖1-2）由於曹雪芹是誰的兒子，紅學家至今也沒有定論（《紅樓夢大辭典》「曹雪芹」條云：「曹雪芹（約1715-1763年），名霑，字夢阮，號雪芹，又號芹溪，芹圃祖籍遼陽，先世是漢族，後為滿洲正白旗『包衣』。雪芹曾祖曹璽任江寧織造曾祖母孫氏做過康熙帝玄燁保姆。祖父曹寅做過康熙伴讀和御前侍衛，後任江寧織造，兼任兩淮巡鹽御史。玄燁六次南巡，其中四次由曹寅接駕，並住在曹宗。曹寅病故後，其子曹顒、曹頫先後繼任江寧織造。他們一家祖孫三代四人擔任織造之職長達六十年之久。雪芹自幼就是在這『秦淮繁華』之地，『溫柔富貴』之鄉生活長大的。」就是沒有說明曹雪芹的父親是誰）；脂硯齋是不是曹雪芹之叔，自然就更無從稽核了。可注意的是，《棗窗閒筆・書〈後紅樓夢〉書後》還兩處提到「其叔」：1、「聞其所謂寶玉者，尚係指其叔輩某人，非自己寫照也」；2、「余聞所稱寶玉，係雪芹叔輩」。按照其書自身邏輯，可以推論脂硯齋和寶玉都是雪芹的叔輩；如果再大膽一些，則可以假定脂硯齋就是賈寶玉的「原型」了。

　　第二條說，《紅樓夢》抄本有脂硯齋的批語，「引其當年事甚確」。這點似可與現存的《脂硯齋重評石頭記》相互印證：1、脂本都是抄本；2、脂本確有一些「引其當年事甚確」的批語；3、脂本有的批語還有「脂硯」、「脂研」或「脂硯齋」的署名。但是，如果再仔細核查，又會發現細節上頗有不合之點，如：1、「卷額」指書頁的天頭，卷額上的批語稱作眉批，己卯本上就沒有一條眉批，庚辰本的眉

批集中在二、三兩冊，並非「本本」皆有；2、庚辰本的眉批署的是「畸笏」、「畸笏叟」、「畸笏老人」之名，沒有一條署作脂硯齋。署有「脂硯」、「脂研」或「脂硯齋」的批語都不是眉批，而是文中的雙行夾批。

第三條說，脂研齋主張將《石頭記》「易名」為《紅樓夢》；但甲戌本第一回正文明白寫道：「至脂硯齋甲戌抄閱再評，仍用《石頭記》。」《紅樓夢大辭典》因此以為，這句話意味著「脂硯齋的名字被曹雪芹直接寫入小說的正文和題目中」。《棗窗閒筆》說脂硯齋將《石頭記》「易名」為《紅樓夢》，脂硯齋本人卻說他不贊成《紅樓夢》，「仍用」了《石頭記》的書名。兩種說法，完全相反。我們是相信脂硯齋自己的話呢，還是相信《棗窗閒筆》的說法？

鑒於《棗窗閒筆》的「證言」與現存《脂硯齋重評石頭記》實物之間，存在著不能算是細小的不一致，有的分歧還相當嚴重，這就提醒我們：有必要對其間的差異作慎重的評估，並追究產生的原因，以判定它「證言」的資格，或對它採信的程度。

幸好，《棗窗閒筆》對於《紅樓夢》的版本和作者也說了不少話，還介紹了若干罕聞的「內情」，這就為對它作進一步檢驗提供了可能。

先看它對於《紅樓夢》版本的介紹：

一、《棗窗閒筆》開卷第一篇是〈程偉元續《紅樓夢》自九十回至百二十回書後〉，這個標題就有疑點：現存「脂本系統」的版本都不足八十回，被指為程偉元、高鶚「續」的，則是第八十一回至第一百二十回的四十回。標題中的「自九十回」，有人以為是「自八十回」的筆誤，這樣辯解也說不通。因為程偉元、高鶚之所「續」，應自第八十一回開始；即便按照《棗窗閒筆》的邏輯，也應是「自九十一回至百二十回」，而不是「自九十回至百二十回」。魏子雲先生在給

我的信中說：「凡此文句，怎會是裕瑞之文？略識文墨者，讀到此而不撮其唇者，無也。」

二、〈程偉元續《紅樓夢》自九十回至百二十回書後〉開頭說：「《紅樓夢》一書，曹雪芹雖有志於作百二十回，書未告成即逝矣。」又有了疑點：曹雪芹既未寫完《紅樓夢》，怎知所作必為一百二十回？《棗窗閒筆》的作者自稱是見過脂研齋批語的，庚辰本第四十二回 G1878【●庚辰回前】說：「今書至三十八回時，已過三分之一有餘。」（圖 1-3）按庚辰本的算法，曹雪芹「有志」所作只有一百十回，而不是一百二十回。

三、〈程偉元續《紅樓夢》自九十回至百二十回書後〉緊接著說：「諸家所藏抄本八十回書，及八十回後之目錄，率大同小異者。」〈《後紅樓夢》書後〉則說：「八十回書後，惟有目錄，未有書文，目錄有『大觀園抄家』諸條，與刻本後四十回『四美釣魚』等目錄，迥然不同。」檢查現存各個「脂本系統」的抄本，都沒有「八十回後之目錄」，就更談不上「大同小異」了。《棗窗閒筆》這番話，倒和程甲本程偉元序「原本目錄一百廿卷」十分相近。《棗窗閒筆》以八十回後目錄中有「大觀園抄家」，來與刻本第八十一回「四美釣魚」相比，好像他看到的抄本第八十一回就是「大觀園抄家」，也經不起推敲。倒是刻本第一百五回回目為「錦衣軍查抄寧國府」，《棗窗閒筆》的作者大約看花了眼。非怪周汝昌先生斥責道：「這怕又是造謠！若真見過後四十回目，如何略而不引其異同，而但言『大觀園抄家』五字，其下又係以『諸條』字樣？可謂與自稱曾見脂批同屬含糊其辭，說得不倫不類。」（《紅樓夢新證》，人民文學出版社，1976 年，頁 870）

再說《棗窗閒筆》對《紅樓夢》作者的介紹。它的最大特點，是披露了曹雪芹若干罕為人知的細節。〈《後紅樓夢》書後〉云：

「雪芹」二字，想係其字與號耳，其名不得知。曹姓，漢軍人，亦不知其隸何旗。聞前輩姻戚有與之交好者，其人身胖頭廣而色黑，善談吐，風雅遊戲，觸境生春。聞其奇談娓娓然，令人終日不倦，是以其書絕妙盡致。聞袁簡齋家隨園，前屬隋家者，隋家前即曹家故址也，約在康熙年間。書中所稱大觀園，蓋假託此園耳。其先人曾為江寧織造，頗裕，又與平郡府姻戚往來。書中所託諸邸甚多，皆不可考。……又聞其嘗作戲語云：「若有人欲快睹我書不難，惟日以南酒燒鴨享我，我即為之作書」云。

這段話頗受紅學家重視，引用頻率甚高。我們現在要補做的，是對它的可靠性進行檢驗。《棗窗閒筆》卷端，題「思元齋著」。思元齋是裕瑞的號，他出生於乾隆三十六年（1771），與曹雪芹不是同時代的人。那麼，他關於曹雪芹的信息來源是什麼呢？據吳恩裕先生考證，裕瑞有幾位「前輩姻親」如明興和明仁、明義等，都與曹雪芹有交往；還有一位明琳，曹雪芹乾隆二十五年還去訪過他。他們對裕瑞所談的情況，當然是可以相信的；「現在我們又知道，借給永忠《紅樓夢》讀的墨香乃是《題紅樓夢二十首》作者明義的堂姐夫，他們都熟悉《紅樓夢》，也認識曹雪芹。所以，他們的話就更可靠了。」（《曹雪芹佚著淺探》，天津人民出版社，1979年，頁85）

且讓我們來落實一下，明興、明仁、明義、明琳、永忠、墨香等人，可能了解曹雪芹的哪些事情，又可能對裕瑞說些什麼呢？

先來說明義（1740-？）。今存明義《綠煙瑣窗集》抄本，中有《題紅樓夢》二十首，題下小注云：「曹子雪芹出所撰《紅樓夢》一部，備記風月繁華之盛。蓋其先人為江寧織府，其所謂大觀園者，即今隨園故址。惜其書未傳，世鮮知者，余見其鈔本焉。」《棗窗閒

筆》謂「其先人曾為江寧織造」，曹家故址即隨園之類，或許就是從這裏來的（不一定從明義處聽來，也可以從《題紅樓夢》處看來）。但「曹子雪芹出所撰《紅樓夢》一部」的「出」字，可作「取出」解，也可作「傳出」解，很難判定明義與曹雪芹是否有過交往。而「惜其書未傳，世鮮知者」的意思卻很是清楚的：《紅樓夢》是作為整體出現於世，且處於鮮為人知的秘本狀態。《棗窗閒筆》卻說：「蓋因雪芹改《風月寶鑒》數次，始成此書，抄家各於其所改前後第幾次者，分得不同，故今所藏諸稿未能畫一耳。」彷彿《紅樓夢》的寫作是公開的，且有許多「抄家」在修改中陸續在「分」領書稿；曹雪芹「日以南酒燒鴨享我，我即為之作書」的戲語，更渲染《紅樓夢》一回一回現作現賣，惹得一大群「追星族」緊隨身後，甚至不惜以「行賄送禮」一圖先睹為快的盛況，與明義之說大相逕庭。

再來說永忠（1735-1793）。今存永忠《延芬室集》抄本，中有《因墨香得觀〈紅樓夢〉小說弔雪芹》三章，其一云：「傳神文筆足千秋，不是情人不淚流。可恨同時不相識，幾回掩卷哭曹侯。」詩中說得明明白白，他和曹雪芹「不相識」，自然不會知道曹雪芹相貌生得如何。詩上又有弘旿批云：「此三章詩極妙。第《紅樓夢》非傳世小說，余聞之久矣，而終不欲一見，恐其中有礙語也。」所謂「礙語」，就是違礙語。清代統治者頻頻製造文字獄，一旦在書中查出「礙語」來，是要抄家殺頭的。貴為宗室的弘旿，作為普通讀者尚且疑忌重重，「而終不欲一見」；身為作者的曹雪芹豈能大肆張揚，說什麼「若有人欲快睹我書不難」，惟恐天下人不知呢？《棗窗閒筆》於雪芹的真實名字、隸屬何旗、書中所託諸邸等緊要關目，都用「想係」、「不得知」、「亦不知」、「皆不可考」等語含糊敷衍，惟於莫可究詰之曹雪芹的形貌作風，諸如「身胖頭廣而色黑」，「善談吐，風雅遊戲，觸境生春」，偏偏大加鋪張，其可信度無疑是很成問題的。

　　尤其要留意的是，裕瑞的「前輩姻戚」（不論是明興、明仁、明義、明琳，還是永忠、墨香），誰都沒有提到過脂硯齋——既沒有提到曹雪芹有他這樣一位親友，也沒有提到他評點過《紅樓夢》。丁維忠先生曾提出疑問道：「脂硯、畸笏等批書『諸公』都是作者曹雪芹的至親好友，敦敏、敦誠、明義、明琳等人也是曹雪芹的莫逆之交，前後雙方又都出生『世家』，又都生活在京城，又都經常『諸豪宴集』，並且都緊緊圍繞曹雪芹與《紅樓夢》交往活動，都由同一作家、作品緊相縋聯，按理他們應當是相互認識，至少相互知曉的。但令人奇怪的是：為什麼在前者所作的批語或所提的『世家兄弟』中，全無一絲兒敦氏兄弟們的信息或影子？在後者所作的詩文中，又全無一絲兒脂、畸『諸公』的蛛絲馬蹟？」（《紅樓夢：歷史與美學的沉思》，黑龍江教育出版社，2002 年，頁 404-495）裕瑞的「前輩姻戚」既然與脂硯齋「全然絕緣」、「兩不搭界」，他們又能告訴裕瑞什麼脂硯齋的情況呢？

　　諸多明顯的漏洞，嚴重動搖了《棗窗閒筆》的可信度。它是否具備充當脂硯齋「證言」的資格，須要從根子上作更嚴格的審查。

　　《棗窗閒筆》與現存實物材料的矛盾，存在著兩種可能性：或是裕瑞其人素養不高，信口亂道；或是《棗窗閒筆》非裕瑞所作，書中說法不是他本人的意思。總之，由「證言」追溯到「證人」，是邏輯的必然。下面就來對《棗窗閒筆》的文獻屬性進行考察。

　　還是先看《紅樓夢大辭典》的「《棗窗閒筆》」條的介紹：

> 愛新覺羅‧裕瑞著。是書系作者讀書筆記。共收有〈程偉元續《紅樓夢》自九十回至百二十回書後〉、〈《後紅樓夢》書後〉、〈雪塢《續紅樓夢》書後〉、〈海圃《續紅樓夢》書後〉、〈《綺樓重夢》書後〉、〈《紅樓復夢》書後〉、〈《紅樓圓夢》書後〉及

〈《鏡花緣》書後〉等八篇文章。據自序云，此書成於嘉慶十九年（1814）至二十五年（1820）間，反映了《紅樓夢》自抄本至刻本流傳初期的行世情況，記述了作者從其「前輩姻戚中」得到的有關曹雪芹生平家世及其《紅樓夢》創作情況。如說，曹雪芹「其人身胖頭廣而色黑，善談吐，風雅遊戲，觸境生春，聞其奇談娓娓然，令人終日不倦，是以其書絕妙盡致」。書中指出其所見八十回抄本「本本有其叔脂研齋之批語」，以及提出了後四十回「偽續」等問題，對七篇「續書」的粗劣、荒謬指謫批評也很尖銳，有一定的史料研究價值。北京圖書館藏稿本一冊，一九六三年上海古籍刊行社影印出版。（頁 897-898）

《紅樓夢大辭典》確認《棗窗閒筆》是裕瑞的讀書筆記。裕瑞是史上有傳的人物，他的材料不難找到，《清史稿》就有三處文字記載。卷四八四《文苑傳》云：「裕瑞，字思元，豫通親王多鐸裔，封輔國公。工詩善畫，通西蕃語，常畫鸚鵡地圖（即西洋地球圖）。又以佛經自唐時流入西藏，近日佛藏皆出一本，無可校讎，乃取唐古特字譯校，以復佛經唐本之舊凡數百卷。著有《思元齋集》。」卷十六《仁宗本紀》云：嘉慶十八年（1813）「己未，祿康、裕瑞失察屬人從逆，發盛京禁錮。辛酉，謫降漢軍籍、直隸籍之科道官。」卷三百五十三《和瑛傳》云：「……召為禮部尚書，調兵部。坐失察盛京宗室裕瑞強娶有夫民婦為妾，降盛京副都統，遷熱河都統。」

李治亭先生主編《愛新覺羅家族全書》十卷本，第八冊《書畫家傳略》亦有裕瑞傳：「裕瑞（1771-1838），字思元，號思元主人，豫通親王多鐸（努爾哈赤第十五子）後裔、豫良親王修齡次子，生於乾隆三十六年（1771），封輔國公，歷任鑲白旗蒙古副都統、鑲紅旗滿

洲副都統、正白旗護軍統領等職。嘉慶十八年（1813），林清起義事
變後，裕瑞以御門失察被革職，發往盛京禁錮，後又因故被嚴密圈
禁，並由官兵看守不拘年限。一生工詩善文，長於文學評論，學識淵
博，曾親繪西洋地球圖，其上多有名家題詠；善繪畫，尤精於畫蘭
竹。通西蕃語，曾以唐古特文字譯校佛經。著有《思元齋集》。」
（《愛新覺羅家族全書》第八冊，吉林人民出版社，1997 年，頁 93-
94）。《愛新覺羅家族全書》第七冊《文集述要》，還專節介紹了裕瑞
撰述的《思元齋全集》：

> 此集共十一種，每種分別成書，各自刊行。初刻於嘉慶七年
> （1802），止於道光十三年（1833），總稱為《思元齋全集》。
> 其中在北京時所刻六種，其中詩四種、賦一種、文一種，即
> 《姜香軒吟草》一卷，嘉慶七年刻；《樊學齋詩集》一卷，嘉
> 慶十年刻；《清豔堂近稿》一卷，嘉慶十三年刻；《眺亭賦抄》
> 一卷，嘉慶十五年刻；《草簷即山集》一卷，嘉慶十六年刻；
> 《棗窗文稿》二卷，嘉慶十七年刻。謫居瀋陽後所刻五種，其
> 中詩、文各一種，詩賦文合一種，雜著二種，即《沈居集詠》
> 一卷，道光八年刻；《東行吟鈔》一卷，道光九年刻；《再刻棗
> 窗文稿》一卷，道光十年刻，又名：《棗窗文續稿》；《續刻棗
> 窗文稿》一卷；《論孟餘說》一卷，道光十三年刻。此五種又
> 稱之為《續集》。（《愛新覺羅家族全書》第七冊，頁 176-
> 177）

　　細檢這份《思元齋文集》書目，未見著錄《棗窗閒筆》。《紅樓夢
大辭典》據自序，判定此書成於嘉慶十九年至二十五年間。今查《棗
窗閒筆》自序，全文為：

秋諒試筆，擇抄舊作，檢得《續紅樓夢》七種《書後》及
《《鏡花緣》書後》，彙集一處，以存鄙見。所論是否，未敢自
信。於諸書多貶少褒，夫豈好為指謫他作哉？蓋矢在弦上，不
得不發，若雪芹有知，當心稍慰也。頗怪天下不乏通人，而獨
出此數不通人，偏要續貂，何故？想通人知書難續，故不為
耳。《鏡花緣》自建幟者，惟於自誇不慚，與諸續如出一轍。
考前人佳製，都無此病，所謂狂醫無好藥者也。余故論之。思
元齋自識。

自序實未敘及《棗窗閒筆》寫作年代。再查一粟《紅樓夢書錄》
頁一五七云：「此書成於嘉慶十九年（1814）至二十五年（1820）
間。」（上海古籍出版社，1981年）看來，《紅樓夢大辭典》是誤將
《書錄》的推測，當成作者「自序云」了。這種失誤對於有權威性的
工具書來說，是不應該產生的。

《棗窗閒筆》所評及的諸書中，問世最晚者是《鏡花緣》，最早
刊本是江寧桃花鎮於嘉慶二十二年（1817）下半年或二十三年
（1818）春所刻，故《棗窗閒筆》成書之上限，不早於嘉慶二十三
年，其時已在排印程甲本的乾隆五十六年（1791）後了。而《棗窗閒
筆》記事之是否可信，適可從它對高鶚、程偉元的評述得到檢驗。

據史料記載，嘉慶十八年（1813），天理教林清攻襲禁城失敗，
其黨都司曹綸與子福昌，俱礫於市。其時之輿論，多將曹綸說成是雪
芹後裔。如毛慶臻《一亭考古雜記》云：「嘉慶癸酉，以林清逆案牽
都司曹某，淩遲覆族，乃漢軍雪芹家也。」汪堃《寄蝸殘贅》云：
「相傳其書出於漢軍曹雪芹之手。嘉慶年間，逆犯曹綸，即其孫也。
滅族之禍，實基於此。」陳其元《庸閒齋筆記》云：「至嘉慶年間，
其曾孫曹勳以貧故，入林清天理教。林為逆，勳被誅，覆其宗，世以

為撰是書之果報焉。」這些傳說其實都是誤會。據蘭外史《靖逆記》卷六記載:「曹綸,漢軍正黃旗人。曾祖金鐸,官驍騎校;伯祖瑛歷官工部侍郎;祖城,雲南順寧府知府;父廷奎,貴州安順府同知。」實與《紅樓夢》作者曹雪芹毫無關係。

按此案發生時,裕瑞任正黃旗漢軍副都統,曹綸、曹福昌適歸其統轄,因此以「失察之咎」,受到了嚴厲的處置。嘉慶十八年十月上諭,先是降旨將其革去副都統,仍加恩賞給宗室四品頂戴,以宗人府筆帖式用;後又「革去宗室四品頂戴副理事官、筆帖式,即日俱發往盛京,派令管束。移居宗室各戶,即在小東門外新建公所居住,永不敘用,以示懲徵」。由於曹綸一案,使裕瑞與高鶚、程偉元二人,建立了某種聯繫。

先說高鶚。嘉慶十八年(1813),高鶚任刑科給事中(《國朝六科漢給事中題名錄》),亦因林清一案受到了牽連。《平定教匪方略》卷十七載:「吏部奏:遵旨議處失察林清、曹綸謀逆不奏之漢軍直隸各科道,按其在任年月分別降調留任。得旨:所有失察謀逆在任一年以上,議以降二級調用之給事中高鶚、御史今任江安糧道魏元煜、常州知府朱澄,俱著改為降三級調用。」在處分失察科道官員之中,高鶚名列第一。吏部原議降二級調用,嘉慶皇帝嫌處分太輕,御旨改為降三級調用。高鶚和裕瑞二人,可算是「同案」處分之官員,他們是否謀面雖不得而知,但彼此之間應是知道根柢的。

再說程偉元。嘉慶十八年(1813)十月,裕瑞被逐出京城,發往盛京派令管束居住,境況是十分狼狽的。幸好晉昌於嘉慶十九年(1814)第二次出任盛京將軍,任期至二十二年(1817)。晉昌,字戩齋,號紅梨主人,太宗皇太極之後,恭親王常寧五世孫,固山貝子明韶長子。晉昌的到任,使裕瑞的情況大有改善。裕瑞《居集詠》中有《晉齋自書〈牡丹再榮〉詩見贈屬和》,中云:

花神狡獪亦何神，復使花生待主人。

秀質又迎前度客，靈苗原是再來身。

年常暝臥愁難記，此際敷榮夢有因。

應感上公曾護惜，芳情重奉一枝春。

　　此詩以牡丹自況，寓意甚為顯豁。胡文彬先生剖分道：「俗話說，『言為心聲』。裕瑞雖為『靈苗』，但終陷幽禁，猶如枯萎的牡丹，需要『上公』的『護惜』。這『上公』自然是晉昌將軍了，詩人對他的『護惜』之情，充滿了感激。『復使花生待主人』，『芳情重奉一枝春』，就是裕瑞的心聲。」（《紅邊脞語》，遼寧人民出版社，1986年，頁183）晉昌對於同為宗室的裕瑞的悉心「護惜」，還包括對他強買民婦之事的優容。據《東華錄》載，嘉慶十九年（1814）四月己卯諭：「裕瑞獲咎，謫居盛京，不知安分思過，復買有夫之婦為妾，即此一端，已屬無恥妄為，其別項劣跡，亦無庸再行查奏。裕瑞著在盛京嚴密圈禁，派弁員看守，不拘年限。」但在這和情勢下，晉昌仍頻頻與之詩酒唱和，似乎並未嚴格遵旨辦理。《居集詠》中有《題晉齋公刻〈戒旃集〉二絕》云：

主恩前後三持節（注：公任三次，故引杜句起詞），

屢睹文星指大東。

且住草堂（注：堂名）參妙悟，

浮生境遇郵非同。


性情曠達本天全，

發到詩歌盡自然。

快讀《蟲鳴西域草》（注：亦集名），

羨公韻事寄《戒旃》。

　　據胡文彬先生考證，晉昌第三次任盛京將軍在道光二年（1822），至道光八年（1828）八月返京，旋卒。「前後三持節」之句，可證此詩作於道光二年之後。《戎旃遣興集》與《西域蟲鳴草》為晉昌兩集之名，後一集卷首還有裕瑞所作序言一篇。可見裕瑞因得晉昌保護，在盛京的日子過得還是比較舒心的。

　　說來湊巧，程偉元其時亦在盛京，且正受到晉昌的倚重。「文章妙手稱君最，我早聞名信不虛」，是晉昌稱讚程偉元的詩句。早在嘉慶五年（1800）晉昌初任盛京將軍時，即延請程偉元入幕，和葉耕為晉府中兩個主要幕僚，「凡席中聯句，郵筒報答，必與二公偕」。將軍衙門的最重要的「奏牘」工作，則是由程偉元一人佐理。晉昌《西域蟲鳴草》亦有程偉元序。嘉慶二十五年（1820），程偉元將《戎旃遣興集》與《西域蟲鳴草》整理編次，合刻為《且住草堂詩稿》，書後有程偉元所寫的跋，編排位置居裕瑞「前輩姻戚」明義所作之跋前。據統計，晉昌《且住草堂詩稿》共收詩七十三題一百五十四首，其中直接與程偉元唱和的占九題四十首，間接與程偉元有關的有一題十二首，總計達十題五十二首，幾占全書的三分之一，二人的關係到了「忘形莫辨誰賓主」的程度（胡文彬、周雷：《紅學叢譚》，山西人民出版社，1985 年，頁 260-261）。在那個當兒，裕瑞卻是奉嚴旨「永不敘用、嚴密圈禁」的罪臣。試想，他要得晉昌的庇護，勢不能不依託程偉元；他又是常與晉昌唱和的詩友，在種種把酒賦詩的場合，也不能不與程偉元交遊。程偉元看在晉昌的面上，也必定對裕瑞有所關照，在一定程度上於裕瑞應是有恩有義的。

　　裕瑞和程偉元的結識，時在程甲本問世二十二年之後，出於對《紅樓夢》的愛好和關注，兩人應該有更多的共同語言。即便對《紅樓夢》的見解不同，也可揭示他所了解的程偉元的內情，來表述自己的觀點。但在《棗窗閒筆》中，我們讀到的卻是對高鶚、程偉元的隨

意詆斥，諸如「偉元臆見」、「遂獲贗鼎」、「不能鑒別燕石之假」、「故意捏造以欺人者」等等字眼，屢屢見於筆端。裕瑞是有學識有修養的人，若此書真出於他之手筆，不該對高鶚、程偉元如此不近人情，更不會只說些盡人皆知的舊話，而毫不提供有關「程高匯而刻之」的任何一點非得自「傳聞」而得自「親聞目睹」的材料。

大量的內證表明，《棗窗閒筆》成書之下限，實比裕瑞要晚得多。如〈《紅樓圓夢》書後〉云：「十萬石米，便捐一郡主缺，太便宜。」（圖1-4）這話從何說起呢？原來《紅樓圓夢》第二回賈政道：「現在饑民百萬，天天吵賑，無如揚州倉穀早虧空完了，向紳商寫捐，又緩不濟事；且外江米商船隻不到，真正沒法！」黛玉聞知，便將用珠子換得的十萬石米捐出賑濟，朝廷恩封黛玉為「淑惠郡主」，道其「清貞自守，乃能於斗米萬錢之時，善繼父志，捐米煮賑至十萬石之多，實堪嘉尚」。《棗窗閒筆》將黛玉此舉比之為捐納，實屬皮相之談，卻無意中留下了時代的印記。捐納，即朝廷向報捐人出賣官爵封典的制度，從康熙十三年（1674）開始實行，迭經反覆，至清代後期愈加失控。據《清史稿》卷一百十二《選舉七・捐納》：「宣宗、文宗御極之初，首停捐例，一時以為美談。自道光七年開酌增常例，而籌備經費，豫工遵捐，順天、兩廣及三省新捐，次第議行。其時捐例多沿舊制，惟於推廣捐例中准貢生捐中書，豫工例中准增、附捐教職而已。咸豐元年，以給事中汪元方言，罷增、附捐教職，其已選補者，不許濫膺保薦。是年特開籌餉事例；明年，續頒寬籌軍餉章程。九年，復推廣捐例。時軍興餉絀，捐例繁多，無復限制，仕途蕪雜日益甚。同治元年，御史裘德俊請令商賈不得納正印實官，以虛銜雜職為限。下部議行。尋部臣言捐生觀望，有礙餉需，詔仍舊制。四年，山東巡撫閻敬銘言：『各省捐輸減成，按之籌餉定例，不及十成之三。彼輩以官為貿易，略一侵吞錢糧，已逾原捐之數。明效輸將，暗

虧帑項。請將道、府、州、縣照籌餉例減二成，專於京銅局報捐。』從之。時內則京捐局，外則甘捐、皖捐、黔捐，設局遍各行省。侵蝕勒派，私行減折，諸弊並作。」據牛敬忠先生〈清代同治、光緒年間賑災中的捐納〉（載《內蒙古師大學報》，2001 年第 5 期）介紹，光緒三年到四年，晉、豫、直、陝等省大旱，山西巡撫曾國荃、河南巡撫李鶴年上奏辦理賑捐，晉、豫、陝三省辦捐遍及全國十八省。正如王韜所言：「守財之虜，執之子，只須操數百金、數千金、數萬金以輸之，即可立致顯榮。」《紅樓夢》時代的捐納行情，見第十三回「秦可卿死封龍禁尉」：賈珍欲與賈蓉捐個前程，內相戴權道：「如今三百員龍禁尉短了兩員，昨兒襄陽侯的兄弟老三來求我，現拿了一千五百兩銀子，送到我家裏。」後平準一千二百兩銀子，捐得五品龍禁尉。相形之下，《官場現形記》時代的行情就大大看漲了。第五回寫江西何藩臺，捐知縣花了一萬多，捐知府連引見走門子又是二萬多，八千兩銀子買一密保送部引見，三萬兩買一個鹽道署上藩臺：先後共花了近十萬兩銀子。在「斗米萬錢」之際，一石米便值十萬錢，林黛玉的十萬石米共值一百億錢；據《山西通志》卷八十二《荒政記》，光緒三年九月，太原每銀一兩易八三錢一千四百文，省南地方紋銀一兩易錢一千一百文，元絲銀則僅易錢九百餘文。姑以一千錢折合一兩銀子計，一百億錢等於一千萬兩銀子。《棗窗閒筆》敢說「十萬石米（一千萬兩銀子）便捐一郡主缺太便宜」的話，其時豈不到了賣官鬻爵大為氾濫的光緒之後，還可能出自嘉慶年間的裕瑞之口嗎？

　　《棗窗閒筆》文鄙理疏，意乖言拙，加之暴露出來的種種破綻，不免導致對其可靠性的懷疑。按照公認的「證言」審查要點，必須重新核查它的來源。

　　《棗窗閒筆》一書，向不為人知曉。直至一九五七年，方由孫楷第先生《中國通俗小說書目》卷四加以著錄：「《棗窗閒筆》一卷，

存。余藏作者手稿本，已捐北京圖書館。」（人民文學出版社，1982
年，頁 142）孫楷第先生雖判定《棗窗閒筆》為「作者手稿本」，卻
沒有交代其來歷與收藏經過。

　　其後，朱南銑先生〈《紅樓夢》後四十回作者問題札記〉「裕瑞」
條寫道：「一九一二年東四牌樓八條胡同三十一號裕頌庭藏，後歸孫
楷第，現歸北京圖書館。」（《紅樓夢研究集刊》第七輯，上海古籍出
版社，1981 年，頁 314）首次交代了《棗窗閒筆》原藏主姓名。從行
文語氣看，「一九一二年東四牌樓八條胡同三十一號裕頌庭藏」云
云，可能是售書者當時的表白，給人的印象是出於裕瑞的後人；若其
所言不虛，則抄本的歷史最早可追溯至民國初年，出現於世的確切時
間則為一九五七年。從一八一四年（嘉慶十九年）到一九五七年，時
間相隔近一百五十年。

　　《棗窗閒筆》出現年代雖晚，如確是裕瑞的手稿，仍不失為有用
的證言，故向來無人懷疑其文獻價值。直到一九六六年，潘重規先生
在海外偶得裕瑞手書之《姜香軒文稿》（按：孫楷第《書目》誤作
「姜秀軒」），並在香港影印出版以後，《棗窗閒筆》的稿本性質第一
次成了質疑的對象。潘重規先生《影印〈姜香軒文稿〉序》云：

　　裕瑞《棗窗閒筆》論曹雪芹及《紅樓夢》脂批者尤多，顧獨不
　　聞有集傳世。十餘年來，余羈棲海外，偶得裕瑞手書《姜香軒
　　文稿》一冊，凡史論及遊記雜文廿餘篇，篇末多綴當時名士法
　　式善、楊芳燦、張問陶、吳嵩、謝振定諸家手評，自序成於嘉
　　慶八年三月，蓋裕瑞中年以前之作也。近人吳恩裕《考稗小
　　記》云：「余於廠肆得裕瑞所書自作〈風雨遊記〉，瑛寶為繪
　　《風雨遊圖》手卷一軸，當時題跋者不下數十家，如觀保、法
　　式善、翁同（規案：同乃道光以後人，年代不相及，疑翁方綱

之誤）、錢樾、錢載、成親王等。」今觀此稿首載〈風雨遊記〉，復有〈書風雨遊記後〉云：「庚申夏郊外散步遇雨，一時乘興，偶作〈風雨遊記〉，一畫友見之，遂為作圖，前書此記，余復乞諸名家題跋，以光卷軸。後復有為作圖者，餘思仍書前記，不無重贅，故又作數語以志之。」知吳氏所見，正與後記所言合，且瑛寶所圖外，更別有一圖也。此稿真行書頗具晉唐人筆意，且所附評語亦均同時名士手筆，則此稿殆亦裕瑞自書。文學古籍社影印《棗窗閒筆》，原稿字體頗拙，且有怪謬筆誤，如「服毒以狗」之「狗」誤為「狥」，顯出於抄胥之手，謂為原稿，似尚可疑，讀者試取二稿比對觀之，當可得其真際也。

《薑香軒文稿》發現於海外，何以見得是裕瑞的手稿呢？潘重規先生以此稿首載〈風雨遊記〉（圖1-5）及〈書風雨遊記後〉，與吳恩裕先生所得裕瑞所書〈風雨遊記〉對比，證明《薑香軒文稿》確為裕瑞的作品；又據篇末所綴當時名士法式善（1572-1813）、楊芳燦（1754-1816）、張問陶（1764-1814）、吳鼐（1755-1821）、謝振定（1753-1809）諸家手評，及嘉慶八年（1803）自序，判定是裕瑞中年以前之作。他還通過書法鑒定，《薑香軒文稿》「真行書頗具晉唐人筆意」，進一步斷定是「工詩善畫」的裕瑞的自書手稿。而相形之下，《棗窗閒筆》「字體頗拙」，且有「怪謬筆誤」，判斷「顯出於抄胥之手」。《棗窗閒筆》的手稿性質首次遭到質疑，對紅學研究是非同小可的事。

吳恩裕先生一九七九年撰〈跋裕瑞《薑香軒文稿》〉，對潘重規先生的說法提出反駁，認為：「《棗窗閒筆》是裕瑞的手寫稿；而《薑香軒文稿》則或者『出於抄胥之手』，或者是他中年以前所寫。」證據是，一九五四年他曾獲睹瑛寶為裕瑞所繪之《風雨遊圖》手卷，並將

此圖與圖後裕瑞自己手寫的〈風雨遊記〉一併拍照，「現在取出〈遊記〉的照片和〈閒筆〉的字跡比較，便可看出二者雖稍有楷書和行書的不同，但顯然是出自一人之手。我特地把裕瑞跋《風雨遊圖》的〈風雨遊記〉的原筆跡照片，附印在這裏，讀者也可以把它同《棗窗閒筆》的字跡，比較一下，即可證明它們是一人所書。但倘和《文稿》的字跡一比，那就可見顯係出於二人之手。」（《曹雪芹佚著淺探》，天津人民出版社，1979 年，頁 87-88）

　　《棗窗閒筆》和《萋香軒文稿》都是手寫的本子，如何鑒定哪本是裕瑞自書手稿？最好的辦法是以裕瑞的真跡來加以比對。吳恩裕先生以《風雨遊圖》手卷後裕瑞手寫的〈風雨遊記〉為真跡，自然是對的，但他的判斷卻不一定正確。現將《曹雪芹佚著淺探》卷首附印之〈風雨遊記〉的照片附印在這裏（圖 1-6）。吳恩裕先生所攝為〈遊記〉後半段，共七行文字，末署「思元裕瑞初稿」，其為裕瑞之真跡當無可疑，完全可以作為鑒定其手跡的標準。而《萋香軒文稿》首篇即為〈風雨遊記〉現將對應部分複印在這裏（圖 1-7），通過比較，可以發現二者書法水準一致，起、收筆的運筆特點，完全反映了書寫習慣的同一，筆意精神相通。個別文字的寫法稍有不同，則是非同時同地所寫所致：《風雨遊圖》記寫於嘉慶五年庚申（1800），《萋香軒文稿》寫於嘉慶八年癸亥（1803），時隔三年，筆劃雖稍有變易，但承嬗之跡依然清晰可辨。裕瑞保留下來的真跡不止〈風雨遊記〉一件。在已刊的專集《東行吟草》、《居雜詠》、《再刻棗窗文稿》中，有他寫於嘉慶癸酉（1813）（圖 1-8）、道光戊子（1828）（圖 1-9）、道光庚寅（1830）（圖 1-10）的自序。承朱眉叔先生惠寄三書自序的影本，自序係據裕瑞之手書寫刻，雖留有刀工痕跡，然仍不失其書法之固有特徵，驗之《萋香軒文稿》，可謂如出一轍。故《萋香軒文稿》為裕瑞之自書手稿，當可定論。裕瑞工詩善畫，且具相當學識，是鑒定他

的手稿的斟酌前提。而《棗窗閒筆》之書法，確如潘重規先生所云，不惟「字體頗拙」，且有「怪謬筆誤」。除潘重規先生已發現的將「狥」誤作「狗」字外，還將「原委」誤寫作「原尾」（圖1-11），一為形近而誤，一為音近而誤，均可證明書手實為極不通之妄人。

　　《棗窗閒筆》非裕瑞手稿，還有一個重要證據。自序末署「思元齋自識」，下有「思元主人」、「淒香軒」二印（圖1-12）。裕瑞著有《萋香軒吟草》、《萋香軒文稿》，他的書齋應當叫做「萋香軒」。「萋」，狀草木茂盛貌。《漢書‧班倢伃》云：「華殿塵兮玉階，中庭萋兮綠草生。」張協〈雜詩〉之一云：「房櫳無行跡，庭草萋以綠。」《棗窗閒筆》竟將所鈐之印刻成「淒香軒」，就錯得很不應該，足以證明《棗窗閒筆》不但不是裕瑞的手稿，而且也不是受裕瑞請託抄寫的。抄手既不認識裕瑞，對他又不甚瞭解，無非是想借其名以表達某種意思而已。

　　這位「抄手」會是什麼人呢？只有從《棗窗閒筆》字裏行間去尋找蛛絲馬蹟了。〈《後紅樓夢》書後〉有一段話提供了追蹤線索：「其書中所假託諸人，皆隱寓其家某某，凡性情遭際，一一默寫之，惟非其真姓名耳。聞其所謂寶玉者，尚係指其叔輩某人，非自己寫照也。」《棗窗閒筆》的意思是說，《紅樓夢》中的賈寶玉是作者的「叔輩某人」，這種「正面認定」原本是很正常的；但他接著又補充了一句──「非自己寫照也」，想從反面對某種說法予以否定，馬腳就露出來了。梁啟超曾提出「從思想的時代的關係辨別」的方法，說：「倘使甲時代在乙時代之前，又並沒有發生某種思想之原因和條件，卻有涵某種思想的書說是甲時代的，那書必偽。」並舉《管子》為例：「《管子》之中，有批評兼愛、非攻、息兵的話，這分明是戰國初年，墨家興起之後，才會成為問題」。理由是，管仲（？至前645）是春秋初年人，比戰國初年的墨翟（約前468-前376）要早二三百

年，「『兼愛』、『非攻』完全是墨家的重要口號，墨家的發生在管仲死後百餘年，管仲除非沒有做《管子》，否則怎麼能知道墨家的口號呢？」（《飲冰室專集》之一百四：《古書真偽及其年代》）同樣的道理，胡適一九二一年撰寫《紅樓夢考證》，第一次提出了「《紅樓夢》這部書是曹雪芹的自敘傳」的觀點，從而奠定了「新紅學」的基礎。在紅學史上，「自敘傳」是胡適的專利，在他之前無人說過「賈寶玉就是曹雪芹」的話；若有，胡適——連同整個「新紅學」——就不可能有如此顯赫的地位。然而，生活在胡適一百多年前的裕瑞，居然會對「自傳說」加以批駁，斷言賈寶玉不是作者「自己寫照」（自傳），而是「指其叔輩某人」，簡直不可思議。周汝昌先生說：「他說脂硯是雪芹的叔叔，其立說之因，大約在於他所說的：『聞其所謂寶玉者，尚係指其叔輩某人，非自己寫照也。』他既然相信了這個傳『聞』，又見脂硯與『寶玉』同口氣同輩數，故此才說脂硯也是雪芹的叔輩。他這個『聞』本身也不過是『自傳說』的一種變相（可稱之為『叔傳說』），小小轉換，本質無殊，因此思元齋的推論說脂硯是『其叔』也不過是附會之談。」（《紅樓夢新證》，頁 856-857）周先生將「叔傳說」稱為「自傳說」的變相，是再準確不過的了。《棗窗閒筆》想用「叔傳說」來替代「自傳說」，這種觀念不可能產生於胡適之前。售書者特意表白《棗窗閒筆》為一九一二年某人所藏，其動機就是要將時間超前於一九二一年，用心可謂良苦矣。

〈《紅樓圓夢》書後〉又說：「作者不知旗人合卺禮節，巧謂轉借南方撒帳例，其誰欺乎？」原來《紅樓圓夢》敘寶玉、黛玉奉旨完婚道：「先是廿四名女樂奏著笙歌，隨即提燈、宮扇，雙雙引道，然後簇擁郡主，花團錦簇出廳西立；太監遂引寶玉並肩東立，拜了天地、和合，一同謝恩謁祠。然後退入上房，照南方例，行合卺、撒帳等禮畢，隨即雙排儀從，到賈政公館拜見。」這種描寫原極平常，符合

《紅樓夢》及其續書「無朝代年紀可考」的敘事特點；《棗窗閒筆》偏偏要強調旗人習俗，就是沒有讀懂《紅樓夢》的表現。況且「旗人」云云，不可能出於「天潢貴冑」的裕瑞之口，蔡元培先生《石頭記索隱》說：「《石頭記》者，清康熙朝政治小說也。作者持民族主義甚摯。書中本事在弔明之亡，揭清之失，而尤於漢族名士仕清者寓痛惜之意。」在相當長的時間裏，此說佔據著主導地位。視《紅樓夢》為「滿族文學」的觀念，則是出現得很晚的。

　　《棗窗閒筆》轉述「曹雪芹」「若有人欲快睹我書不難，惟日以南酒燒鴨享我，我即為之作書」的話，又分明是對《紅樓夢》寫作、傳播完全隔膜者的信口杜撰，帶有近代的鮮明色彩。因為只有到了晚清，隨著報紙雜誌的空前繁榮，報章連載小說之舉尤受讀者歡迎，往往是一回一回地寫作，一回一回地發表，拉近了作者與讀者的距離，釀成作者現作現賣、讀者先睹為快的社會心態，「小說家」才有了社會地位，並有可能以自己的作品誇示讀者，傲示世人。

　　總之，《棗窗閒筆》的來源，《棗窗閒筆》的自身矛盾，《棗窗閒筆》與現存實物的矛盾，都只能匯出一個結論：《棗窗閒筆》不出於所指的「證人」裕瑞之手，不能支持脂硯齋的「存在」，因而不能作為「證言」予以採信。我們固然不否認脂硯齋的「存在」，卻應該斷然否認《棗窗閒筆》的「證言」資格，這才是科學的實事求是的態度。

## 二　脂硯齋存在的第二份「證言」

　　《棗窗閒筆》是脂本之外脂硯齋的唯一「證言」；當它的合法性有效性被排除之後，有關脂硯齋「存在」的證明，便歸到《脂硯齋重評石頭記》抄本來了。

　　如果再細分一下，《脂硯齋重評石頭記》上脂硯齋的信息，又由

兩大方面構成：一是他人撰寫的題記或批語，屬於客觀性的信息；一是脂硯齋對《紅樓夢》文本的批點，屬於脂硯齋自身的信息。相比之下，前者無疑是更為重要的。

令人遺憾的是，現存三個「正宗脂本」，都沒有一般版本應有的序跋，這就使我們少了一條「尋訪」脂硯齋的途徑；聊可補其不足的是，甲戌本書後有七條他人書寫的文字，胡適當年稱之為「跋語」。金品芳先生以為：「它們不是全為、專為甲戌本而寫的，因之把它們稱之謂甲戌本的『跋語』或『前記』是不確的；就總體而言，它們當是題辭、筆記，是收藏家劉銓福與友人關於收藏、述評《紅樓夢》抄本、評本的一些題辭、筆記。」（〈甲戌本歸劉銓福收藏時尚殘存幾冊幾回？〉，《紅樓夢學刊》，1997 年第 4 期）其中有兩條提到了脂硯齋，它們是：

> 《紅樓夢》紛紛效顰者無一可取，唯《癡人說夢》一種及二知道人《紅樓夢說夢》一種尚可，惜不得與佟四哥三弦子一彈唱耳。此本是《石頭記》真本，批者事皆目擊，故得其詳也。
>
> 癸亥春日，白雲吟客筆。

> 脂硯與雪芹同時人，目擊種種事故，批筆不從度。原文與刊本有不同處，尚留真面，惜止存八卷，海內收藏家處有副本，願抄補全之，則妙矣。
>
> 五月廿七日閱，又記。（圖 1-13）

題記中「此本是《石頭記》真本，批者事皆目擊，故得其詳也」、「脂硯與雪芹同時人，目擊種種事故，批筆不從度」的話，包含了四大要義：

一、脂硯齋與曹雪芹是同時人；

二、他目擊了《紅樓夢》所寫的種種事故；

三、他的「批筆」都有所據，不是主觀的「度」；

四、脂本是《紅樓夢》的真本，其文字與刊本有不同處。

四大要義的內涵，比《棗窗閒筆》僅說脂硯齋是曹雪芹叔輩之類，無疑要充盈豐富得多，因而成為脂硯齋存在的第二份「證言」，受到了紅學家的高度重視。

題記既如此重要，按照檢察的慣例，首先要檢驗其有否充當「證言」的資格。

第一步，需要弄清的是，提供證言的「白雲吟客」是誰？

關於這一點，紅學家已經給出了答案：劉銓福。因為劉銓福有個別號，正是「白雲吟客」。以「白雲吟客」為別號者也許不止一個，何以見得定是劉銓福呢？甲戌本另外兩條題記，恰好回答了這一疑問。題記之一說：

> 近日又得妙復軒手批十二巨冊，語雖近鑿，而於《紅樓夢》味之亦深矣。

此記右側，又有旁記一條，說：

> 此批本丁卯夏借與綿州孫小峰太守刻於湖南。

研究紅學的人都知道，妙復軒本是《紅樓夢》傳播中產生的重要版本。今存光緒七年（1881）湖南臥雲山館刊本，有同治十二年（1873）孫桐生的《妙復軒評石頭記敘》。甲戌本題記中的「綿州孫小峰太守」，就是孫桐生（1824-1908），他表字筱峰，又作小峰，四

川綿陽人，曾做過湖南永州、郴州知府。孫桐生《妙復軒評石頭記敘》說：「丙寅（1866）寓都門，得友人劉子重貽妙復軒《石頭記》評本，逐句梳櫛，細加排比，反覆玩索，尋其義，究其歸，如是者五年。」《敘》中說到的劉子重，就是劉銓福。這樣，在時、地、人三個關節點上，都與甲戌本題記中「丁卯（1867）夏借與綿州孫小峰太守刻於湖南」相吻合，兩份材料相互印證，判定「白雲吟客」是劉銓福，完全可以成立。

劉銓福既是紅學史上唯一確指脂硯與雪芹關係的人，實有必要對作更深入的了解。紅學家並沒有忽略這一點，且看《紅樓夢大辭典》「劉銓福」條的介紹：

字子重，別號白雲吟客，大興（今北京市大興縣）人，官至刑部郎中。他能詩會畫，從他父親劉位坦（寬夫）開始，都是收藏家，收藏的古董，重要的有謝文節橋亭卦硯、宋秘閣硯、趙忠毅鐵如意、宋本《月老新書》、君子館瓶等。因此，到後來他把自己的書齋天尺宧，也改名為君子館甎館。他收藏了《脂硯齋重評石頭記》的十六回殘本（即甲戌本）和妙復軒評本（即張新之評本）《紅樓夢》，書中蓋有他的印章，他還為甲戌本寫了題記。他的生卒年代不詳，但大書畫家趙之謙（1829-1881）與他友誼甚深，為他刻「子重」二字圖章時，其邊款作：「集漢吉金為重翁作。」可見他的年齡當不會比趙小，大約生於嘉慶末，而卒於光緒間。趙之謙為他刻「大興劉銓福家世守印」九字圖章時，邊款上又說：「子重先生嗜古好佛，與予若有夙興，家富收藏，洎若兩世，守之弗失，承先啟後，其足敬也。」這個本子一九二七年為胡適所得，一九六一年胡適將它影印出版，公之於世。至於妙復軒評本，劉銓福則在生前

就交好友孫桐生於光緒七年（1881）刻有湖南臥雲山館刊本。
（頁1178）

《紅樓夢大辭典》提供的訊息，大致可歸納為兩點：1、劉銓福，大興人，約與趙之謙（1829-1881）年齡相當，生於嘉慶末，卒於光緒間，官至刑部郎中；2、劉銓福與其父劉位坦（寬夫）都是有名的收藏家，收藏了《脂硯齋重評石頭記》甲戌本和妙復軒評本《紅樓夢》。但問題是：劉銓福的題記寫於同治二年（1863），上距程甲本問世已七十二年，距《紅樓夢》的成書就更久遠了。他判定「脂硯與雪芹同時人」的根據是什麼，《紅樓夢大辭典》並沒有予以檢驗或作出必要說明。也許紅學家們以為，劉銓福既是當時「都下無比」的大收藏家，他的鑒別能力是值得信賴的，他說的話大約不會毫無根據。

但一廂情願的「信賴」，並不合學術規範，也不符合無徵不信的準則。既然要將劉銓福的話當作「證言」，按照「證據開示」的精神，總得依照程序做好以下幾件事情：

一、弄清證言的來源，特別是提供的情況是否係本人親自聽到或看到的；如果是經過轉述的，則應儘量找到最初的證人，至少要注明有關的情況。

二、了解證人與當事人的關係，以判明證言的真實可靠程度。

三、分析證言是否合情合理，陳述的內容有沒有邏輯矛盾。

四、比對各個證言的異同，如果在關鍵性地方有疑問，須再深入調查，務求水落石出。

下面，我們就試著來補做這些工作。

潘重規先生一九六四年寫了一篇〈甲戌本《石頭記》論〉，提到他在臺灣中央圖書館讀到華陽王秉恩雪澄先生日記手稿，在第二十九冊光緒二十七年（1901）二月初十日日記之前，發現了黏貼的一張朱

絲欄箋，記云：

> 脂研堂朱批紅樓原稿，其目如「林黛玉寄養榮國府」、「秦可卿
> 淫喪天香樓」，與現行者不同。聞此稿僅半部，大興劉寬夫位
> 坦得之京中打鼓擔中；後半部重價購之，不可得矣。朱平有
> 云：「秦可卿有功寧榮二府，芹聽余恕之。」又云：「秦鍾所得
> 賈母所賞金魁星，云：『十餘年未見此物，令人慨然。』」是平
> 者曾及當日情事。（《臺灣紅學論文選》，百花文藝出版社，
> 1981 年，頁 399）

　　據潘重規先生介紹，王雪澄精於目錄校讎之學，王毓藻校刻的嚴
可均所輯《全上古三代六朝文》，即經王雪澄手校。他在廣東張之洞
幕中，曾為之校刻《廣雅叢書》。他藏書頗豐，對舊版善本書流傳蹤
跡極為熟悉，與同時藏書家及學人名士交往甚密。此箋是黏貼在日記
上的，書寫時間難以判定，但不會早於光緒二十七年（1901）。

　　對於這條「脂本」與劉家發生關係的最早記錄，可以有兩種思考
方式：

　　一種思考方式是：承認它所述劉寬夫得脂研堂本的可信性，把它
當作劉銓福信息的源頭去追究。

　　劉寬夫，名位坦，道光五年乙酉（1825）拔貢，咸豐元年
（1851）以御史出守湖南辰州府，咸豐七年（1857）告病回京，咸豐
十一年（1861）卒。他在京中打鼓擔購得脂研堂本，當在咸豐元年出
守辰州之前，不大會在咸豐七年告病回京以後。王雪澄對於此事的追
記，已遠在五十年以後了。可注意的是，抄本題名是「脂研堂朱批紅
樓原稿」，而不是「脂硯齋重評石頭記」。潘重規先生以為，王雪澄的
記錄可能是聽朋友的傳述，因此誤將「脂硯齋」寫成「脂硯堂」；但

也有另一種可能：原先就叫做「脂研堂」，「脂硯齋」則是後改動的。一九五五年重慶發現了一塊「脂硯」，據說是明代名妓薛素素之物，硯側刻字曰：「脂研齋所珍之研，其永保。」硯背有王稚登題詩：「調研浮清影，咀毫玉露滋。芳心在一點，餘潤拂蘭芝。」有紅學家認為，這就是脂硯齋評閱《紅樓夢》時調研胭脂的硯石。文物專家郭若愚先生指出：不論是紅藍花的淘製過程，還是胭脂膏的使用過程，都不需使用硯石，所以調研胭脂的「脂硯」是不存在的（《有關曹雪芹若干文物質疑》）。但詩中的「調研」二字，卻令人想到：「脂研堂朱批」將「脂研」與「朱批」並列，說明「脂研」可能和「朱批」有關。古人批書常用朱墨兩色，「朱」是礦物顏料朱砂，需研細加膠後用筆著色；「脂研」，就是將朱砂研細以供使用。用朱筆所加之批，本來可以稱作「朱批」；然清制規定：內外奏章或特降之旨，由皇帝用朱筆批示，明其出於親筆，「朱批」遂成了皇帝諭旨所專用，平人只好以他字代之，「脂」恰與「朱」同色，「脂批」於是就成了「朱批」的代稱，「脂評」也就是「朱平」了。作為名詞，「研」、「硯」二字原可通用，作為動詞，就只能用「研」了；「脂研堂」不等於「脂硯堂」，更不等於「脂硯齋」。

從現象上看，劉寬夫所得半部脂研堂朱批原稿，內中「林黛玉寄養榮國府」之事，適在今存甲戌本第三回；「秦鍾所得賈母所賞金魁星」，適在甲戌本第八回。劉銓福甲戌本題記說，「原文與刊本有不同處」，與王雪澄所說的脂研堂朱批原稿基本對合；甲戌本的「止存八卷」，似乎也與「此稿僅半部」差近。加上脂研堂朱批原稿又有少量批語，如「秦可卿有功寧榮二府，芹聽余恕之」之類，意思與甲戌本的批語也很相近。這些，都幾乎讓人相信：脂研堂朱批原稿就是現存的甲戌本。令人不放心的是，劉寬夫是在曹雪芹去世百餘年後，偶然從鼓擔上購得「脂研堂朱批紅樓原稿」的，他與曹雪芹不會有什麼關

涉，對於「脂研堂」的情況也不一定會有什麼了解。

另一種思考方式是：潘先生的「論」未必真「」。王雪澄的箋記既是黏貼在日記上的，本身就不是日記的組成部分，因而顯然缺乏合法性。劉銓福題記並沒有說甲戌本為其父所傳，「海內收藏家處有副本，願抄補全之，則妙矣」的話頭，倒像是剛剛收藏的意思。他說此本「惜止存八卷」，亦與現存甲戌本四冊十六回、且為斷成三截的殘本不同。俞平伯先生說：「『八卷』恐只能作八本八冊解。依現存本情況說，書四冊，每冊四回，共十六回；如為八冊，便有三十二回了。姑假定劉氏藏本共八冊：今存第一冊（一至四回），第二冊（五至八回），第四冊（十三至十六回），第七冊（二十五至二十八回）；缺第三冊（九至十二回），第五、第六冊（十七至二十四回），第八冊（二十九至三十二回）。劉氏藏本大約止於此。依照上面的看法，今本大約只得劉銓福收藏的一半；那麼，對於甲戌原本，當然更是殘缺的了。」（〈影印《脂硯齋重評石頭記》十六回後記〉，《中華文史論叢》第一輯）俞平伯先生認為八卷只能作八本八冊解，原是正確的。但現存甲戌本每葉中縫標明書名，卷數、頁數，如第一回第一頁中縫作：「石頭記□□卷一□□□□一□□□□脂硯齋」，故應為一回一卷；但甲戌本又是四回分釘成一冊，第一回、第五回、第十三回、第廿五回首行卷端，都題作「脂硯齋重評石頭記」，其它各回則無之。如確以四回為一卷，八卷便是三十二回。劉寬夫所得半部脂研堂原稿，若以八十回為一部，則所得為四十回；若以一百二十回為一部，則所得為六十回：都與甲戌本八卷之數不同。還有一個差別尤不應忽視，即脂研堂是以「紅樓原稿」相標榜，而不是題作「石頭記原稿」的，因此它不會有「至脂硯齋甲戌抄閱再評仍用《石頭記》」字樣，這是它與現存甲戌本的本質區別。

當然，劉寬夫不瞭解曹雪芹和脂研堂，並不排除劉銓福通過調查

考證，掌握《紅樓夢》寫作和傳播情況的可能；他之斷言「脂硯與雪芹同時人」、「事皆目擊」，也許有一定的根據。而甲戌本書後「近日又得妙復軒手批十二巨冊」、「此批本丁卯夏借與綿州孫小峰太守刻於湖南」兩條題記，至少說明劉銓福對《紅樓夢》版本是關注的，他與當時的「紅學界」人士是有密切交往的，這就為他的「證言」提供了一個方面的佐證。

　　試想：劉銓福將妙復軒《石頭記》評本借給孫桐生，是《紅樓夢》讀者都知道的事；他為什麼要在與此毫不相干的甲戌本中特意提到呢？他是否想藉此暗示讀者：在將妙復軒本借給孫桐生時，也把甲戌本一併給了孫桐生了呢？果然，在甲戌本卷三第二頁 B 面，有一條墨寫的眉批，中云：

> 予聞之故老云：賈政指明珠而言，雨村指高江村。蓋江村未遇時，因明珠之僕以進身，旋膺奇福，擢顯秩。及納蘭勢敗，反推井而下石焉。玩此光景，則寶石（玉）之為容若無疑。請以質之知人論世者。
>
> 　　　　　　　同治丙寅（1866）季冬月左綿癡道人記。
> 　　　　　（批下鈐有陽文長形章曰：「情主人」）（圖 1-14）

　　同治十二年癸酉（1873）孫桐生〈《妙復軒石頭記》敘〉，也有一段話說：「訪諸故老，或以為書為近代明相而作，寶玉為納蘭容若，……若賈雨村，即高江村也，高以諸生覓館入都，主於明僕，由是進身致通顯。」任誰都可一眼看出，眉批表述的觀點與此〈敘〉是一致的；孫桐生是綿州人，綿州州治在綿山之東，故稱「左綿」。胡適一九二七年得到甲戌本，次年二月寫成《考證〈紅樓夢〉的新材料》，對此特加評論道：

第三回有墨筆眉批一條，字跡不像劉銓福，似另是一個人；跋末云：「同治丙寅（五年，一八六六）季冬左綿癡道人記。」此人不知即是上條提起的綿州孫小峰嗎。（《胡適紅樓夢研究論述全編》，頁 160）

胡適雖未肯定「左綿癡道人」即孫小峰，但紅學研究者卻相信了「左綿癡道人」、「情主人」就是孫桐生，相信了他在向劉銓福借妙復軒本同時也借得了甲戌本，並在上面作了批點和改動。《孫桐生研究》收有孫桐生故里的學者，如王興平、楊培德、劉長榮、張斯民、濮實、曾欣等先生的著述，對孫桐生的生平交遊作了翔實考證，其中曾欣先生的《孫桐生與劉銓福》，集中梳理了孫、劉二人從「長沙邂逅、結為知音」到「京城重逢、同好《紅樓》」的交往史，從而得出「劉銓福是『甲戌本』和『妙復軒評本』的收藏者，孫桐生是『甲戌本』被劉銓福收藏後最重要的批閱者，又是和『妙復軒評本』的辛勤整理者和刊刻者」（《孫桐生研究》，頁 300）的結論。

由此看來，「左綿癡道人」是不是孫桐生？他是不是也借到了甲戌本？對劉銓福的「證言」雖然只是一個旁證，卻可以檢驗其可信度。為此，亦不妨作兩種假定，從兩個視角進行審鑒，並最後作出評判和取捨。

首先，假定胡適的推斷屬實，孫桐生從劉銓福那裏借到了甲戌本。如果承認這一事實，就會發現孫桐生作為《紅樓夢》版本的鑒定者，對兩種版本採取了截然不同的態度：取妙復軒批本，將它在湖南刊刻出版；摒棄脂硯齋批本，將它還給了劉銓福。他之所以這樣做，至少包含了對脂硯齋的三個「不以為然」：

一、不以《紅樓夢》是作者的「自傳」說為然。孫桐生雖然在〈《妙復軒石頭記》敘〉中說過「曹雪芹或以即曹銀臺寅之公子」的

話，但又說：「特以真事既隱，正令人尋蹤按跡而無從。蓋作文之妙，在縹緲虛無間，使人可望不可即，乃有餘味；若一徵諸實，則劉四罵人，語多避忌，而口誅筆伐，亦不能暢所欲言矣。」他在甲戌本上批上「賈政指明珠而言」、「寶玉之為容若無疑」，且說「請以質之知人論世者」，更明確表明了不贊成「自傳說」的意向。

二、不以《紅樓夢》原本為「殘本」說為然。孫桐生當時所看的甲戌本，無疑是一個殘本（不論是劉銓福所說的「止存八卷」，還是現在所存的十六回）。楊光漢先生分析孫桐生捨棄甲戌本的原因說：「中國讀者向有求全心理。既要刻印一部小說，故事必須完整，始可為人樂於購置。而甲戌本是一個中間不連貫的僅存十六回的殘本，篇幅只及當時流行的百二十回的八分之一強，刻它出來，讀者能有幾許？」（《孫桐生研究》，頁 63-64）問題在於，甲戌本的「殘」，本質上是對曹雪芹原著「不完」在版本狀態上的認定；甲戌本正文有「至脂硯齋甲戌抄閱重評」字樣，又有「壬午除夕，書未成，芹為淚盡而逝」的眉批，明白宣示《紅樓夢》成書於乾隆十九年甲戌之前，曹雪芹卒於乾隆二十七年壬午除夕，從而使「披閱十載」的成書過程與曹雪芹的生卒年代，有一個相當穩定的說法。但孫桐生卻不這樣看。他除了說曹雪芹可能是作者外，又說：「考其時假館容若，擅宏通、稱莫逆者，則有梁藥亭、姜西溟、顧梁汾諸君子，不能實指為某人草創，某人潤色也。」（《《繡像石頭記紅樓夢》敘》）對作者問題採用了相當遊移的說法。他提到的梁佩蘭（號藥亭，1632-1708）、姜宸英（字西溟，1628-1699）、顧貞觀（號梁汾，1637-？）都是康熙年間人，這意味著《紅樓夢》的成書年代，在他看來不會晚到乾隆時期。最受孫桐生推崇的太平閒人張新之，又是不贊成「續書」說的，他在《《紅樓夢》讀法》中說：「有謂此書止八十回，其餘四十回乃出另手，吾不能知。但觀其中結構，如常山蛇首尾相應，安根伏線，有牽

一髮渾身動搖之妙，且詞句筆氣，前後略無差別，則所謂增之四十回，從中後增入耶？抑參差夾雜入耶？覺其難有甚於作書百倍者，雖重以父兄命，萬金賜，使閒人增半回，不能也。何以耳為目，隨聲附和者之多？」孫桐生對此顯然是極表贊同的。至於《紅樓夢》的「本事」，孫桐生所持的觀點是「明珠家事」說，故〈《繡像石頭記紅樓夢》敘〉云：「至書中言寶玉中第七名舉人，查進士題名碑，成德中康熙十五年丙辰科二甲第七名進士，言舉人者，隱之也。」就是建立在後四十回出於原作者之手的前提下的。試想，他怎麼會贊成「書未成，芹為淚盡而逝」之類說法呢？

三、不以脂硯齋是《紅樓夢》創作「知情人」說為然。作為一位「少讀《紅樓夢》，喜其洋洋灑灑，浩無涯，其描繪人情，雕刻物態，真能抉肺腑而肖化工」的紅學家，孫桐生如果看到了甲戌本，是會給予高度重視的。從題記落款看，劉銓福「此本是《石頭記》真本」和「脂硯與雪芹同時人」二條，均題於同治二年癸亥（1863），其時都在孫桐生借閱甲戌本的同治五年丙寅（1866）之前，按理說是應該看到的，何況劉銓福出示甲戌本時，還可能當面作更深的揄揚。光緒七年（1881）孫桐生在妙復軒評本上，題有《編纂〈石頭記評〉葳事、奉和太平閒人之作、即步原韻》，中有「十年心血編排盡，作述如何等量觀」的詩句，自注云：「憶自同治丁卯（1867）得評本於京邸，其文逐段分疏界畫，而無正文，余為排比添注刻本之上，又親手合正文評語，編次鈔錄，間有脫誤，不憚改訂，日盡數紙，竭十年心力，始克成此完書，敢云有功前哲，差不沒評者之苦心云爾。」可知當日劉銓福借給孫桐生的，是一個沒有正文的評語匯鈔本，孫桐生需要「親手合正文評語，編次鈔錄」。如果他看到了甲戌本，把脂硯齋批語編次鈔錄進去，無疑將大大提高刻本的聲價。但孫桐生並沒有這樣做。在《妙復軒石頭記敘》中，居然沒有提脂硯齋一個字；他留

在甲戌本上的眉批，仍然在重申「賈政指明珠而言」，與劉銓福「脂硯與雪芹同時人」大唱反調。脂硯齋是什麼樣人，本應該引起有考證癖的孫桐生的關注。如對「太平閒人」，孫桐生就頗費了一番「冥搜苦索」的心機。他在〈編纂《石頭記評》蕆事、奉和太平閒人之作、即步原韻〉第一首所加自注云：「評本並無名氏別號，余窮思苦索，致忘寢食，恍惚夢中人詔以太平閒人者；爰考道光庚戌臺灣守，始知為全君卜年，遂以著錄。」他考證的思路是「因別號而實人」（〈《繡像石頭記紅樓夢》敘〉），根據太平閒人曾遊臺灣、且居郡署的經歷，從陸放翁「已卜餘年見太平」詩意推衍開去，猜想「太平閒人」的名字應為「卜年」二字，然後查考得恰有嘉慶辛未進士全卜年，道光末官居福建臺灣太守（〈《繡像石頭記紅樓夢》跋〉），遂得出以上結論。事實證明，他的考證是錯了的。太平閒人是張新之的別號，他並沒有做過臺灣知府，只是知府衙門中的幕僚。但不管怎麼說，孫桐生是嗜好考證的，他如果確信脂硯齋的存在和重要地位（這是太平閒人難以望其項背的），豈能輕輕放過？

所以，假如孫桐生真的讀到甲戌本，他在遠比今人更為貼近的距離對它所作的的鑒定，只能是對劉銓福有關脂硯齋的評介的全盤否定，這種結論，無疑是很令人掃興的。

但是，孫桐生與甲戌本糾葛的更大可能是：他不曾從劉銓福那裏借到甲戌本，也根本沒有在上面作過批點。這個結論，是運用字跡辨別的方法，對批語進行鑒定得出來的。早在一九六一年五月，胡適先生就提出了辨別字跡的方法。他所撰寫的《跋乾隆甲戌《脂硯齋重評石頭記》影印本》第三節〈介紹原藏書人劉銓福，附記墨筆批書人孫桐生〉，認定批書人是孫桐生，並提出注意眉批的筆跡，他說：

我要請讀者認清他這一條長批的筆跡，因為這位孫太守在這個

甲戌本上批了三十多條眉批，筆跡都像第三回二頁這條簽名蓋
章的長批。（此君的批語，第五回有十七條，第六回有五條，
第七回有四條，第八回有四條，第二十八回有兩條。）他又喜
歡改字，如第二回九葉上改的「疑」字；第三回十四葉上九行
至十行，原本有空白，都被他填滿了；又如第二回上十行，原
作「偶因一著錯，便為人上人」，墨筆妄改「著錯」為「回
顧」，也是他的筆跡。（庚辰本此句正作「偶然一著錯」。）孫
桐生的批語雖然沒有什麼高明見解，我們既已認識了他的字
體，應該指出這三十多條墨筆批語都是他寫的。（《胡適紅樓夢
研究論述全編》，頁 344）

　　當然，胡適先生所謂「認清」「筆跡」，不是提醒人們去鑑別孫桐
生筆跡的真偽，而是要人們以眉批的字跡為基準，去辨認甲戌本其它
批語或改動是否出孫氏之手。潘重規先生在《甲戌本〈石頭記〉論》
中就補充道：「我檢對甲戌本，第二回第十頁正面有孫批一條（胡漏
引），第三回有一條，第四回第七頁反面有一條（胡漏引），第五回有
二十條（胡漏引三條），第六回有五條，第七回有六條（胡漏引二
條），第八回有四條，第二十六回有二條（胡漏引），第二十八回有二
條。」對於孫桐生的改字，除胡適已舉者外，他又補充了幾條：

第二回 35A：「否不但不污尊兄之清操，」否下右側添「則」
字，次「不」字左側注改「有」字。

第五回 71A：「情天情海幻情身，」墨筆點去「身」字，改作
「深」字，深字朱筆加四圈，身字左側朱筆加△。

第五回 74A：「寂寞時，」寞旁注寥字。

第五回 74B：「如何心事終虛話，」虛話二字乃孫桐生改，原

文二字塗去不能辨認。

第五回 79A：「惟心會而不可言傳，」惟字墨筆點去，改可字，惟字左側朱筆注△，可字加圓圈。

第六回 88B：雙行批「紅樓夢內雖未見，」內上墨加「曲」字。（《臺灣紅學論文選》第 429 頁）

一九九二年，四川綿陽市社科聯在孫桐生故里召開「孫桐生與《紅樓夢》」學術討論會，會後出版了《孫桐生研究》，公佈了許多有關孫桐生的珍貴文獻。據王興平等先生透露，孫桐生的文字留存極為豐富，現存手稿約二十萬字，楷書、行書、草書都有。這就為檢驗甲戌本眉批是否係孫桐生筆跡，提供了可靠的依據。在克非先生等朋友的熱心幫助下，我從綿陽、成都、南京等地搜集到幾份孫桐生的真跡，它們是：

一、同治十二年（1873）臥雲山館藏板《妙復軒評本繡像石頭記紅樓夢》卷末署「同治癸酉季秋月下浣飲真外史孫桐生敘於臥雲山館」之《〈妙復軒評石頭記〉敘》。《妙復軒評本繡像石頭記紅樓夢》的出版是孫桐生親自主持的，「所有編纂、謄鈔、校對、監印、籌資，均孫桐生私人完成」（劉長榮、濮實：《孫桐生與臥雲山館本〈妙復軒評石頭記〉》，《孫桐生研究》第 137 頁）。此敘係依孫桐生之手書寫刻而成，的為孫桐生之手跡。（圖 1-15）

二、同治二年（1868）刊唐一存著《靜軒集唐詩鈔》卷末署「同治戊辰十月望日同里弟孫小峰甫書於小停雲館」之《〈靜軒集唐詩鈔〉序》，亦依孫桐生之手書原稿寫刻而成。（圖 1-16）

三、手稿《奚恭人傳》，原件本子稍厚，友人分別從綿陽、成都複印得第一、二頁和第三、四頁。此文開首曰：「恭人姓奚氏，字韻芬，祖籍蓬溪，嘉慶中遷居溫江。」據孫桐生《生平大事記》云：

「光緒十四年，歲在戊子，……妻奚恭人……百治不效，於六月二十日辰時去世。……綜計吾妻，一生仁孝賢明，克兼婦德，前曾綜舉生平，為作生傳，茲沒於歿後刊刻，就正當代，用乞銘誄，庶吾妻可以不朽矣。」可知乃孫桐生為其妻所作之傳，時當奚氏臥病之光緒十四年（1888）春夏間。此傳當已刊刻，而手稿猶存。（圖1-17）

四、光緒十三年撰《〈課塾〉敍》，為張斯民先生生前所藏孫氏手稿，末署「時在光緒十三年，歲在丁亥仲秋月，小峰孫桐生敍於治經講舍」。（圖1-18）

以上四份材料，兩份出於刊本，雖經寫刻，其書法流利圓潤，不失本色；兩份則為孫桐生親筆所書，書寫風格與刊本完全一致，可信皆為他的真跡。現從四份手跡中擇出與甲戌本左綿癡道人眉批對應的文字，製作《甲戌本左綿癡道人字跡對照表》（為節省篇幅，僅列八表）如下：

## 甲戌本左綿癡道人字跡對照表

1

| 甲戌本眉批 | 予 | 聞 | 之 | 故 | 老 | 云 |
|---|---|---|---|---|---|---|
| 妙复轩石头记叙 | 予 | | 之 | 故 | 老 | 云 |
| 静轩集唐诗钞序 | | | 之 | 故 | | |
| 奚恭人传 | 予 | 曰 | 之 | 故 | | 云 |
| 课塾叙 | 予 | | | | | |

2

| 甲戌本眉批 | 賈 | 改 | 揩 | 明 | 珠 | 而 |
|---|---|---|---|---|---|---|
| 妙復軒石頭記叙 | 賈 | | 揩 | 明 | 珠 | 而 |
| 靜軒集唐詩鈔序 | | 改 | | | | 而 |
| 奚恭人傳 | | | | | 明 | 而 |
| 課墊叙 | | | | | | 而 |

3

| 甲戌本眉批 | 言 | 而 | 村 | 揩 | 高 | 江 |
|---|---|---|---|---|---|---|
| 妙復軒石頭記叙 | 言 | 而 | 却 | | 高 | 江 |
| 靜軒集唐詩鈔序 | | | | | | |
| 奚恭人傳 | 言 | 而 | | | | |
| 課墊叙 | | | | | | |

4

| 甲戌本眉批 | 村 | 盡 | 江 | 村 | 未 | 過 |
|---|---|---|---|---|---|---|
| 妙復軒石頭記叙 | 却 | 盡 | | | 未 | |
| 靜軒集唐詩鈔序 | | | | | | |
| 奚恭人傳 | | 盡 | | | | 過 |
| 課墊叙 | | 盡 | | | | 過 |

5

| 甲戌本眉批 | 時 | 因 | 明 | 珠 | 乙 | 僕 |
| --- | --- | --- | --- | --- | --- | --- |
| 妙復軒石頭記叙 | 時 | 因 | 明 | | 乙 | 僕 |
| 靜軒集唐詩鈔序 | | | | | 乙 | |
| 奚恭人傳 | 時 | | | | 乙 | |
| 課塾叙 | | | | | 乙 | |

6

| 甲戌本眉批 | 以 | 進 | 身 | 旋 | 腐 | 奇 |
| --- | --- | --- | --- | --- | --- | --- |
| 妙復軒石頭記叙 | 以 | 進 | 身 | | | 奇 |
| 靜軒集唐詩鈔序 | 以 | | | | | |
| 奚恭人傳 | 以 | 進 | 身 | | | |
| 課塾叙 | 以 | 進 | 身 | | | |

7

| 甲戌本眉批 | 福 | 擢 | 顥 | 袟 | 及 | 衲 |
| --- | --- | --- | --- | --- | --- | --- |
| 妙復軒石頭記叙 | | | 顥 | | | 納 |
| 靜軒集唐詩鈔序 | | | | | | |
| 奚恭人傳 | | | | | 及 | 日 |
| 課塾叙 | | | | | 及 | |

8

| | | | | | | |
|---|---|---|---|---|---|---|
| 甲戌本眉批 | 蘭 | 執 | 敢 | 反 | 推 | 升 |
| 妙復軒石頭記叙 | 蘭 | | | 反 | | |
| 靜軒集唐詩鈔序 | | | | | | |
| 奚恭人傳 | | 執 | | | | |
| 課塾叙 | | | | | | |

9

| | | | | | | |
|---|---|---|---|---|---|---|
| 甲戌本眉批 | 而 | 下 | 石 | 馬 | 玩 | 此 |
| 妙復軒石頭記叙 | 而 | 下 | 石 | 烏 | | 此 |
| 靜軒集唐詩鈔序 | 兩 | 下 | | | | 此 |
| 奚恭人傳 | 夕 | 下 | | | | 升 |
| 課塾叙 | 丙 | 卞 | | | | |

10

| | | | | | | |
|---|---|---|---|---|---|---|
| 甲戌本眉批 | 龙 | 景 | 則 | 宝 | 石 | 之 |
| 妙復軒石頭記叙 | | | 別 | 寶 | 石 | 之 |
| 靜軒集唐詩鈔序 | | | | | | 之 |
| 奚恭人傳 | | | 別 | | | 之 |
| 課塾叙 | 龙 | | 別 | | | 之 |

11

| 甲戌本眉批 | | | | | |
|---|---|---|---|---|---|
| 妙复轩石头记叙 | | | | | |
| 静轩集唐诗钞序 | | | | | |
| 奚恭人传 | | | | | |
| 课塾叙 | | | | | |

12

| 甲戌本眉批 | | | | | |
|---|---|---|---|---|---|
| 妙复轩石头记叙 | | | | | |
| 静轩集唐诗钞序 | | | | | |
| 奚恭人传 | | | | | |
| 课塾叙 | | | | | |

13

| 甲戌本眉批 | | | | | |
|---|---|---|---|---|---|
| 妙复轩石头记叙 | | | | | |
| 静轩集唐诗钞序 | | | | | |
| 奚恭人传 | | | | | |
| 课塾叙 | | | | | |

14

| 甲戌本眉批 | 季 | 冬 | 月 | 左 | 綿 | 痖 |
|---|---|---|---|---|---|---|
| 妙复轩石头记叙 | | | 月 | | | |
| 靜轩集唐诗钞序 | | | 月 | 左 | | |
| 奚恭人传 | | | 日 | | | |
| 课塾叙 | | | 月 | | 俦 | |

15

| 甲戌本眉批 | 道 | 人 | 記 | | | |
|---|---|---|---|---|---|---|
| 妙复轩石头记叙 | 道 | 人 | 记 | | | |
| 靜轩集唐诗钞序 | | | | | | |
| 奚恭人传 | | 人 | 扣 | | | |
| 课塾叙 | 邑 | 人 | | | | |

　　甲戌本上「左綿癡道人」眉批共八十七字，四件材料中共有七十字可與之對應；無可對應之字，僅「指」、「遇」、「旋」、「膺」、「福」、「擢」、「秩」、「敗」、「推」、「井」、「玩」、「光」、「景」、「請」、「論」、「季」、「冬」、「癡」等十七字，占總字數的百分之十九點五。因此，這種對比，應該說是充分的、有效的。

　　關於左綿癡道人的書法，楊光漢先生曾有很好的歸納：「從結體和運筆看，他的楷書有幾個特點較為突出：磔筆蹲鋒明顯，出鋒縱而不擒，頗覺失勢；掠筆亦縱而不擒，然收筆有力，努筆彎環勢曲；勒

筆的回折駐鋒，努末轉擺的逆筆均頓挫分明。」（《孫桐生研究》，頁57）如果將其書法特徵再集中一下，最突出之點有二：

一是甲戌本眉批中的「人」字、「故」字、「政」字、「進」字等，捺筆「縱而不擒，頗覺失勢」；而孫桐生的真跡，捺筆大多提筆回鋒作收，與之絕不相同。

二是甲戌本眉批中的「聞」字、「明」字、「而」字、「雨」字、「身」字、「奇」字、「蘭」字、「則」字、「同」字等，先橫後豎的彎鉤，均呈向裏微凹之勢；而孫桐生的真跡，則皆圓轉自如，向外微凸。

再以字體結構和通篇佈局而論，二者更顯得工拙懸殊，絕對不可能出同一人之手。臥雲山館《妙復軒評石頭記敘》、〈《靜軒集唐詩鈔》序〉、《奚恭人傳》、〈《課塾》敘〉既為孫桐生之真跡，則甲戌本左綿癡道人眉批非孫桐生之手跡，可為定論。

又據王興平、劉長榮、濮實先生輯選《孫桐生詩文選》，孫桐生題署的別號甚多，計有「左綿孫桐生」（咸豐十年〈《未信編》自敘〉）、「芙蓉外史」（咸豐十一年〈《楚遊草》自敘〉）、「綿州孫桐生小峰甫」（同治二年〈《熊襄愍公集選》序〉、同治三年〈《未信續編》自敘〉、同治九年〈《國朝全蜀詩鈔》敘〉）、「駝浦迂民」（同治七年〈《未信餘編》自敘〉）、「杞愚居士孫桐生」（同治七年〈《永鑒錄》自敘〉）、「飲真外史孫桐生」（同治九年〈《重刊吳吳山三婦合評牡丹亭還魂記》序〉、同治十二年〈《繡像石頭記紅樓夢》敘〉）、「左綿孫桐生小峰甫」（光緒元年〈《國朝全蜀貢舉考要》敘〉）、「巴西懺夢居士」（光緒二年〈《繡像石頭記紅樓夢》跋〉）、「巴西孫桐生小峰甫」（光緒七年〈《彈指詞》敘〉）、「小峰桐生」（光緒十三年〈《課塾》敘〉）、「前史官臣孫桐生」（光緒十六年〈《明臣奏議》跋〉）等等，而無一題署作「癡道人」和「情主人」者。據周汝昌先生〈《紅樓夢》與「情文化」〉云：「清代的第一朝皇帝順治，就是一位情癡情種。他

的法名叫做『行癡』，而自號又曰『癡道人』。」（《紅樓夢學刊》，1993 年第 1 期）「癡道人」云云，或許即從此竊取而來，亦未可知。

通過上面的比對，足以證明甲戌本上左綿癡道人之批，絕非孫桐生之手跡。確定了這一點，反觀孫桐生從劉銓福那裏借到甲戌本，並在上面作過批點的事情，可以斷定是根本不存在的。

首先，此事缺乏文獻記載的證實。現存支持孫桐生從劉銓福那裏借到甲戌本的材料，都不在甲戌本之外；而在甲戌本自身的證據，也異常脆弱。因為「近日又得妙復軒手批十二巨冊」與「此批本丁卯夏借與綿州孫小峰太守刻於湖南」兩條題記，依稀間彷彿與此事有關，但追究下去，一絲一毫也不曾說到甲戌本的事，一切都是出於讀者的誤會。

從孫桐生方面能找到的材料也是如此。一般人都可得見的作於同治十二年（1873）的〈《繡像石頭記紅樓夢》敍〉中說：「丙寅（1866）寓都門，得友人劉子重貽妙復軒《石頭記》評本……」，作於光緒七年（1881）的〈編纂《石頭記》評藏事、奉和太平閒人之作、即步原韻〉自注云：「憶自同治丁卯得評本於京邸……」，也只是說到了妙復軒本的事。孫桐生手編的〈生平大事記〉，是新發現的珍貴材料，中云：「同治十一年，歲在壬申（1872）。四十九歲。里居無事，將《妙復軒評〈石頭記〉》排比，逐句審定。算自辛未（1871）鈔起，迄丙子（1876）冬始竣事，竭盡無限心力，始成此一部大觀。」（《孫桐生研究》，頁 402-403）也沒有說到從劉銓福那裏看到甲戌本。

其次，此事亦與情理不合。楊光漢先生說得好：「劉銓福是此書的藏主，按理他最有權在書中加批和塗改，但他除了在幾處加蓋印章以及在書後留下六條跋文和題記之外，未在書中添加任何一個字」，原因就在「劉氏作為一位藏書家，懂得保存藏書原貌的重要，不肯點

染」(《孫桐生研究》，頁 56)。況且早在同治四年（1865），濮文暹、濮文昶（文暹字青士，文昶即椿餘）兄弟寫在甲戌本上的題跋（青士、椿餘與劉銓福的關係，看來更深於孫桐生，但他們也只是在書後所附的另紙上書寫題記），就已再三稱道此本的珍貴，並鄭重叮囑：「子重其寶之！」劉銓福對他們的勸告竟置若罔聞，聽憑孫桐生在正文篇頁中任意塗抹，實屬不可思議。

　　再從孫桐生的角度看，甲戌本不是己有之物，劉銓福與自己的交情無論好到何等程度（從留存的信劄詩文來評估兩人的友情，有時是需要打一點折扣的），能慷慨將寶愛的珍本借予一觀，已經是格外垂青；如果不識輕重，在珍本書上肆意塗抹，就未免太過分了。須知其時的孫桐生，尚是一個開缺的署任知縣，交接時被後任「任意苛求，格外挑剔，代人受累，所費不貲」，藩憲又必欲得甘心，「人為刀俎，我為魚肉」；及抵京捐納知府，「川資部費約費二千餘金，一官虛懸，尚無實際，固由時運之蹇，實亦營謀之未工耳，心灰氣沮，擬即歸耕」(〈生平大事記〉，《孫桐生研究》，頁 397-398)。以其時「自歎時運乖舛」的心緒，加之只是《紅樓夢》「圈子」之外的無名人物，決無那種自命為權威在他人珍本上橫加批點的豪興和霸氣。濮氏兄弟的題辭寫於乙丑（1865）孟秋，其時在甲戌本被他借閱的丙寅（1866）冬之前，孫桐生是應該看到這一警示的；即便是孫桐生日後對妙復軒本的整理，也只是「逐句梳櫛，細加排比，反覆玩索，尋其義，究其歸」，「排比添注刻本之上，又親手合正文評語，編次鈔錄，間有脫誤，不憚改訂」，非常尊重原著原批。假若孫桐生喜歡亂改正文，胡添批語，其時豈不是有絕大便利了嗎？但他並沒有這樣做，怎麼反倒在劉銓福的甲戌本上放縱地亂改胡批呢？至於眉批的內容，既缺乏針對性，也毫無創意可言，所謂「賈政指明珠而言，雨村指高江村」云云，孫桐生的《〈繡像石頭記紅樓夢〉敘》已經彰明較著地寫著，任

何人都不難轉錄過來。

不僅如此，甲戌本上那些近似筆跡的批改，也不可能出自孫桐生之手。如卷五第十二頁Ａ面第一支《紅樓夢引子》「誰為情種」右側，原有行間朱批曰：「非作者為誰？余又曰：亦非作者，乃石頭耳。」有人在朱批右側加了墨圈，並在其下加墨批曰：「石頭乃作者耳。」此批向被視為孫桐生之批。大家知道，孫桐生關於《紅樓夢》的作者問題的觀點是「不能實指為某人草創、某人潤色」（《〈繡像石頭記紅樓夢〉敘》），此處又視「石頭」為作者，豈不是相去千里？

又，孫桐生對妙復軒本的整理，是以程甲本為工作底本，將評語「排比添注刻本之上，又親手合正文評語編次鈔錄」（妙復軒評本題詩自注）的，正如劉長榮、濮實先生所說，「孫桐生是尊重程甲本的，未作任何改動」（〈孫桐生與臥雲山館本《妙復軒評石頭記》〉，《孫桐生研究》，頁 137）。如甲戌本卷五警幻的話中，有多處與其它版本不同的文字：

> 此即迷津也。深有萬丈，遙亙千里，中無舟楫可通，只有一個木筏；乃木居士掌舵，灰居士撐篙，不受金銀之謝，但遇有緣者度（程甲本作「渡」）之。爾今偶遊至此，如（程甲本如前多一「設」字）墮落其中，則深負我從前一番以情悟道守理衷情之言（程甲本作「深負我從前諄諄警戒之語矣」）。

有人在「以情悟道」四字上加了墨圈，並加墨眉云：「四字是作者一生得力處，人能悟此，庶不為情所迷。」其字體筆跡與「左綿癡道人」眉批相同，故向被認為是孫桐生所加。但孫桐生對此四字既如此看重，讚賞為「作者一生得力處」，為什麼不依照甲戌本對妙復軒本（它是以程甲本為底本的）進行校改呢？相反，在妙復軒本中，仍

然按程甲本刻為「從前諄諄警戒之語矣」，可見視「以情悟道」四字為「作者一生得力處」的批語，不可能出孫桐生之手。

據劉長榮先生來信說，孫桐生的孫女婿張斯民先生手頭，就保存了許多當世名人給孫桐生的信，除劉銓福有十一封外，還有熊文華（字麗堂，作過陝西候補道）、嘉汝封（字康伯，孫桐生受業師）、陳耀庚（字雲莊，道光六年進士，任綿州刺史、天津知府）、徐樹銘（字壽蘅，道光二十七年進士，歷兵部左侍郎、大理寺少卿、工部尚書）、釋昌言（俗姓萬，字虎溪，出家於華銀山）、楊翰（字伯飛，道光二十五年進士，入翰林，授編修官）、惲世臨（字次山，道光進士，同治時官湖南巡撫）、唐樹楠（咸豐七年舉人，攝秦中布政使）、王先謙（字益吾，同治四年進士，歷國子監祭酒，督江蘇學政）以及李榕、王鏞、薛福保、鍾昌勤、黃雲鵠等十多人的來信，有些書信長達兩三千字，有的信中談到《紅樓夢》版本，所談有四十回本，八十回本，一百二十回本，還有八回本，有一封信中還有「糊塗書賜我糊塗，真偽誰知」兩句話，但卻沒有說到他從劉銓福那裏借到了甲戌本，並在上面作了批點和改動。

既然在甲戌本上加批的「左綿癡道人」不是孫桐生，它只是人為製造的假象；而劉銓福關於孫桐生的題記，反倒暴露出許多疑點。孫桐生〈《妙復軒評石頭記》跋〉說：「原評未有正文。」可以想見，僅有評語、不帶正文的妙復軒手批本，決不可能長達「十二巨冊」。這就更讓劉銓福的「證言」，喪失了可信性。

話又說回來，「左綿癡道人」充其量只是劉銓福的旁證之一，尚不能構成對「證言」的根本否定。倒是題記的書寫格式和裝訂方式，卻存在更大的漏洞。

先來看題記的書寫格式。那條「此批本丁卯夏借與綿州孫小峰太守刻於湖南」的題記，與其左側的旁批「近日又得妙復軒手批十二巨

冊」，從筆跡上看是一氣呵成的，不存在時間的間隔。再來看同一頁上的其它三條題記，就可以發現若干極為反常的現象：

一、兩批題記的運筆風格完全一致，可以肯定是同一時期所寫。劉銓福「此批本丁卯夏借與綿州孫小峰太守刻於湖南」的題記，究竟寫在什麼時候？曾欣先生〈孫桐生與劉銓福〉指出：這條旁批「不早於光緒七年，很可能即在獲得孫桐生惠贈臥雲山館刊本之時特意補筆」（《孫桐生研究》，頁 311）；金品芳先生也認為：「劉銓福知此書『刻於湖南』，當在光緒七年或稍後；他寫這則筆記，也當在光緒七年或稍後。」（《紅樓夢學刊》，1997 年第 4 期，頁 216）「刻於湖南」的題記既然寫於光緒七年（1881）或其後，則「此本是《石頭記》真本」一條，「脂硯與雪芹同時人」一條，題為「癸亥」（1863）就不能成立，分明是文獻作偽中常見的倒填日期的伎倆。

二、古代書冊的文字，向來是先右後左、豎行書寫的，但此頁劉銓福的五條題記，卻出現了時間上的顛倒。且讓我們也來按步驟「還原」一下：

1 「癸亥（1863）春日白雲吟客筆」一條，先寫在紙頁正中，天頭留得極寬（圖 1-19）；

2 「五月廿七日閱又記」一條，緊貼其左傍（圖 1-20）；

3 「李伯盂郎中言翁叔平殿撰有原本而無脂批，與此文不同」一條，未署時間，緊貼其右傍，因文字較多，行末低下四、五字（圖 1-21）；

4 最後題寫的兩條，只好寫在紙頁右方，中間一條上端高出四字（圖 1-22）。

由於不是按照習慣書寫，致使同一人在同一頁紙上所寫的五條題記，高低錯落，左上方有一塊「留白」，更不成模樣，說明題記不是寫在已裝訂好的書上，而是寫在單獨的紙張上的。

可更怪的是，這塊讓人覺得別拗的「留白」，一旦配上胡適所加的朱批：「大興劉銓福，字子重，是北京藏書家，他初跋此本在同治二年（一八六三），五月廿七日跋當在同年。他長跋在戊辰，為同治七年（一八六八）。胡適」，一下子就顯得佈局得宜，渾然一體了（圖1-23）。這就不免令人懷疑：左側天頭留得如此之寬，莫非就是為了給胡適空出位置麼？

果然，問題就出在本子的裝訂上。金品芳先生對題記是寫在「抄手遺留在第二十八回後的空白頁上還是他自備的紙頁」，作了細心的剖析：

> 甲戌本抄手用作抄寫的紙頁都是對折起來的，因而一頁有A、B兩面，中間有騎縫；騎縫上均上題「石頭記」、中標卷數和頁數、下署「脂硯齋」。劉銓福最早的一則題辭寫於「癸亥春日」，寫在第二頁A面（如果是對折起來的話）的正中。如果寫有七則文字的紙頁是抄手遺留在第二十八回後的空白頁，那麼，他為什麼從第二頁開始題寫而不從第一頁開始題寫呢？為什麼不從第二十八回末頁B面尚有十行空白處開始題寫呢？……這種種跡象表明，寫有七則文字的兩頁紙頁，不是對折起來的，而是單頁的，它沒有A、B兩面，而只有一面，因而沒有騎縫。這種種跡象還進而表明，寫有七則文字的兩頁紙頁，原不是抄手遺留在第二十八回後的空白頁，而是收藏家劉銓福自備的紙頁。……可見，這兩頁一開始就未與甲戌本裝訂在一起，既未裝訂在甲戌本的開首，也未裝訂在第三十二回或第二十八回之後。（《紅樓夢學刊》，1997年第4輯）

在作出「抄手遺留在第二十八回後的空白頁，而是收藏家劉銓福

自備的紙頁」這一合乎事理的判斷後，金品芳先生設問：「寫有劉銓福等人的七則文字、附裝於第二十八回之後的兩頁，怎麼會有時序倒置等跡象呢？」對這個複雜的疑團，他解釋道：

> 從這兩頁單頁的頁次來看，寫有劉氏「癸亥（同治二年，一八六二）春日」和同年「五月廿七日」兩則題辭的單頁，被裝訂為第二頁。寫有濮氏兄弟「乙丑（同治四年，一八六五）孟秋」題辭和劉氏「戊辰（同治七年，一八六八）秋」題辭的單頁，反被裝訂為第一頁，顯然，題辭的時序被倒置了。濮氏兄弟「乙丑孟秋」的題辭和劉氏「戊辰秋」的題辭，當然題寫在單頁的正面，裝訂時理應正面在前、背面在後，可是現存的本子上則是背面在前、正面在後了，顯然，紙頁的正、背面被倒置了。題辭時序的倒置，紙頁正背面的倒置，這絕非劉銓福這樣的收藏家所為，它當是劉氏以後的收藏者錯裝所致。這錯裝也許是有意的，其意估計有二：一為突出濮氏兄弟「乙丑孟秋」題辭和劉氏「戊辰秋」題辭。劉氏的題辭如楊光漢先生評說的，「他把《紅樓夢》提到了中國古典小說最高峰的地位上來加以肯定，認為它超過了《水滸》等「四大奇書」的成就。」二為觀賞方便。將這一單頁的正、背面倒過來裝訂，七則題辭、筆記便一覽無餘了。三、將這一單頁的正、背面倒置以後，它與第二十八回最後文字的距離更遠了，不連繫的跡象更明顯了，以免後人誤認為這的頁單頁原就在此回之後。這錯裝還證明：劉銓福在世時，這兩頁單頁就未裝訂在甲戌本上。（同上）

正如胡適《題劉銓福〈春雨樓藏書圖〉》承認的那樣：「三十多年

前，我初得子重原藏的《乾隆甲戌脂硯齋重評石頭記》十六回，我就注意到這四本書絕無裝潢」（《胡適紅樓夢研究論述全編》，頁369）；金品芳先生又通過對馮其庸先生所攝「甲戌本封面及胡適題字」照片的觀察，發現四冊的封面均有胡氏「脂硯齋評石頭記」的朱筆題字，其中第二冊是第五至第七回，不是原來的第五至第八回，第二冊是第八、第十三至第十六回，不是原來的第十三至第十六回，顯然，這一版本已經重裝過了；而另一幅胡適三則題記的照片，雖然已相隔三十餘年，但紙頁A、B兩面上的縱、橫折合痕跡依然十分清晰，這是多年折疊夾藏的證明，而當馮氏拍照時，這頁已在「甲戌本末」，亦是後來重裝時移置的結果（《紅樓夢學刊》，1997年第4輯）。他的觀察表明，這一位遲至光緒七年以後在另外紙頁上寫了這幾條有關脂硯齋題記的人，其實並沒有看到甲戌本，或者他所說的話也不是針對甲戌本的。因為現存甲戌本每葉中縫皆標明卷數，如第一回中縫作「卷一」，第二回中縫作「卷二」，餘類推，故在甲戌本實以一回作為一卷；而題記說「原文與刊本有不同處，尚留真面，惜止存八卷」，顯然不可能只有八回。之所以出現這樣的錯誤，分明是更晚的時候將它裝訂到甲戌本後面的人，不懂得版本知識的緣故。

李金松先生也提出了「脂抄甲戌本應是幾冊」的疑問，他以為甲戌本第一條「青士、椿餘」所作的跋語「睹此冊，私幸予言之不謬也」中「此冊」二字很值得玩味：

> 從跋語中的「此冊」二字，我們至少知道這樣的一個事實：即劉銓福所收藏的《紅樓夢》抄本，為一冊，而不是四冊或更多。可是，胡適在一九二七年購到的《紅樓夢》脂抄甲戌本，共四冊，十六回。每冊四回，分別是一至四回，五至八回，十三至十六回，二十五至二十八回。這是怎麼回事呢？難道是一

冊被後人分解後裝訂成四冊的嗎？以現在我們所見到的甲戌本
（無論是原件還是影印本）來看，按照清代的一般裝訂格式，
脂抄甲戌本無論如何不可能只裝訂成一冊。因此，我們不得不
問：脂抄甲戌本是一冊還是四冊？如果是一冊的話，倒符合跋
語中所說的劉銓福收藏的那個抄本。然而，由此不免引發出了
一個問題，即胡適所收藏的那個被他稱為「四大冊」的本子，
其真實性大可值得懷疑，極有可能是出自後人的偽造了。如果
胡適所購的那個四冊的脂抄甲戌本果為劉銓福所收藏，則不免
與「青士、椿餘」的跋語中後面「此冊」二字相矛盾了。跋語
所言與我們現今日見的甲戌本的版本實際情形，到底孰是孰非
呢？相比較而言，筆者倒相信「青士、椿餘」跋語中的話，認
為劉銓福所收藏的《紅樓夢》抄本是一冊，而不是四冊。而本
世紀二十年代出現的那種被胡適收藏的四冊的脂抄甲戌本，則
是古董商人炮製出來的贋品，並非劉銓福所藏有。（《紅樓》，
2002 年第二期）

這些，充分證明了所有的題記，既不是寫甲戌本抄本上、也不是
有關甲戌本的；它作為脂硯齋的第二份「證言」，也就喪失了法律上
的有效性，就更談不上對於脂硯齋「存在」的支持了。

## 第三節　脂硯齋的「存在狀態」

脂硯齋抄本這類的「孤本秘笈」，向被看作紅學最權威的文獻。
這就讓很多人產生錯覺，似乎脂硯齋問題屬於史料學的範疇。就脂硯
齋而言，唯一稱得上「客觀材料」的《棗窗閒筆》，已經被取消了作
為「證言」的資格；附在甲戌本之後的劉銓福題記，本身不具備絕對

的「客觀性」，加上它事後裝訂上去事實的證實，其「證言」資格也就自然喪失了。於是，證明脂硯齋「存在」的資訊源，就只剩下他本人的自我介紹了。

事實也正是如此。細心的讀者一定已經注意到，上引兩本著作關於脂硯齋的評述，沒有按史書慣例或學術規範，先說脂硯齋本人如何如何，而是從羅列版本入手，先說《脂硯齋重評石頭記》鈔本如何如何，然後再推出各自所「描繪」的脂硯齋來。這就表明，能為他的「存在」提供證明的，只有《脂硯齋重評石頭記》本身；換句話說，脂硯齋存在的第三份「證言」，就是脂本以及其中的數千條批語。這有點像訴訟過程的「自訴」甚或「自供」，但又有本質的不同：因為脂硯齋本人已不可能出庭答辯，他留給我們的只有那無聲的批語，接下去就看法官與律師怎樣辯論和定案了。

要之，必須清楚地意識到的是：脂硯齋是存在的，但只「存在」於《脂硯齋重評石頭記》抄本之中。從這個意義上說，脂硯齋已經不能算「獨立」的存在，它只能說是附著於脂本上的影子。這個影子固然反映著一定的客觀真實，但又是以曲折變形的方式來反映的。從性質上講，脂批不屬於史料學的範疇，它應該歸到版本學的範疇中去。而從脂硯齋「存在」的這一特殊性出發，尤有必要弄清他的「存在狀態」，即脂批「依存」的母體——脂本的狀況，以及那幾千條脂批自身的狀況。

# 一　脂硯齋「依存」的母體——脂本

脂批是「依存」於它的母體——《脂硯齋重評石頭記》之上的，客觀全面地了解脂本，運用版本研究的程序，推究脂本的來歷，對其年代真偽進行鑒定，就成了「還原脂硯齋」的必要前提。而在操作裏

層面上，有三個問題需要解決：一、「脂本」的界定；二、「脂本」是否「稿本」的認定；三、「脂本」價值的評估。

第一個問題：「脂本」的界定。

《中國文學批評通史》是這樣表述的：「《紅樓夢》早期以鈔本形式流傳。一九二七年，胡適購進一部《脂硯齋重評石頭記》（甲戌本），以後人們又陸續發現多種脂評本《石頭記》，它們是《脂硯齋重評石頭記》己卯本、庚辰本，《戚蓼生序本石頭記》（又稱有正本、戚序本）、《戚蓼生序南京圖書館藏本》，《蒙古王府本》（簡稱蒙府本），《夢覺主人序本》，《乾隆抄本百廿回紅樓夢稿》（前八十回），《程元煒序本》，《鄭振鐸藏本》，《蘇聯亞洲人民研究院列寧格勒分院藏抄本》（又稱列藏本），《靖應藏抄本》（此本後又迷失不知下落，其部分評語為毛國瑤摘錄刊行），共十二種。以上諸書或者直接標有『脂硯齋重評』書名，或者錄有脂硯齋等人評語。」（頁 832-833）不能不遺憾地指出，這種概括是很不準確的。

首先，直接標有「脂硯齋重評」書名的，只有甲戌本、己卯本、庚辰本。有的本子，其自身的內證就已表明，那些批語並不是「脂硯齋等人」的。

如有正本，卷首有「德清戚蓼生曉堂氏」序，此序只解釋了「未窺全豹」之事，卻沒有說到批語及其來源。假定有正本的底本上真有批語，且批語真出於脂硯齋之手，作序的戚蓼生焉能毫不涉及？反倒是宣統三年（1911）十一月廿五日《小說時報》第十四號刊登的一則有正本出版的廣告，揭開了內中的奧秘：「《國初秘本原本紅樓夢》出版：此秘本《紅樓夢》與流行本絕然不同，現用重金租得版權，並請著名小說家加以批評。先印上半部十冊，共為一套。」廣告清楚表明，有正本批語乃出自當時「著名小說家」之手，與「脂硯齋」毫不相干。

又如舒元煒序本（《中國文學批評通史》誤作「程元煒序本」），卷首有「乾隆五十四年歲次屠維作噩且月上浣虎林董園氏舒元煒序並書於金臺客舍」的序，中云：「董園子偕弟澹遊方隨計吏之暇，憩紹衣之堂，……筠圃主人瞿然謂客曰：『客亦知升沉顯晦之緣，離合悲歡之故，有如是書也夫？吾悟矣，二子其為我贊成之可矣。』於是搖毫擲簡，口誦手批，就現在之五十三篇，特加讎校，借鄰家之二十七卷，合付鈔胥。」不僅沒有提到脂硯齋，且明白宣稱批語為他們弟兄「搖毫擲簡，口誦手批」，怎麼能說其中「錄有脂硯齋等人評語」呢？

循名責實，「脂本」應是「脂硯齋重評石頭記」抄本的簡稱。從版本分類的角度看，將十二種版本都算作脂本，範圍未免劃得太寬：

1 抄本屬寫本的範疇，即非經製版印刷而由手寫成書的本子；有正本是石印本。

2 脂本主要標誌，是書名題作「石頭記」，八十回；夢覺主人序本、夢稿本、舒序本、鄭藏本，書名皆題作「紅樓夢」，蒙古王府本、夢稿本都是一百二十回本。

3 脂本是有脂硯齋批語的本子；有正本、南圖本、蒙府本、列藏本雖都題作《石頭記》，但未冠以「脂硯齋重評」字樣，其批語或許與脂批有某種關係，卻不能說它們就是脂批，其版本就是脂本。

胡文煒先生不同意把脂本限定於三個「正宗脂本」，認為「這未免有失全面，因而也就無法真正解決問題」，並說：「把對脂本定位很有價值的俄本、戚本、夢覺本等排除在外，是不是也是簡單化呢？說一句唐突的話：將脂本定為偽本，其對象（脂本）是越少越好，最好僅指一個本子，那麼要辨其偽就太容易了。」（〈「條辨」與「縱覽」〉，《紅樓夢學刊》，2000 年第 3 輯）

話雖然說得有點俏皮，卻可以見出許多人的心態。周汝昌先生說得好：「更不好辦的是現已發現的十來種抄本，文字又各各歧異——

說得誇張一點兒吧，簡直是句句都有異文，甚者一句話，每本與每本都不全同，令你目迷五色，繞得人頭暈而莫所適從。」（轉引自《蔡義江論紅樓夢》，寧波出版社，1997 年，頁 310）面對十來種文字各異的抄本，往往讓人欲言而顧顥，欲行而赵趄；有人甚至想藉此將欲染指鼎彝者嚇退。為了恰當地界定的脂本，不讓他人再白白耗費精力，不妨對其它抄本稍作涉獵。

在《紅樓夢》抄本中，有一種打著「稿本」旗號的本子曾令許多人傾倒，那就是一九五九年三月北京文苑齋書店收購到的《紅樓夢稿》一百二十回。我們就在這個本子上多花一些筆墨罷。

一九六三年，中華書局上海編輯所題為《乾隆抄本百廿回紅樓夢稿》，影印出版。范甯先生的〈跋〉說：「楊繼振說這個抄本是高鶚的手訂《紅樓夢稿》，不是最後的定稿。意思是說這個抄本乃高鶚和程偉元在修改過程中的一次改本，不是付刻底稿。證以七十八回末有『蘭墅閱過』字跡，他的話應當可靠。但是無論如何，這個抄本不是楊繼振所偽造，用以欺瞞世人，是可以斷定的。」林語堂先生的〈說高鶚手定的紅樓夢稿〉甚至認為，夢稿本是「曹雪芹在乾隆己卯年所親自修改補訂的底稿」（《平心論高鶚》，臺灣文心書店，1966 年，頁15）。王錫齡先生〈乾隆抄本百二十回《紅樓夢稿》改文多據脂本考〉則說：「高氏在修訂過程中確曾下了不少工夫，化了不少心血。我們發現有些回中，全面十二行竟塗去了十一行之多，另外在行間以蠅頭小字密密麻麻地填補，且每行比原文都多出十到十五個字，全頁比原來數尚超出許多，這種大刀闊斧的修正工作，非有高度耐性及修養的人是難以竟其功的。」（《香港紅學論文選》，百花文藝出版社，1982 年，頁 354）潘重規先生從一九六六年起，發動香港中文大學新亞書院和文化學院幾百位青年學生，用十年時間將夢稿本仔細校訂，重新再抄，正文用墨筆，改文用朱筆，並加句讀標點，整理成一部乾

隆一百二十回全抄本校定《紅樓夢》，交臺北漢京文化公司排印，並另附詳細校記。他在〈十年辛苦校書記——乾隆抄一百二十回紅樓夢稿校定本的誕生〉中說：「相信這是比程刻本更符合原稿的一個本子，也可能是程刻本以後更完善更正確的一個本子。」（臺灣靜宜文理學院中國古典小說研究中心：《中國古典小說研究專集》5，聯經出版公司，1982年）

從二十世紀二〇年代起，號稱「《紅樓夢》原本」的抄本雖然出現了好幾種，但稱作「紅樓夢稿」的卻只有這一部，非怪得學者要視若拱璧了。我們似乎有必要追究一下：當初判定它的「稿本」性質，判定它與高鶚的關係，到底有哪些依據？

首先，影印本封面題作「乾隆抄本百廿回紅樓夢稿」，是出版社後來添加的。正如劉世德先生所說：「楊繼振藏本的兩個影印本都題為《乾隆抄本百廿回紅樓夢稿》，那『乾隆抄本』四字只是我們這一時代的個別人的看法，其實並沒有獲得書中任何直接的確鑿可靠的證據的支持。」（〈解破了《紅樓夢》的一個謎〉，《紅樓夢學刊》，1990年第2輯）可用作考證材料的有：

1　書皮題：「紅樓夢稿，己丑秋月蓮公重訂。」「蓮公」二字，林語堂先生認作「菫菫」，他以為「菫」就是「芹」，「菫菫」是雪芹的別號，其說牽強。繼振字幼云、又云、右云，別號又翁、蓮公、竹渦、竹、又一蘇齋、燕南學人、江南第一風流公子，漢姓楊，故認作「蓮公」為是。己丑為光緒十五年（1889），是楊繼振自述重訂此本的時間。

2　扉頁題：「蘭墅太史手定紅樓夢稿百廿卷，內闕四十一至五十十卷，據擺字本抄足。幼云記。」（圖1-24）「稿」字寫作「」，與書皮所題筆跡一致。

3 第三十七回回目下的朱批:「此處舊有一條附黏,今逸去。又云記。」(圖 1-25)

4 第七十二回回末的墨批:「第七十二回末點痕沁漫處,嚮明覆看,有滿文××字,影跡用水擦洗,痕漬宛在,以是疑此抄本出自色目人手,非南人所能偽託。己丑又云。旗下抄錄紙張、文字皆如此,尤非南人所能措言,亦唯旗下人知之。」

5 第七十八回回末的朱批:「蘭墅閱過。」(圖 1-26)

6 第八十三回回末的墨批:「目次與元書異者十七處,玩其語意似不如改本,以未經注寫,故仍照後文標錄,用存其舊。又前數卷起訖,或有開章詩四句,煞尾亦有或二句四句不同,蘭塾(墅)定本一概節去,較簡淨。己丑四月幼云信筆記於臥雲方丈。」

這六條批語中,有五條是楊繼振的手筆,唯第七十八回的朱批「蘭墅閱過」四字,一般學者多相信是高鶚的親筆題署。如范甯先生〈跋〉云:「至於高鶚不在這本書的開頭或結尾來個署名,單單選定七十八回寫上『蘭墅閱過』四個字,實屬費解。如果說高鶚修改《紅樓夢》時,正是屢試不第,『閒且憊矣』,而七十八回原有一段關於舉業的文字被刪改了,或者他看到這等地方,有所感觸,因而寫下了他的名字,那倒是意味深長的了。」彷彿是依據了這四個字,楊繼振才作出「蘭墅太史手定紅樓夢稿」、「蘭墅定本」的判斷。但是,若將「蘭墅閱過」四字同楊繼振手跡相對照,就會發現「蘭墅」二字,與扉頁所題「蘭墅」完全一致;「閱」字與扉頁所題「闕」字、「過」字,與第三十七回朱批中的「逸」字的筆勢十分相近(圖 1-27),足以證明「蘭墅閱過」同樣是楊繼振所書。

范甯先生《跋》曾說:「說這個抄本是程偉元、高鶚修改過程中的稿子,單憑四個字是不夠的。」同樣,單憑「蘭墅閱過」為楊繼振所書,斷定抄本是楊繼振偽造,也是不夠的。因為「蘭墅閱過」四字

即便是楊繼振所書，也並一定只有偽造高鶚簽名一項用意，也可以理解為：楊繼振在追述確認一個事實——這個本子曾被高鶚「閱」過。

但楊繼振「重訂」是光緒十五年（1889），距程偉元、高鶚初印程甲本的乾隆五十六年（1791）近百年，他憑什麼作出這一判斷呢？看來，楊繼振是想到了這一點的。但只提出了一項證明，那就是第七十二回回末的墨批：「第七十二回末點痕沁漫處，嚮明覆看，有滿文××字，影跡用水擦洗，痕漬宛在，以是疑此抄本出自色目人手，非南人所能偽託。……旗下抄錄紙張、文字皆如此，尤非南人所能措言，亦唯旗下人知之」。「偽託」云云，表明楊繼振懂得他有回答他人質疑的義務。然而，恰恰是這番裝模作樣、大有「此地無銀」味道的「鑒別」，暴露了他的心虛。元代將居民分為蒙古人、色目人、漢人、南人四等，稱本民族為蒙古，最優；稱欽察、唐古、回回為色目，次於蒙古而高於漢人、南人。繼振是內務府漢軍鑲黃旗人，閩浙總督鍾祥之侄，嘉興知府鍾裕之子，漢姓楊。在滿人執掌政權的清代，大約可歸於「色目人」、「旗下人」之列，如今卻稱書寫滿文者為「色目人」，不知將置自身為何地。至於本上寫有滿文，就證明確係高鶚手定稿本，而「非南人所能偽託」，自稱「江南第一風流公子」的楊繼振，卻沒能說出所以然來。

相反，此本的大量內證表明：所謂「稿本」的種種假象，也是楊繼振一手製造的。

楊繼振曾清楚交代：「蘭墅太史手定紅樓夢稿百廿卷，內闕四十一至五十十卷，據擺字本抄足。」經字跡查對，此本據擺字本補抄的實不止十卷，還有第十回下、第十一回上、第二十回下、第二十一回下、第二十六回下、第四十回下、第五十一回上、第六十回下、第六十一回上、第七十一回上、第八十回下、第一百回下等，也是同一人所抄。楊繼振的言下之意，除所闕部分是據擺字本抄足外，其餘部分

都是高鶚「手定紅樓夢稿」，他在補抄銜接處多鈐有「又云」圖章，
意在展示稿本的「原貌」。第三十七回朱批：「此處舊有一條附黏，今
逸去。」則是提醒讀者注意「附黏」。按此本有十七、八條「附黏」，
上端一般都有一小圈「○」，其所銜接的正文處，亦有一對應小圈，
從而給人以「原稿」、「草稿」的印象。潘重規先生在描述他從「稿
本」的觀察中，得到的關於「程高當年在加工整理的過程中謹守的原
則」時說：

　　一方面要增修原稿本的文句，另一方面又要儘量不丟棄原稿本
　中的字句。原稿中字句都是需要保留的，在這個條件下來修改
　文章，便只有用增加文字的辦法來美化它。書中增添得少的就
　寫在行間；增添得多到行間不能容納的就另紙謄寫，附黏在該
　頁書上。這些附條文字，往往加有符號，如第八十四回第二頁
　前半頁附黏有一紙凡五行三百餘字，文接第九行「過些時自然
　就好了」句，句下加一「○」，附條第一行之首也加一「○」，
　以表示銜接關係。……仔細察閱此抄本的改文加工，前八十回
　的修補，係廣集各家抄本，有所依據而修補的。後四十回的修
　補，是因更無「他本可考」，故「惟按其前後關照者，略為修
　輯」，「至其原文，未敢臆改」，所以儘量保留原文。可以說前
　八十回的加工近於「校補」，後四十回的加工近於「創作」。而
　其方法不外兩類，一類是將文言文用字改成口語，如將「等
　語」、「等話」之類刪去，加以改寫。一類是美化原來的文句及
　情節，加以生動細膩的描寫。無論前八十回的校定，和後四十
　回的添補，都是出於同一的手法。我們讀完此一抄本之後，覺
　得在文學或考證各方面，都有發掘不盡的資料。（同上）

　　但通過對此本大量「有時潦草難認，有時模糊不清，有的塗抹，有的圈改，有的密密麻麻的旁加，有的整條整頁的添補」的筆跡對比，發現其中的修改文字（包括增添插入行間或文後的「改文」、另紙謄寫附黏書上的「附條」），多出於光緒十五年（1889）那位據擺字本補抄者之手：

　　1　第三十三回頁四第三行，添改了「兒子不好原是要管的不該打到這個分兒」十七個字，和第四十一回回首前二行中「兒」、「仔」、「的」、「打」、「個」字的寫法完全一致（圖 1-28）。

　　2　第七十回回末，原抄有放風箏的一大段文字，末二行原作：「俠了些代玉說我的風箏也放去了我也乏了我也要歇歇去了寶釵說且等我們放了去大家好散說著看姊妹都放去了大家方散代玉回房歪著養乏要知端的下回解分」，後又用「「」、「」」將其統統乙去，另在文末加了兩行半文字作結：「……兩個丫頭匆匆忙忙來叫寶玉不知何事下回分解」，並鈐上「幼云」二印，以示為原本所有。文字與第四十一回結末「姊妹方復進園來未知如何且看下回分解」對看，其中「來」、「知」、「何」、「下回分解」等，字跡又完全一致（圖 1-29）。

　　3　第一百十九回頁一後半頁的「附黏」：「但見寶玉嘻天哈地大有瘋之狀遂從此門出走了正是走來名利無雙地打出樊籠第一關」，字跡亦與據擺字本補抄者相同。

　　據擺字本補抄，增添行間或文後的「改文」，另紙謄寫「附黏」，這三者同出一人之手，為了不被人發現，楊繼振採用改變書寫款式、字體大小的方式，進行了必要的掩護。此本正文多半每半頁十四行，每行字數不等；而據擺字本補抄，卻變作每半頁十六行，字體增大而稍草；其另紙謄寫的「附黏」，則多數字體縮小而稍平，使人不易察覺。但儘管它們有的潦草，有的端正，有的稍大，有的稍小，但其運筆特徵還是十分相似，是不難鑒別出來的。震鈞《天咫偶聞》卷四

云：「崇諫，中丞（恩）之碑帖字畫、繼幼雲（振）之字畫古錢，商賈至贗作其題跋印記以信舊物。考法石帆《詩集注》注：傅忠勇公家被火後，收藏書畫為門客所攫，無存者，然所出止七八百件，而贗作其印記者至兩千件，此風自昔然矣。」夢稿本楊繼振的題記，也完全可能出於商賈的贗作。

撇開楊繼振與此本的糾葛，單就版本自身性質而言，夢稿本也不是《紅樓夢》的稿本。現分兩方面來談：

第一方面，夢稿本不是任何意義上的「稿本」。從版本學原則講，稿本和抄本雖都是手寫的本子，卻是有根本差別的完全不同的概念。作者寫作的手稿，叫做稿本；非作者為了閱讀或銷售而抄錄的本子，叫做抄本。書坊既可據作者稿本刊印，成為印本；也可據抄本刊刻，成為印本。夢稿本是《紅樓夢》的「稿本」這一命題，只能包含下列兩個含義：1、它是曹雪芹的原稿本（像林語堂先生所論定的那樣）；2、它是程偉元、高鶚的整理本或改稿本。其中最先決的條件，是它必須出於曹雪芹或程偉元、高鶚之手；從這個意義上講「稿本」，就意味著它必須是作者的手稿。當然，稿本修改後需要進行謄清，以便交付刊刻。謄清工作可由作者進行，也可以請他人代勞。不論如何，這種經過謄清的稿本（清稿本），其特點是清楚整潔，不會也不應將稿本中的修改痕跡重現出來，以保存所謂的「原稿面貌」。一般來說，稿本難免會有筆誤，但決不會犯對原創者來說是基礎性常識性的錯誤。

《紅樓夢大辭典》「楊本」條說：「這是一個手抄本，抄手約四人，其中兩人文化水準既低，且又抄得草率。版面、行款都比較隨意，錯訛衍奪頗多。這當然不排斥傳抄中的訛訛相因，但也不無這個本子本身的問題。」（頁924）正是這個「本子本身的問題」，成了它非「稿本」的硬證。

　　首先，需要正視夢稿本「原抄正文」的錯訛衍奪。此本錯字之多，且不合情理，比比皆是。如第四回頁二第四行，原抄作：「賈不假，白馬為堂金作馬」，後將「馬」字點去，改作「玉」字。可以相信，原作者（不論是曹雪芹還是高鶚）及他們所信賴的抄手，都不會犯將「白玉」寫成「白馬」的錯誤；只有文化水準既低，且又態度草率的抄手才會出這種差錯。第十五回頁四第四行，原抄作：「只得著人上京來尋門路，賄氣偏要退定禮」，後有人在「賄氣」二字旁打了一個斜圈，蓋已發現「賄氣」實乃「賭氣」之誤，但又並不逕直予以改正，這也不是作者應有的做法。第七十六回寫湘雲與黛玉聯詩，頁四第五行原抄作「庭煙斂夕橋」，後將「橋」字點去，改作「　」字。這還不是偶然的筆誤，因為下一行抄到黛玉叫好道：「這會子才說『橋』字，虧你想得出！」「橋」字後亦改作「棔」字（圖1-30），說明抄手連「棔」字都不識，絕不可能出作者、或作者委託抄寫者之手。此類例子還有：

1. 第 4 頁第 12 行：「乘槎詩帝絲」，後改作「乘槎訪帝孫」；
2. 第 5 頁第 11 行：「罕窗曉露屯」，後改作「罘曉露屯」；「岐藝虧忘逕」，後雖改作「岐藝焉忘徑」，仍將「岐熟」錯作「岐藝」；
3. 第 5 頁第 12 行：「有興悲何繼」，後改作「有興悲何極」；「若情只月遣」，後雖改作「芳情只月遣」，仍將「自遣」錯為「月遣」。（圖1-31）

　　說明抄手根本不懂「帝孫」、「罘」、「岐熟」、「芳情」、「自遣」的含意。夢稿本還有許多別字，如「代玉」、「熙風」之類，也是抄手水準太低或偷懶所致。

夢稿本還有一些不該有的空缺。如第一回頁一上半頁第四行：「□念及當年所有之」一句，上空一個「忽」字；下半頁第一行：「誰知此石自經鍛鍊之後」一句，「誰」字只寫了一個偏旁「言」。如果不是影印失真，則表明底本原有缺損，抄錄者不敢輕易添加。頁五第七行：「不覺飛觥獻斝起來」，中「飛觥獻」三字係另一人筆跡後添，邊上加一圈（圖1-32），說明原抄寫者不識此字，先空著待補。第七回正文沒有回目，抄錄者、「修改者」都沒有添上，更說明它不是「高鶚手定稿本」。

其次，需要對所謂「修改痕跡」進行辨析。除了製造「稿本」假象的部分以外，多數的「修改痕跡」，實際上都是抄手水準既低，且又草率馬虎造成的。其中最常見的毛病是竄行脫文。如第二回頁三第五行，原抄：「子興笑道：先生休如此說。如今這寧榮兩門，也都蕭疎了，冷子興道正是。」後將「冷子興道正是」點去，旁改為「不比先時的光景」。其實，此段原文正作：

> 子興笑道：「老先生休如此說。如今這寧榮兩門，也都蕭疎了，不比先時的光景。」雨村道：「當日寧榮兩宅的人口也極多，如何就蕭疎了？」冷子興道：「正是，說來也話長。」

此處原有兩個「蕭疎了」，抄手因錯看一處而造成竄行脫文，旋即為自己發現，得以及時改正（改正的筆跡，不同於據擺字本補抄者）。

又如第六十二回頁二第五至七行，原作：

> 探春笑道：「到有些意思。一年十二個月，月月有幾個生日。人多了，便這樣巧，也有三個一日，兩個一日的。大年初一日

也不白過。就是老太太和寶姐姐，他們娘兒兩個遇的巧。三月初一日是太太的，初九日是璉二哥哥。二月沒人。」

後在行間添改作：

探春笑道：「到有些意思。一年十二個月，月月有幾個生日。人多了，便這樣巧，也有三個一日，兩個一日的。大年初一日也不白過，大姐姐佔了去，怨不得他福大，生日比別人都佔先，又是太祖太爺的生日冥壽。過了燈節，就是老太太和寶姐姐，他們娘兒兩個遇的巧。三月初一日是太太的，初九日是璉二哥哥。二月沒人。」

原抄「大年初一日也不白過」之下沒有任何說明，顯然不合敘事情理；分明是因為底本中「大年初一日也不白過」與「過了燈節」都有一個「過」字，抄手眼睛看差，才出現了竄行脫文。

又如第三十九回頁二第十行，原抄作：

平兒答應著，一逕出了園門，來至家內，只見鳳姐屋裏上回來打抽豐的劉姥姥和板兒也來了，坐在那邊屋裏。

後在行間添改作：

平兒答應著，一逕出了園門，只見鳳姐那邊打發人來找平兒，說：「奶奶有事等你。」平兒道：「有什麼事，這麼要緊？我叫大奶奶拉扯住說話兒，我又不逃了，這麼連三接四的叫人來找。」那丫頭說道：「這又不是我的主意，姑娘這話自己和奶

奶說去。」平兒啐道：「好了，你們越發上臉了。」說著走來，只見鳳姐不在房裏，忽見上回來打抽豐的那劉老老和板兒來了，坐在那邊屋裏。

也是由於原底本有兩個「只見鳳姐」，抄錄者誤看，致使竄行脫文。

有的添改，則是因抄手處理行款時過於隨意造成的。如第十一回的頁三開頭「未必熬的過年去呢」邊上，旁插「能夠了我自想著」七字，給人以「修改」的印象。其實，問題出在此回頁一至二的抄手身上。原來此兩頁正是那位據擺字本補抄者所抄，他隨意揮霍，洋洋灑灑，一行少或二十九字，多或四十二字，抄到頁二末一行，上半行大字抄作：「是一家子的長輩同輩之中除了嬸子不用說了別人也從無」，共二十五字；到了下半行，忽變作雙行小字：「不和我好的這如今得了這個病把我那強要的心一分也沒有了公婆面前未得孝順一天鐵就是嬸娘這樣疼我我就有十分孝順的心如今也不」，共五十八字，二者合計為八十二字，為原來每行字數的兩倍多。原來是抄手未按原底本格式抄錄，抄到末一行，發現紙張不夠了，而下頁又已分給另一人去抄，只得將多餘的字擠在一頁之中，仍不能解決問題，無奈只好將多出的七字旁插在頁三開頭。

潘重規先生為了證明「這個抄本的前八十回，是程小泉、高鶚整理《紅樓夢》時，廣集各種脂評抄本，命抄手將舊本重抄，抄手不止一人，所以字體筆跡有異。而且所採取不同的抄本，也經過廣集核勘，准情酌理，補遺訂訛的手續」，曾舉說：「例如此抄本，第十六回首頁下半頁不曾寫完，留下許多空白，第二頁開首有三行半和第一頁重複。這三行半重複的文字頗有出入。兩頁的筆跡不同，顯然是兩個不同的抄手分抄兩個不同的稿本。第一頁賈赦賈珍，第二頁作賈珍賈

敕，比較起來，第二頁文字較差，所以將第二頁三行半文字鉤去。」
按第十六回首頁下半頁原抄：

請老太太帶領太太等進朝謝恩那時賈母正心神不定在大堂廊下
佇立那邢王二夫人及尤氏李紈鳳姐迎春姊妹以及薛姨媽等皆在
一處聽知此信賈母喚進賴大來細問端的賴大稟道小的們只在臨
敬門外伺候裏頭的信息一概不能得知後來還是夏太監出來說咱
們家大小姐晉封為鳳藻宮尚書加封賢德妃后來老爺出來亦如此
說如今老爺又往東宮去了速請老太太領著太太們去謝恩賈母等
聽了方心神安定不免又喜氣盈腮於是按品大妝起來賈母帶領邢
王二夫人尤氏一共四乘大轎入朝賈敕賈珍亦換了朝服帶領賈蓉
賈薔奉侍賈母大轎前往……

第二頁開首有三行半作：

說咱們家大小姐晉封為風藻宮尚書加封賢德妃后來老爺出來亦
如此吩咐小的如今老爺又往東宮去了速請老太太領著太太們去
謝恩賈母等聽了方心神安定不免又都洋洋喜氣迎腮於是按品大
妝扮起來賈母帶領邢王二夫人尤氏一共四乘大轎入朝賈珍賈敕
亦換了朝服帶領賈蓉賈薔奉侍賈母大轎前往……

　　兩個抄手據某一底本分頭抄寫，第一頁的末尾，應是「後來還是
夏太監出來」；頁二的開頭，則是「說咱們家大小姐」。但由於前一抄
手所寫字體較小，每半頁抄十四行，每行字數四十二三字不等，致將
下頁的文字也順帶抄了進來。後一抄手提出質疑，遂停止抄錄。裝訂
成冊時，發現後一抄手有許多錯字，如「風藻宮」、「喜氣迎腮」之

類，便將重迭的三行半乙去，與對稿本的「修改」，毫不相干。

第二方面，夢稿本不是「程偉元、高鶚修改過程中的稿本」，更不是「程偉元、高鶚付刻的底稿」。范甯先生的跋文說：「這個本子上修改後的文字百分之九十九都和刻本一致，只有極少數地方如回目名稱、字句、個別情節，稍微不同。由於基本上一致，所以我們說它是程、高改本。」這一判斷與「這個百二十回抄本的底本前八十回是脂本」，是自相矛盾的。假定底本前八十回原抄是脂本，後來全部都改得和刻本完全一致了，夢稿本是「程偉元、高鶚修改過程中的稿本」的判斷勉強可以成立。但是，儘管「這個本子上修改後的文字百分之九十九都和刻本一致」，但它未經修改的文字，卻與程本有極大的差別。試舉數例為證：

1 第一回寫道人所見，程甲本作：「空空道人一看，原來是無才補天、幻形入世，被那茫茫大士、渺渺真人攜入紅塵、引登彼岸的一塊頑石。」夢稿本作：「空空道人乃從頭一看，原來就是無材補天、幻形入世，蒙茫茫大士、渺渺真人攜入紅塵，歷盡離合悲歡、炎涼世態的一段故事。」兩本的異文，歷歷分明。程甲本中，空空道人「看」到的是攜入紅塵、引登彼岸的一塊「頑石」，而夢稿本中則成了一個攜入紅塵、歷盡離合悲歡的「故事」。

2 第一回寫石頭答話，程甲本作：「至於才子佳人等書，則又開口文君，滿篇子建，千部一腔，千人一面。」夢稿本作：「更若佳人才子等書，則又千部共出一套，且其中終不能不涉於淫濫，以致滿紙潘安子建、西子文君。」程甲本提到的是文君、子建二人，夢稿本多出潘安、西子，變為四個人了。

3 第一回寫絳珠仙草得甘露灌溉，修成女體，程甲本作：「饑餐秘情果，渴飲灌愁水。」夢稿本作：「饑則食蜜青果為膳，渴則飲灌愁海水為湯。」「秘情果」成了蜜漬的青果。

4　第二回程甲本交代：「二小姐乃是赦老爺姨娘所出。」而夢稿本作：「二小姐乃赦老爺之女、政老爺養為己女。」迎春是誰的女兒？二本所言，大相逕庭。

5　第十四回程甲本介紹：「現今北靜王世榮，年未弱冠。」夢稿本作：「現今北靜王水溶，年未弱冠。」北靜王之名，截然不同。

大量事實表明，夢稿本前八十回的文字，確與現存的脂本或有正本相近，而與程高本相去甚遠，它怎麼可能是程本付排的「底本」或高鶚「手定」的本子呢？

為了證明高鶚在底稿上做了文字的加工，夢稿本往往先抄錄了近似脂本的文字，然後加以刪除。如第二十五回頁五，先抄作：

> 平兒、豐兒等哭得哭天哭地，賈政心中也有些煩難，了這裏，丟不下那裏。別人慌張自不必講，惟趙姨娘心內暗暗歡喜，那薛蟠更比諸人忙到十分：走開罷，又恐薛姨媽被人擠倒，又恐薛寶釵被人瞧見，又恐香菱被人燥皮，──知道賈珍等是在女人身上做工夫的，因此忙的不堪；忽一眼瞥見了林代玉，風流婉轉，已酥倒在那裏。當下眾人七言八語，有的說請端公送祟的，有的說請巫婆跳神的，有的又薦玉皇閣張真人的，喧騰不一……

後將大段刪去，在「平兒、豐兒等哭得哀天叫地，賈政心中也」旁添改為：

> 著忙，當下眾人七言八語，有說送祟的，有說跳神的，有薦玉皇閣張道士捉怪的……

按，脂本在寶玉與鳳姐中邪後，大寫薛蟠「更比諸人忙到十分」，實屬不倫不類。大觀園防範甚嚴，寶釵、香菱久居園中，根本不存在被人瞧見、被人燥皮的問題。黛玉與寶釵時時過從，薛蟠不可能從未見過黛玉，方要等到亂時才得一窺芳容，且以「酥倒在那裏」一類下流筆墨唐突黛玉，不過是後世無行文人的惡劄。且「當下眾人七言八語」之「當下」二字，乃直承賈政的「心中煩難」而非薛蟠的「忙到十分」，益可證此段為後人所擅加。「稿本」將此段刪去，企圖給人以「改定」的假象。可怪的是，旁添的這段文字原本就有，刪改時卻沒有利用，更說明不是真正的修改行為。

類似的「修改」還有第二十五回頁三至四，寫趙姨娘與馬道婆勾結事，將「五百欠契」改為「五十兩欠約」；第五十七回頁六第一至九行，寫寶釵與邢岫煙的對話，將寶釵要她「別存那小家子女氣」的話統統刪去；第六十五回頁三，將原抄「賈珍也不承望尤三姐這等無恥老辣」等話一概刪去，等等。

《紅樓夢》後四十回，只有程偉元辛苦收集到的一個殘缺抄本，為了證明後四十回原先就底稿，高鶚做了文字的加工，夢稿本也做了許多手腳。如第八十二回結末，原作：

> 且說探春湘雲正在惜春那邊論評那張圖，說著人去請代玉商議。忽見翠縷翠墨二人回來，神色匆忙。湘雲道：「林姑娘怎麼不來？」翠縷道：「林姑娘昨日夜裏又犯了病了，咳嗽了一夜，吐了一盒子痰血。」探春道：「既這麼著，咱們都過去看看。」惜春道：「姐姐們先去，我回來再過去。」於是探春湘雲多到瀟湘館來。進入房中，代玉見他二人，勉強讓坐，二人多坐在床沿上，看了代玉這般光景，也自傷感。便道：「姐姐身上又不舒服了？」代玉道：「也沒什麼要緊，只是身子軟得

狠。」湘雲便把痰盒拿起來看，便道：「這還了得！」初時代玉也沒細看，此時看見，自己早已灰了一半。探春連忙解說道：「這是肺火上炎，帶出一半點來，也是常事。」見代玉精神煩倦，忙道：「姐姐養養神罷，我們回來再瞧你。」代玉道：「累你兩位惦著。」探春又囑咐紫鵑好生留神伏侍，紫鵑答應著。探春才要走，只聽外面一個人嚷起來。未知是誰，下回分解。

後將其全部塗去，再在行間全部重抄，改作：

且說探春湘雲正在惜春那邊論評所畫大觀園圖，說這個太疏，那個太密。大家又議著題詩，著人去請代玉商議。忽見翠縷翠墨二人回來，神色匆忙。湘雲便問道：「林姑娘怎麼不來？」翠縷道：「林姑娘昨日夜裏又犯了病了，咳嗽了一夜。我們聽見雪雁說，吐了一盒子痰血。」探春聽了詫異道：「這話真麼？」翠縷道：「怎麼不真？」翠墨道：「我們剛才進去瞧了瞧，顏色不成顏色，說話兒的氣力兒都微了。」湘雲道：「不好的這麼著，怎麼還能說話呢。」探春道：「怎麼你這麼糊塗，不能說話不是已經……」說到這裏，卻咽住了。惜春道：「林姐姐那樣一個聰明人，我看他總有些瞧不破，一點半點兒都要認起真來。天下事那裏有多少真的呢。」探春道：「既這麼著，咱們都過去看看。倘若病的利害，咱們好過去告訴大嫂子回老太太，傳大夫進來瞧瞧，也得個主意。」湘雲道：「正是這樣。」惜春道：「姐姐們先去，我回來再過去。」於是探春湘雲扶了小丫頭，都到瀟湘館來。進入房中，代玉見他二人，不免又傷心起來。因又轉念想起夢中，連老太太尚且如

此，何況他們。況且我不請他們，他們還不來呢。心裏雖是如此，臉上卻礙不過去，只得勉強令紫鵑扶起，口中讓坐。探春湘雲都坐在床沿上，一頭一個。看了代玉這般光景，也自傷感。探春便道：「姐姐怎麼身上又不舒服了？」代玉道：「也沒什麼要緊，只是身子軟得很。」紫鵑在代玉身後偷偷的用手指那痰盒兒。湘雲到底年輕，性情又兼直爽，伸手便把痰盒拿起來看。不看則已，看了嚇的驚疑不止，說：「這是姐姐吐的？這還了得！」初時代玉昏昏沉沉，吐了也沒細看，此時見湘雲這麼說，回頭看時，自己早已灰了一半。探春見湘雲冒失，連忙解說道：「這不過是肺火上炎，帶出一半點來，也是常事。偏是雲丫頭，不拘什麼，就這樣蠍蠍螫螫的！」湘雲紅了臉，自悔失言。探春見代玉精神短少，似有煩倦之意，連忙起身說道：「姐姐靜靜的養養神罷，我們回來再瞧你。」代玉道：「累你兩位惦著。」探春又囑咐紫鵑好生留神伏侍姑娘，紫鵑答應著。探春才要走，只聽外面一個人嚷起來。未知是誰，下回分解。

從文字對比可以清楚看出，兩者只有簡繁的不同，後者雖添加了一些文字，但未按慣例在行間添插，暴露了此非「稿本」、尤其非「高鶚在這個底稿上面做了一些文字的加工」的實質。

其實，對於脂本與脂批的界定，有的學者已發表了很好的意見。林冠夫先生說：「三本（按指有正本、南圖本、蒙府本）的回前回後總批，幾乎連小差異也並不多見。嚴格說，這些總批大部分不是真正的脂批（即指脂硯齋、畸笏叟等雪芹親友中人的批），那些既不像詩又不像詞曲之類的，出於脂硯齋等人之手的可能性更小。現在習慣上把凡是脂評本上的批都泛稱為『脂批』，本來是不確切的。」（〈論

《石頭記》王府本與戚序本〉，《文藝研究》，1979 年第 2 期）對於有
正本擬在後文集中論述，現只就批語較多的蒙府本與列藏本再說幾
句，以滿足「全面」論者的心願。

　　「蒙古王府本」向被當作脂本，它的命名卻最為奇怪。甲戌本、
己卯本、庚辰本大致都說得出發現經過，甲戌本有「甲戌抄閱再
評」，己卯本有「己卯冬本定本」，庚辰本有「庚辰秋本」等字樣。
「蒙古王府本」只知道是一九六〇年發現，其命名之由，周汝昌先生
《影印〈蒙古王府本石頭記〉序言》文末的小注，方略帶一筆曰：
「此本定名為『蒙古王府本』，係據趙萬里先生見告：是書收於一蒙
古王府後人之手。今檢第七十一回後，有『七爺王爺』等字樣，不知
與此有關否。附記於此。」而《紅樓夢大辭典》則徑云：「以其第七
十一回回末總批後，有『柒爺王爺』字樣，推斷原為清代某王府舊
藏。」（頁 923）趙萬里先生（1905-1980）固為有識見之學者，但並
未說清此書收藏於哪個「蒙古王府」，此王府後人與《紅樓夢》有何
淵源。今檢第七十一回頁二十一 B 面「柒爺王爺」四字（圖 1-33），
後一「爺」字，竟未書寫完整，據此斷為「王府舊藏」，實為輕率。
這位書寫者，還添寫了第七十二回回前總批後的文字：

　　　　此回似著意，似不著意，似接續，似不接續，在畫師為濃淡相
　　　　間，在墨客為骨肉停勻，在藥工為笙歌間作，在文壇為養局，
　　　　為別調：前後文氣，至此一歇。為此一歎，向以此書柒拾而不
　　　　富。（圖 1-34）

　　總批後半截「為此一歎，向以此書柒拾而不富」十三字，係另一
人所加，筆跡與七十一回末之「柒爺王爺」相同，看來亦屬馬大哈之
流。此本多處被人隨便塗鴉，如第六十二回第 6 頁 B 面的天頭有「們

牌」和「不敢」字樣，原因是第一行首字為「們」，第二行首字為「牌」，第五行二、三、四字為「不敢」（圖 1-35），可見係隨意亂寫，筆跡拙劣，不值一哂。

列藏本之所以享有盛名，則因為是「道光年間被俄國人從我國擄走」的。蘇聯漢學家李福清一九六四年的文章提到：此本第一頁的背面有「п‧庫爾梁德采夫」褪色墨水字跡，並有兩個筆跡拙劣之漢字「洪」，顯然是庫爾梁德采夫的「中國姓」。但從一九七三年即致力於整理校勘列藏本的列寧格勒大學學者龐英，只說到「在抄本的第一頁背面上有一個『洪』字」，而不曾提及庫爾梁德采夫的簽名；更奇怪的是，李福清、孟列夫在為中華書局影印出版的列藏本所撰序言中，也不再出現「庫爾梁德采夫」的「墨水字跡」的提法了。在他們細緻的描述中，「褪色墨水字跡」（包括「淡墨水」、「淡紫墨水」）出現了好幾次，但位置和字跡都不對，它們或者是封面上的標籤，或者是阿列克塞耶夫的編號，或者是弗魯格的簽名，而在封面的正面或背面，看來並不存在庫爾梁德采夫的字跡。確認列藏本與庫爾梁德采夫關係的根據，便剩下「封面的背面有兩個筆跡拙劣的漢字『洪』」，但誰也沒有拿出材料證明庫爾梁德采夫曾經取過「中國姓」。根據阿列克塞耶夫在第一冊封面左上角的標籤書寫的「一九三七，第一四七號」淡墨水的字跡，抄本傳入俄國的時間應是一九三七年。至於列藏本正文批語的異文，正如胡文彬先生所說：「這種差異是由於抄錄者的文化水準高低不同，抄錄認真與否而造成的。有的抄錄者文化水準低，抄錯字句、漏文、圈改處就較多；有的抄錄者不認真或有意偷懶，抄錄時將長句縮成短句，或將整段、整句文字刪去」；他還指出，其中還有「有計劃、有目的刪改原稿，然後再行過錄」（《列藏本石頭記管窺》，頁 48）的情況。

自從我一九九三年發表《列藏本〈石頭記〉辯證》，對列藏本提

出質疑以後，中國紅學家沒有作出任何回應。一九九五年，張訓先生〈馮其庸先生應該怎樣批駁歐陽健的「脂本是偽本」說〉寫道：「馮先生是一九八二年十二月應邀去列寧格勒看過列藏原本的三位學者之一，……馮先生能拿出具體的證據，證明列藏本確實是一八三二年傳入俄國的（但不能依照外國人無根據的附會推測來說話），我想廣大讀者會接受的。因為讀者是公正的裁判。」（《紅樓》，1995 年第 4 期）同樣沒有得到回應。倒是孟列夫一九九五年三月十二日在臺北「慶祝中央大學八十週年校慶乙亥春紅樓夢專題演講」中，對所謂「庫爾梁德采夫」簽名作了說明，說序言原稿中有關於「庫爾梁德采夫」簽名的交代，只是被中華書局編輯「無端地刪去」了。鑒於此事對《紅樓夢》版本考證的重要性，我寫信給中華書局顧青先生，託他查詢一下序言原稿是否有上述記述，書局編輯又為何要將此處文字刪除。一九九五年四月十六日，顧青先生給我回了信，說：「關於列藏本『庫爾梁德采夫』俄文簽名事，我查了原稿（譯稿），確實沒有提到。至於孟列夫俄文原稿中是否提到，無從知道。有一點是肯定的，所謂『中華書局編輯無端刪去』云云，實屬無稽之談。且當初兩篇序言的定稿，由紅樓夢研究所負責。但據當時目見者的記載，不止一次提到有此簽名，但譯稿中為何沒有提到，無法想像。我所知僅此而已，關心此事，主要是不能忍受中華書局編輯為此書勞心費力，最後蒙受不白之冤也。」

　　八年之後，馮其庸先生在《紅樓夢學刊》二○○三年第一輯發表了〈列寧格勒藏本《石頭記》回歸記〉，文章追溯了他們一行去蘇聯考察列藏本的經過，其中最耐人尋味的是與蘇方會談的情況：

　　　　我感到那位出版委員會外事局副局長奧・李・別茲羅德內依，
　　是希望合作出版成功的，一是因為這是他工作範圍內的事，達

成協議，也是他的工作成績之一，二是他自己說很想來中國，達成協議後，就有可能來中國了。再從李福清、孟列夫來說，他們已發表了文章，認為這是一個珍貴抄本，當然希望我們能肯定他們的見解，如果合作出版成功，更證明他們的見解高，漢學水準高。如果我們對此抄本評價不高，他們就會感到非常難堪，事情就會對他們很不利。所以綜合起來看，這次會議，只要我們能實事求是地鑒定評價這個抄本，實事求是地評價他們對這個抄本研究的成績，合作出書的目的是完全有可能實現的。

果然，當馮其庸先生發言說：「一、這個抄本的底本是脂硯齋本系統的本子，是一個好的底本；二、抄定的時間大約在乾隆末年或嘉慶初年，以後者的可能性為人；三、蘇聯學者對此本的發現報導並發表研究文章，是有貢獻的，文章也是有見解的；四、此抄本值得影印。」急切等待意見的蘇方，情緒立刻興奮活躍起來，孟列夫說：「馮其庸同志的發言非常好，非常正確，他說只看了五個小時，但也只有真正的專家才能在這幾個小時內作出這樣精闢的判斷。」外事局副局長別茲羅德內依對馮其庸先生說：「你是一個好人！」又說：「如果這次鑒定你們說這個本子不好，不值得出版，那李福清、孟列夫就會受到我們宣傳部的嚴厲批評，現在你們說這個本子很好，所以李福清、孟列夫就高興了，不會受到批評了，而且你還稱讚了他們！」關於蘇方序言的問題，文章中也作了說明：

這篇序言是七月中寄來的，到九月中譯成中文，有三萬多字，李老覺得無論如何太長，且多有不妥之處。李老要我把它壓縮到一萬字左右，這實在是給我出了一個難題，而且蘇方是否能

同意也是問題。我一直躊躇再三，舉筆難下。過了些時候，一九八五年十二月二日，李福清來北京，中華書局李侃同志宴請他，請我陪席，席間我初步談了他們的序言的情況，我也把我方的短序給他一份，請他斟酌。他住在和平飯店，我又專門約定時間到和平飯店去與他商量此事。我開載布公的對他說他們的文章過長，還有一些不妥之處，須要壓縮和改定。例如這個本子不可能從揚州恭王府流傳出來的，揚州並沒有恭王府，恭王府實際就在我們現在的腳底下，他住的和平飯店就是怡王府的原址，中國歷史博物館還藏一張怡親王府的圖。其它還舉了一些例子。懇談以後，他完全相信我們是好意，沒有任何誤解。就說由我全權為他們的文章作壓縮、刪削、修改定稿工作，他也同意壓縮到一萬字或一萬五千字左右，這個原則確定以後，我就放開手來幫他們改寫。經過懇談後，增加了相互的了解和信任，他們也不希望文章出差錯，所以，過了不久，我就將壓縮稿完成，交給李老審閱後轉蘇方，徵求他們的意見。到一九八六年二月三日，中宣部的賈培信同志從蘇聯回來，帶來了李福清請他帶回的序言壓縮稿，並附信完全同意我們的改稿，他們一個字也沒有改動。

可惜的是，事情過了這麼久，馮其庸先生仍然沒有提到那「庫爾梁德采夫的簽名」，也沒有提到為什麼要刪去那「庫爾梁德采夫的簽名」，總之還是一筆糊塗賬。

要之，夢稿本也好，蒙府本也好，列藏本也好，都沒有出現「脂硯齋」之名，也沒有以「知情人」的姿態披露作者家世與小說本事的批語，對於「還原脂硯齋」完全不起作用。將其排除在視野之外，乃題中應有之義，並不是為了逃避或偷懶，要版本「越少越好」。

　　至於靖應藏抄本，倒確是題作「脂硯齋重評石頭記」的。二〇〇一年四月《文匯讀書周報》連載俞平伯先生〈記毛國瑤所見靖應藏本《紅樓夢》〉遺文，魏紹昌先生的「附言」云：「在南京浦口一度出現旋即迷失的靖本，有名無實，存世的只是毛國瑤一九五九年從靖本抄錄下來的一百五十條批語……所以真正見到過靖本的，可以說只不過靖應（已於一九八三年去世）、靖寬榮和毛國瑤三個人，而真正將全書過目的，更只有毛國瑤一個人。」假定真的有靖藏本的存在，過目者唯毛國瑤先生一人。此本已「迷失不知下落」，僅存留毛國瑤當年抄錄的一百五十條批語，遂引發靖本真偽之爭，對此我們不妨持寬容態度，甚至不去懷疑毛國瑤先生「偽造」，卻有權對他的摘錄表示不放心。首先，批語與文本是「相須而行」的，將它們從附著的文本上剝離下來，就意味著「走樣」的可能。其次，靖本據說有七十七回之多，書中有大量朱墨兩色的批語，毛國瑤在與有正本比較之後，將其沒有的或文字不同的批語摘錄了一百五十條，這就又產生取捨的眼光與摘錄的準確了。江蘇省社科聯唐茂松先生親口對我說，他用當時拍攝的毛國瑤摘錄「筆記」照片，與他陸續「公佈」的文本比對，發現每次都有新的「發展」。江蘇省紅樓夢學會一九八二年編印的《江蘇紅學論文選》，附有《脂靖本〈紅樓夢〉批語》，編者按云：「南京師範學院《文教資料簡報》一九七四年八、九月號合刊刊登了全文。後來又收入該院一九七六年五月編印的《紅樓夢版本論叢》。現由毛國瑤同志對個別字句作了校正。」（頁 119）不知他根據什麼進行「校正」？他的筆記據說還經俞平伯先生朱筆校正，俞先生未見過靖本，又不知從何「校」起？故爾紅學家對「有名無實」的靖本，多持存而不論的謹慎態度。馮其庸先生說：「另有南京靖應鯤藏本出而覆沒，暫不能計入。」（《石頭記脂本研究》，頁 1）就符合對無法遞交的「證據」不予採信的原則。站在最寬容的立足點，即便承認靖本的存

在，承認靖本批語的重要，但與三個「正宗脂本」相比，三脂本的批語應視作主證，靖本批語只能作為輔證；也就是說，靖本的批語可以「輔助」三脂本，卻不能「挽救」三脂本。有人在用三脂本批語立論時遇到障礙，就向靖本「求救」，甚至引來作為唯一「文獻」，顯然是不妥當的。

因此，真正的脂本，我們憑以「還原脂硯齋」的脂本，就是題作《脂硯齋重評石頭記》的三個抄本：

1《脂硯齋重評石頭記》甲戌本，殘存十六回，一九二七年為胡適所得；

2《脂硯齋重評石頭記》己卯本，殘存三十八回，原為董康所藏，後歸陶洙；

3《脂硯齋重評石頭記》庚辰本，七十八回，一九三二年由徐星曙購得。

需要說明的是，塵封於北京師範大學圖書館四十三年之久的《脂硯齋重評石頭記》抄本，二○○○年十二月由博士研究生曹立波「發現」，張俊先生、曹立波博士與馮其庸先生都有研究報告發表。由於主客觀方面的原因，我至今還沒有「目驗」此本的榮幸，只好暫且置而不論。

對於三脂本的「命名」，紅學界也頗有分歧。如甲戌本有「甲午秋月」的批語，所以不能算甲戌的「再評」本。周汝昌先生反駁說：「某年『定型』之本，可以在此年之後不斷添加覆閱重審的痕跡。說『甲戌』，是指它足能代表甲戌年『抄閱再評』的定本真形原貌。這有什麼『錯誤』可言？」（《脂硯齋重評石頭記甲戌校本》序，作家出版社，2000 年）他的意見是對的。還有人主張採用別的名稱，如以「脂劉本」或「脂銓本」來代替甲戌本；前面已經充分證明，甲戌本與劉銓福不存在必然聯繫，「脂劉本」或「脂銓本」的稱呼就行不通

了。再如列藏本，因列寧格勒改名聖彼德堡，於是有人改稱「聖藏本」；假如該城市又改了名，或者本子轉到別地收藏，是否又要跟著改名呢？為了對話的便利，不妨約定俗成。既有「至甲戌脂硯齋再評」字樣，就稱「甲戌本」；夢稿本、蒙府本既已叫開，就稱「夢稿本」、「蒙府本」好了。這都是無傷大雅的事情，不必過於頂真，徒費心力。

第二個問題：關於「脂本」是否「稿本」的認定。

脂本之所以備受紅學家青睞，因為是「保存了原稿的面貌」（中國藝術研究院紅樓夢研究所：《紅樓夢》新校注本〈前言〉，人民文學出版社，1982 年）的真本，脂硯齋就是在《紅樓夢》「稿本」或真本加批的。此點對了解脂硯齋「存在狀態」至關重要，需要進行必要的檢驗，或作一些必要的澄清。

如果摳一摳字眼，所謂「保存」了「原稿面貌」的本子，自然不是指作者手定的稿本；而從紅學家的表述看，有時又確是徑直將脂本看作稿本的。如馮其庸先生說：「『庚辰本』是曹雪芹生前最後的一個本子。『庚辰』是乾隆二十五年（1760），這時離開曹雪芹的去世只有三年了。截至現在為止，我們沒有發現比這更晚的曹雪芹生前的改定本，因此，可以說這個『庚辰秋月定本』，是曹雪芹生前的最後一個改定本，也是最接近完全和完整的本子。」（〈曹學敘論〉，《紅樓夢學刊》，1992 年第 1 期）在多數場合，他們又把脂本看作「稿本的過錄本」：「『庚辰本』是目前所有的《石頭記》早期抄本中，其底本完成於曹雪芹逝世前三年，此抄本抄成於曹雪芹逝世後三、五年間的一個最完備的抄本。因此這也是最接近曹雪芹原著的一個《石頭記》抄本。」（同上）

從版本鑒定角度講，脂本沒有作者「手定」的記錄和印記，甚至沒有一篇序跋來交代本子的來歷；它從未稱作「稿本」或「原本」，

而一律稱「重評石頭記」；所以，脂本不是作者的手稿本，而是後出的抄本，是不容置疑的。確定了這一點，再來考察是否「保存原稿面貌」，就比較清楚了。稿本是作者的手稿，經過改定謄清便是清稿本。清稿本或由書坊刊印，成為印本；或由書手抄錄，成為抄本。誰也不會說稿本「保存了原稿的面貌」，而印本或抄本也決不會把「保存原稿的面貌」作為先決條件，甚至修改痕跡依樣畫瓢地重現出來——除非是為了保存手稿真跡，付印時採用照相技術，抄錄時運用影抄手段。

人人說抄本「保存了原稿的面貌」，清代的「稿本」該是什麼「面貌」？多數人並沒有感性經驗。高鶚的《蘭墅硯香詞》恰為我們提供了乾隆時期稿本的樣範，也為我們提供了鑒別脂本最好的參照係。

關於《蘭墅硯香詞》的稿本性質，曾有兩位學者作過鑒定。金克木先生《八股新論》說：「《蘭墅硯香詞》稿本只有四十四首，而且有的塗改得很利害，有些句子加上密圈，有些首在頁上端批『改』字，可見確是稿本，不是定本。」（《說八股》，中華書局，2000 年，頁138）尚達翔先生則認為：「《硯香詞》共收四十四首詞，看來還不是初稿本，因為詞不依時間順序，而是按小令、中調、長調依次排的。這恐怕只有二稿才能做到。」（《高鶚詩詞箋注・前言》，中州書畫社，1983 年）

按此本卷端題「蘭墅硯香詞」，次行低一格書：

　　麓存草（自甲午迄戊申），奉天高鶚著。

甲午為乾隆三十九年（1774），戊申為乾隆五十三年（1788）。高鶚在這十四年中填了不少詞，隨手置於竹製的書箱中，故云「麓存草」。他為什麼要在乾隆五十三年將存稿取出整理呢？因為這一

年——「戊申秋雋」（《金縷曲》即《賀新郎》題下注），他中了舉，將要踏入全新的人生階段，便著手將舊作加以整理。相對於零散的草稿而言，按小令、中調、長調編次成冊的《蘭墅硯香詞》，確乎應該稱為「二稿」；而就擬作進一步的修改而言，它又確乎是個「稿本，不是定本」。

在全部四十四首詞中，有二十二首上端批了「改」字，有些已經動手改了起來，為我們保存了修改的原始痕跡，彌足珍貴。下面著重討論兩點：

一、稿本的書法。金克木先生介紹殿試閱卷的情形道：「閱卷的不看內容，……看殿試卷只望一眼字跡，所以寫字必須極其工整，乾乾淨淨。在清代中葉，這種字是中進士點翰林的人都會寫的，叫做『館閣體』。」（《說八股》，頁 156）高鶚將「簏存草」謄錄為《蘭墅硯香詞》時，用的正是這種館閣體；而對原稿作修改時，則用了更為便捷的行書。

反觀被奉為出自「怡親王府」的己卯本（這是唯一可與曹家「掛鉤」——儘管掛得很不牢——的脂本），不僅書法極其拙劣，簡直無「體」可言，怡親王書法的造詣極高，豈能容忍僅有己卯本抄手水準的人在王府中招搖？

二、文字的修改。《蘭墅硯香詞》有三首詞作了重大修改，最有分析價值。一是〈蘇幕遮・送春〉，原底是：

> 日烘晴，風弄曉，蔻丁香，地攖懷抱。倦枕深杯消不了，人惜殘春，我道春歸。絮從拋，鶯任老，拚作無情，不為多情惱。日影漸斜□□□，憑暖欄杆，目斷遊絲嫋。

高鶚作了兩處修改：一是將「蔻丁香，地攖懷抱」改為「芍藥茶

蘼，是處攖懷抱」。二是將「日影漸斜□□□」改為「日影漸斜人悄悄」（圖 1-36）。□□□三字原稿塗抹過甚，難以辨認，無從討論修改的成敗，只能著重談一談前處的修改。詞題是〈送春〉，立意與前人相反：「人惜殘春，我道春歸好。」你們要惜春，我偏要送春，要讓夏天早點來到。從這點翻案精神出發，高鶚建立起自己的意境，而蔻丁香與芍藥荼蘼，就是他先後挑選出來以象徵他所歡迎的早夏的兩組花卉。那麼，他為什麼要將蔻丁香改為芍藥荼蘼呢？且讓我們對四種花卉作一點比較：

　　1 蔻：薑科，多年生草本植物，初夏開花，花淡黃色；

　　2 丁香：桃金娘科，常綠喬木，夏季開花，花淡紫色；

　　3 芍藥：毛茛科，多年生草本植物，初夏開花，花大而美麗，有白紅等色；

　　4 荼蘼：薔薇科，落葉灌木，初夏開花，大型，白色。

　　事情十分清楚：四種花卉有三種在初夏開花，惟有丁香是夏季開花，用「蔻丁香」，就不能象徵早夏。再從花的外形看，蔻丁香是小花，顏色偏淡，芍藥荼蘼就不同了，花大而美，可供觀賞。改動既是為了切題，又有視覺形象方面的考慮。

　　再說改「地攖懷抱」為「是處攖懷抱」。攖，有纏繞、觸動的意思。《墨子‧經上》：「攖相得也。」畢沅注引《玉篇》：「攖，結也。」《淮南子‧繆稱訓》：「勿繞勿攖，萬物自稱。」高誘注：「攖，纓。」在「攖懷抱」前以「地」或「是處」相修飾，意緒完全不同。「地」亦作「的」，一般有四義：1、依然，照樣。朱熹《朱子文集》五八〈答徐子融書〉：「若理會得是，於自家分上，盡有得力處。若看錯了，卻終日閉口不別是非，地不是矣。」《元曲選》鄭德輝〈王粲登樓〉三：「自洛下飄零到這裏，的無所歸樓。」2、無端，平白地。《董解元西廂》一：「地相逢，引調得人來眼狂心熱。」《元曲選》石

君寶〈秋胡戲妻〉一:「孩兒娶親,才得三日光景,的便勾他當軍去,著誰人養活老身?」3、反而,倒。《雍熙樂府》一缺名〈醉花陰〉套〈復歡〉:「越間阻地越疼熱。」4、怎的。《草堂詩餘》前上辛幼安〈酹江月‧春恨〉:「地東風欺客夢,一枕銀屏寒怯。」《古今雜劇》秦簡夫《東堂老》楔子:「你父親病及半載,你的不知道?」無論按「依然,照樣」、「無端,平白地」、「反而,倒」、「怎的」數義來修飾形容「攪懷抱」,都顯得不通。「是處」,意謂到處,處處。《南齊書‧虞玩之傳》:「填街溢巷,是處皆然。」柳永〈八聲甘州〉:「是處紅衰翠減,苒苒物華休。」陳毅〈六國之行〉:「風雷臨大地,是處有親朋。」改動後詞意,謂春天將逝,初夏已經來臨,那大而美麗的芍藥荼蘼,處處都纏繞、觸動著遊人的懷抱。春天走了,又有什麼不好呢?我的態度是:一任絮飛鶯老,「拼作無情,不為多情惱」。使全詞更顯新穎別致,不落俗套。

二是《蝶戀花‧松林鬧玩蓮》,原底是:

> 一色蓮花三萬朵,酒熱茶香,旋到花傍坐。似笑如迎開向我,飄煙抱月嬌無那。舞罷垂垂羅袂,欲度清謳,只有吳歌可。短個人兒搖畫舸,輕蓮軟笠新梳裹。(圖 1-37)

高鶚作了一處修改:將「欲度清謳,只有吳歌可」改為「欲唱新詞,只合吳歌可」。「欲度清謳」,似雅而實平,改為「欲唱新詞」,就清新上口多了。「只有吳歌可」改「只合吳歌可」,雖一字之差,卻深諳鍊字之道。

三是《百字令‧潘左卿席上小伶》,原底是:

> 玳筵開處,看蠻靴小隊,畫蛾妝面。地東風吹細雨,涼沁翠翹

珊釧。轉節鶯呼，駐拍蟬咽，竹與絲爭顫。餘音，口口口口口。別有密意難通，聲偷字減、口總周郎口。卻笑西堂愁眇眇，辜負口波口口。待與端相，剪燈口月，又酒闌人散。歸來弄笛，歌聲不成還。（注：尤西堂觀劇詞云：「自笑周郎愁眇眇。」句注：「余短視，故云。」僕亦短視，兩步外不睹也，故戲用西堂句。）

此首塗改最甚，有的還改了兩遍三遍，致原底許多文字無法辨認，只好以「口」號表示。（圖1-38）重要的修改有：

1、將《百字令·潘左卿席上小伶》題下「小伶」二字勾去。金克木先生以為：「這首詞塗改得很利害，可想見當年又想寫又有顧慮的情狀。」（《說八股》，頁140）其實，勾去「小伶」不是掩飾，而是為了題目的簡潔，因為詞中已將「看蠻靴小隊」改為「看登場小玉」。徐渭《南詞敘錄》：「霍小玉，妓女也。今以指女妓。」題下勾去，詞中添加，不存在「又想寫又有顧慮」的問題。

2、將「玳筵開處，看蠻靴小隊，畫蛾妝面」改為「玳筵開也，看登場小玉，盈盈妝面」。一聲「玳筵開也」，將久盼期待的喜悅道了出來，較之平直的「玳筵開處」，不知增添了多少活潑氣氛。改「蠻靴小隊」為「登場小玉」，是為了突出中心；改「畫蛾妝面」改為「盈盈妝面」，是為了避去陳舊的「畫蛾」一詞。

3、將「地東風吹細雨，涼沁翠翹珊釧」改為「一種風姿天付與，不在翠翹珊釧」。年青時的高鶚，或許對「地」一詞似有偏愛，後來都一一改動了。「地東風吹細雨，涼沁翠翹珊釧」，是從主觀感受寫：小伶的登場，使他感到好像一陣東風吹來，涼透了那翠翹珊釧；而改筆則從人物的神情入手：她那「一種風姿」，簡直是上天付與，完全不在翠翹珊釧的美麗上。二者意境不同，各有千秋。

4、將「轉□鶯□，駐拍蟬咽，竹與絲爭顫，餘音，□□□□」改為「嬌咽鶯啼，慢聲蟬咽，竹與絲爭顫，餘音猶，一唱三歎」。原底文字難以辨認者甚多，難以置評；惟改稿「嬌咽鶯啼，慢聲蟬咽」有兩個「咽」字，似不甚妥貼，或仍未定稿。

5、將「剪燈」改為「挑燈」，將「又酒闌人散，歸來弄笛，數聲不成還」改為「又酒闌人散，料伊歸去，□應知我腸斷」。原底酒闌人散後，從自身寫：「歸來弄笛，數聲不成還」；改稿則從懸想對方入手：「料伊歸去，□應知我腸斷」，韻味大有改觀。

6、原底自注「尤西堂觀劇詞云：『自笑周郎愁眇眇。』句注：『余短視故云。』僕亦短視，兩步外不睹也，故戲用西堂句。」「尤西堂」下勾去「觀劇詞云」四字，「句注」下勾去「余」字；「故云」下勾去「僕亦短視兩步外不睹也故以用西堂句」十六字。

歷代詩詞的精心修改，向有佳話傳流。洪邁《容齋隨筆》卷八〈詩詞改字〉介紹王安石改字云：「吳中士人家藏其草，初云『又到江南岸』，圈去『到』字，注曰『不好』，改為『過』，後又圈去而改為『入』，旋改為『滿』，凡如此十許字，始定為『綠』。」杜甫之「吟安一個字，撚斷數莖須」，更是千古傳誦的名句。高鶚自然算不上是大詩人，但他對作品的推敲，卻讓我們領略了稿本的本來面目。關於小說的修改，古代中國還缺少生動的實例。列夫‧托爾斯泰在日記中倒是說過：「寫好作品的草稿後，一再修改它，刪去它的一切贅餘而不增加分毫。」又說：「寫作：（1）起草，不仔細考慮一個片段和思想表現得是否正確；（2）謄寫一次，刪去一切贅餘並給予每一思想以真實的位置；（3）再謄寫一次，改正表現法不正確的地方。」他的《戰爭與和平》就有七個稿本。《紅樓夢》這樣偉大的長篇巨製，當然不可能一氣呵成，「披閱十載，增刪五次」，乃是曹雪芹嘔心瀝血、反覆推敲修改的生動概括。馮其庸先生說，脂本中那些「反覆修改的地方和至今殘缺之處，簡直使你彷彿感到作者的墨未乾，淚痕猶

在」（〈論庚辰本〉，《石頭記脂本研究》，頁 129）。事實是否如此呢？

　　為檢閱方便，且以庚辰本第一回為例。本回共改動二十六處，大體上可分三種類型：

　　1、漏字的加添。如「悔又無益之大無如何之日也」，於「無」字下添一「可」字；「復可悅世之目」，於「可」字下添一「以」字，「世」字下添一「人」字；「也有首歪詩熟話」，於「有」字下添一「幾」字；「那裏有工夫看那理之書」，於「理」字側添一「道」字；「也不定世人喜悅檢書」，於「定」字下添一「要」字；「遂易名為情僧」，於「僧」字下添一「錄」字；「不過偷竊玉暗約私奔而已」，於「偷」字下添一「香」字；「弟子則洗諦聽」，於「洗」字下添一「耳」字；「常的什麼賈雨村了」，於「常」字下添一「說」字；「如此想不免又回頭兩次」，於「此」字下添一「思」字；「雨聽了並不推辭」，於「雨」字下添一「村」字；「其盤費餘事自代為處置」，於「事」字下添一「弟」字；「他曾留話與和尚」，於「留」字下添一「下」字；「無非搶奪地」，於「搶」字下添一「田」字；「這日拄了拐」，於「拐」字下添一「杖」字；「當作一件新聞傳」，於「傳」字下添一「說」字。

　　2、錯字的改正。如「皆父兄教育之恩」，改「皆」字為「背」字；「開情詩詞到還全備」，改「開」字為「閨」字；「且環婢問口即者也之乎」，改「問」字為「　」字；「總一時稍閒」，改「總」字為「縱然」二字；「不便是何地方」，改「便」字為「辨」字；「歷來幾個流風人物」，將「流」、「風」二字勾乙置換；

　　3、同義詞的置換。如「亦如劇中之小丑然」，改「劇」字為「戲」字；「儀容不俗，眉目清明」，改「明」字為「楚」字；「何敢狂誕至此」，改「狂」字為「妄」字；「君生日日說恩情」，改「生」字為「在」字。

　　拿高鶚《硯香詞》作一對比，問題就清楚地顯現出來了：紅學家說庚辰本是「四閱評過」的本子，那麼，它的原底應當反映「三閱」的情形，居然還有「開情詩詞」、「環婢問口」之類的文字，誰能相信是曹雪芹筆下的三稿？可見原底「開情詩詞」、「環婢問口」之類，決不是曹雪芹原擬文字，而只能是抄手的失誤。他將「閨情」寫成「情」是形近而誤，將「不辨」寫成「不便」是音近而誤，更說明抄手不僅水準極低，工作也極不負責。抄本即便經過覆看改過，仍有誤字未得校正，如「也不定世人喜悅檢書」中的「檢書」，為「檢讀」之誤，這哪裏談得上什麼經過「四閱」的「定本」？

　　庚辰本對其它本子的「修改」，就更是草率得可以。如第三回林黛玉登場，甲戌本寫她的眼睛是：「兩灣似蹙非蹙籠煙眉，一雙似喜非喜含情目」，且連下兩條眉批：A0347【◎甲戌側】：「奇眉妙眉，奇想妙想。」A0433【◎甲戌側】：「奇目妙目，奇想妙想。」庚辰本卻改成「兩灣半蹙鵝眉，一雙多情杏眼」，周汝昌先生評論說：「珍貴的『庚辰本』也竟補成了『兩彎柳眉，一雙杏眼』！其俗至於此極，雪芹若見，當為怒髮衝冠，或至憤極而哭！」（《天‧地‧人‧我》，北京市：十月文藝出版社，2001 年 9 月，頁 333）請問，這能叫做「修改」麼？這能是曹雪芹對自己天才作品的「修改」麼？

　　至於被紅學家頌為「第一個定型的精鈔本」的甲戌本，初記者譽為「原汁原味的《脂硯齋重評石頭記》稿本」的甲戌本，情況也好不了多少。這個本子的第一個特點是殘。殘存的十六回，只占八十回的五分之一，一百二十回的七點五分之一。不僅篇幅殘缺嚴重，正文也多有殘缺，如「詩禮簪□之族」、「正□個美缺」、「□虧了禮數」、「痰□擔帶」、「更衣□手」等等。篇幅的殘缺，也許可用胡適「甲戌以前的本子沒有八十回之多，也許止有二十八回，也許止有四十回」的話來解釋明；但文字的殘缺，卻只能用底本字跡漫漶蟲蝕，抄寫者空出

一格以待考來解釋了。總不能說曹雪芹「神奇」到連「簪纓」的「纓」字都不會寫，還要向別人求教的程度罷？甲戌本另一個特點是錯字連篇，如「好貨」誤作「好貸」，「元宵」誤作「元霄」，「龍鍾」誤作「聾腫」，「費用」誤作「廢用」，「杜撰」誤作「肚撰」（圖 1-39），「膏肓」誤作「膏盲」，「鈐束」誤作「黔束」，等等，連甲戌本最關鍵的「至甲戌抄閱再評仍用《石頭記》」的「戌」字，也誤寫作「戍」了（圖1-40）。只有相信曹雪芹是「白字大王」，才敢說甲戌本是「原汁原味」的好版本。

再說高鶚是按詞調填詞，尚且在題目、小注上作了多處增刪，像《紅樓夢》這樣偉大的宏篇鉅製，當然更不可能一氣呵成，而是曹雪芹嘔心瀝血、反覆推敲的結晶。由於文獻的湮滅，雖不可能重現他「披閱十載，增刪五次」的過程，但從文學創作規律看，《紅樓夢》修改的情形當更為繁複，有關主題的提煉，形象的塑造，情節的構思，語言的推敲，都必然會反覆的修改和增刪，而決不會如一些紅學家所設想的那樣，專在「茗煙」或「焙茗」、「彩雲」或「彩霞」之類名字改換上大動腦筋。

紅學家有一種誤解，好像版本總是越多越好，殊不知《紅樓夢》不是先秦古籍，甚至不是《水滸傳》、《三國演義》，它是曹雪芹心靈的獨特袒露，是他天才的藝術結晶；廣徵眾本，參證互勘，擇善而從的做法，對《紅樓夢》的校勘是完全不適用的。道理很簡單：誰也沒有權力用自以為的「善」，去修改曹雪芹的哪怕一個字。找尋曹雪芹的可靠原本，才是《紅樓夢》版本研究的終極目標；確定貨真價實的脂批，才是「還原脂硯齋」的首要前提。決不能把傳抄的改動等同於曹雪芹的「修改」，也不能將所有的批語等同於脂批。要恢復《紅樓夢》的原貌，要把脂批作為「史料」，就不能將後人的「校改」當真。一句話，不能給所有本子以「平等地位」，不能從中去「擇善而從」。

許多人之所以會感到迷惑，根源就在將所有抄本都當成雪芹的「稿本」，將抄錄中產生的錯訛看作「曹雪芹親手修改留下來的痕跡」。以高鶚的《硯香詞》作為稿本的樣範，判定脂本不是「反映原稿面貌」的本子，脂硯齋更不是在「《紅樓夢》稿本」上作批，是完全合乎邏輯的。

## 第三個問題：「脂本」價值的評估：

對於三個被稱為「正宗脂本」的文本價值與文獻價值，紅學家或推崇被胡適帶到美國的甲戌本，或青目現藏北大圖書館的庚辰本。雙方都有一系列的論證，現撮其重要者，約略評述於後：

甲戌本第一回正文中有「至脂硯齋甲戌抄閱再評仍用《石頭記》」十五個字，胡適先生判定：「甲戌為乾隆十九年（1754），那時曹雪芹還沒有死。」（頁 161）周汝昌先生則說：「甲戌本《石頭記》是國寶」，是「紅學的源頭」（〈《脂硯齋重評石頭記甲戌校本》序〉）。從性質上講，甲戌本大體上可以代表脂硯齋的本子。只是本子上沒有脂硯齋的手跡，也沒有脂硯齋的印記為憑，甚至沒有任何一篇序跋。這就對鑒定甲戌本造成了困難。依據古代中國傳統的干支紀年，康熙三十三年（1694）、乾隆十九年（1754）、嘉慶十九年（1814）、同治十三年（1874）都是甲戌年，何以見得就一定是乾隆十九年呢？如林辰先生就寫有〈甲戌《脂硯齋重評石頭記》出自嘉慶十九年〉，提甲戌為嘉慶十九年的新說（《社會科學輯判》，1993 年第 2 期）。

從版本學觀點看，程甲本是乾隆辛亥（1791）活字本，問世年代確定無疑。甲戌本是手抄本，假定甲戌確是乾隆甲戌（1754），比程甲本早三十七年；它首次出現於一九二七年，又比程本晚了一百三十六年。惟此之故，推究《脂硯齋重評石頭記》的來歷，運用版本研究的程序對抄本的年代真偽進行鑒定，才是「還原脂硯齋」的關鍵所在。

　　首先要追究是它的來歷。我們到博物館去參觀，陳列的文物旁邊往往有發掘現場的照片，那就是在向參觀者交代文物的來歷。對於來歷不明的「文物」，不論多麼精緻、多麼逼真，人們一般是不會輕易相信的。胡適先生一九二八年只說了買得甲戌本的經過，對賣書人的姓名、身份，抄本的來歷卻未置一詞。一九六一年他把此本交付影印，方在「跋」中說：「我當時太疏忽，沒有記下賣書人的姓名住址，沒有和他通信，所以我完全不知道這部書在那最近幾十年裏的歷史。」（《胡適紅樓夢研究論述全編》，頁 338）《歷史檔案》一九九五年第二期〈胡適考證《紅樓夢》往來書信選〉（五），刊佈了胡星垣一九二七年五月二十二日給胡適的一封信：

　　　　茲啟者：敝處有舊藏原抄《脂硯齋批紅樓》，惟祇十六回，計四大本。因聞先生最喜《紅樓夢》，為此函詢，如合尊意，祈示知，當將原書送聞。叩請適之先生道安

　　　　　　　　　　　　　　　　　胡星垣拜啟五月二十二日

據小注，此信就保存在胡適收信的檔案夾裏。原信只有一頁，為三十二開白色紅豎格八行信紙，下邊印有「上海新新有限公司出品」字樣。信封也是白色，正面寫有「本埠靜安寺路投滄州飯店，胡適之先生臺啟，馬霍福德里三百九十號胡緘」，郵戳為「十六年五月二十三日，上海。」

　　胡適先生當時就注意到：甲戌本「首頁首行有撕去的一角，當是最早藏書人的圖章」（《胡適紅樓夢研究論述全編》，頁 159）；到一九六一年又補充說：「我在民國十六年夏天得到這部世間最古的《紅樓夢》寫本的時候，我就注意到首頁前三行的下面撕去了一塊紙：這是有意隱沒這部抄本從誰家出來的蹤跡，所以毀去了最後收藏人的印

章。」（《胡適紅樓夢研究論述全編》，頁 338）只要翻檢一下甲戌本
的影印件，就可發現第一行頂格寫「脂硯齋重評石頭記」八字，第二
行低一格寫「凡例」二字，第三行為「紅樓夢旨義是書題名極
□□□□□」，行末撕去五字，第四行末撕去兩字，皆有裝裱後胡適
印章可辨。可見撕去的是首頁前四行的下部，呈斜撕狀（圖 1-41）。
大家知道，古人是豎行書寫，將紙張雙面對折，在右方用線裝訂成冊
的。甲戌本首頁 A 面前四行下部，正緊貼裝訂線，一般是不容易損
壞的，加之首頁 B 面的末四行毫無損傷，確可說明是有意撕去的。其
背後必有不可告人的動機，但胡適並未追究，反而為之裝裱，且在撕
毀處加上自己的印章（圖 1-42）。

　　這就產生了胡適是否說了假話的疑問。劉廣定先生在紀念胡適逝
世四十週年的文章中，不指名地引用我「胡適有意隱瞞賣書人的身份
和姓名地址，從而掐斷了追查這個版本來歷的線索」（《古小說研究
論》，巴蜀書社，1997 年，頁 419）的話，並為他「辯誣」道：他似
不可能「對『甲戌本』的來源『有意隱瞞』或『說了假話』」；又說大
陸有人不瞭解胡適先生的為學精神和治學態度，有可能受了早年「清
算胡適運動」、「批判胡適思想」的影響，因而有所誤會（〈胡適與
《甲戌本石頭記》〉，《紅樓夢學刊》，2002 年第 3 輯）。胡適先生的為
人與治學，歷史自有公論。但事實畢竟是事實。胡星垣的信寫於一九
二七年五月二十二日，胡適介紹「新材料」文作於一九二八年二月十
二日，時隔不過半年（還不算胡星垣把書送到新月書店的時間），總
不至如此健忘罷？胡適一九二〇年十一月二十四日在顧頡剛〈《古今
偽書考》跋〉後加批道：「我主張，寧可疑而過，不可信而過。」（轉
引自《顧頡剛年譜》，中國社會科學出版社，1993 年，頁 57）不追查
甲戌本的來源，不追究書賈因何有意撕去一角等等，何曾有「寧可疑
而過，不可信而過」的氣概？從保存文獻的角度講，這些還只能算作

小事；他做得最不應該的是：1、將甲戌本重新裝訂，使其喪失了原有的面貌；2、將劉銓福的題詞與甲戌本裝訂一起，使人產生不應有的錯覺。這就好比一個有獨到學術觀點的人進入古墓發掘現場，隨意挪移了尚未清理的文物，又將它們磨洗一新，鑴上新的銘文以「印證」自己的見解一樣，後果是極為嚴重的。至於說到「清算胡適運動」，至少與我是毫無關涉。早在一九九七年九月，我就寫了〈重評胡適的《水滸》考證〉，刊於上海《學術月刊》一九八○年第五期，對胡適的學術貢獻以高度讚揚。在當時背景下，寫這種文章是需要勇氣的。一九九一年，我寫了〈重評胡適的《紅樓夢》版本考證〉，對他的版本考證又作出基本是否定的評價。一褒一貶之間，自信都是理性思考的產物。「胡適用以示範的科學的治學方法」，影響了好幾代學人，既要看到正面的影響，也要看到負面的影響。這才是辯證的態度。

相形之下，馮其庸先生對於庚辰本「最初的底本，是乾隆二十五年（1760）的改定本，這時離開曹雪芹的去世只有兩年了（曹雪芹卒於乾隆二十七年壬午除夕，按西元是 1763 年 2 月 12 日）」（〈《石頭記脂本》研究自序——關於《石頭記》脂本的研究〉，《石頭記脂本研究》，頁 4）的推論，卻頗有科學考證的味道，因為他找到了一個中間環節——己卯本，並進行了較有條理的論證：

第一步，論證己卯本為怡親王府抄本：根據是己卯本有多處避了允祥、弘曉兩輩人的諱，從而證明「這個本子是怡親王允祥家裏人抄的家藏本，估計可能是允祥的孫子、宏曉的兒子一輩抄的。」（《石頭記脂本研究》，頁 3）

第二步，從老怡親王允祥與曹家的特殊關係，論證己卯本是直接來自曹家的：「老怡親王允祥，與曹家私交甚好，雍正二年曹請安折上雍正的長篇朱批，明確地說明了這一點，並說：『你是奉旨交與怡親王傳奏你的事的，諸事聽王子教導而行』，『王子甚疼憐你，所以朕將你

交與王子」等等。鑒於以上這種特殊的情況,則怡府抄錄《石頭記》的底本,極有可能直接來自曹或雪芹。因為在己卯(乾隆二十四年,1759 年)以前,《石頭記》還只有一個『甲戌本』,外間流傳很少,怡府要抄,其底本多半是從曹家借得。若如此,則己卯本就顯得特殊的珍貴了。」(〈我與《紅樓夢》〉,《紅樓夢學刊》,2000 年第 1 輯)

第三步,論證庚辰本與己卯本之間,存在著「特殊密切的關係」:「我們已經確知己卯本是怡親王府的抄藏本,庚辰本的抄者我們雖然沒有確知,但我們認為它也不可能是書商抄賣的東西。原因是庚辰本是從己卯本過錄的,當時的書商未必就能向怡親王府借到他們的秘抄本。特別是己卯、庚辰兩本過錄的時代,雖不能確考是哪一年,但其大體時代,總不離乾隆二十五、六年到三十四、五年之間。」(《石頭記脂本研究》,頁 60)

但細細掂掇一番,可以發現上述推論的每一步,都存在著與事實扞挌的矛盾:

先說第一步。馮其庸先生之「確知」己卯本是怡府抄本,依據是它「多處」避了允祥、弘曉的諱。在封建時代裏,避諱是嚴肅而又嚴格的事,既要避諱,就應徹底遵行,絕無例外;然而即便是馮其庸先生自己,也發現了己卯本多處不曾避諱的事實:第十一至二十回總目中「賈天祥正照風月鑑」的「祥」字;第一回「世人都曉神仙好」、第三十七回「曉風不散愁千點」、第六十六回「曉行夜住」中,又有六個「曉」字,就都沒有避諱(《論庚辰本》,上海文藝出版社,1978 年,頁 94)。可見,並不能據此判定抄主「一定是」允祥的孫子、宏曉的兒子一輩的人。如果我們考慮到,允祥已非初入關時只知「國語騎射」的武夫,而是受漢族文化薰陶的人物,下這樣的結論就更須慎重了。據李治亭先生主編的《愛新覺羅家族全書・家族全史》介紹:「玄燁重視提高皇子的書法水準,要求他們自幼勤習苦練,⋯⋯皇十

三子胤祥……擅長書法」（《愛新覺羅家族全書》第一冊，頁 233）；
《人物薈萃》說，允祥「詩詞翰墨，皆工敏清新」（《愛新覺羅家族全
書》第三冊，頁 32）；《書畫家傳略》允祥傳云：「喜書法，善作字對
楹聯」（《愛新覺羅家族全書》第八冊，頁 62）。怡親王本人造詣如
此，王府聘請來的文人學士，學問書法自當更為高妙；反觀己卯本的
幾位抄手，書法極其拙劣，錯字、別字、漏字、改字觸目皆是，說它
出自怡親王府，簡直是天外奇談。

　　再說第二步。馮其庸先生說：「老怡親王允祥是與曹雪芹父親曹
同輩的人，死於雍正八年（1730 年）。第二代怡親王弘曉是曹雪芹同
輩的人，死於乾隆四十三年（1788 年）。」但他判定「老怡親王允祥
與曹家有特殊關係」的唯一依據，卻是雍正二年的一條朱批：「讀此
雍正朱批，可知怡親王與曹的關係確非一般，那麼這個怡府抄本《石
頭記》的底本，就不能排除有可能直接來自曹雪芹或曹。因為在乾隆
己卯即乾隆二十四年的時候，《石頭記》尚未風行於世，在己卯之
前，也還只有一個甲戌本，所以它的底本除曹雪芹原稿外，外間過錄
本恐還很少甚至沒有，所以己卯本的底本來源於曹雪芹或曹這個揣測
並不是毫無根據的。」（〈《石頭記脂本研究》自序 —— 關於《石頭
記》脂本的研究〉，《石頭記脂本研究》，頁 3）事實究竟如何？還是
來看雍正朱批全文：

　　你是奉旨交與怡親王傳奏你的事的，諸事聽王子教導而行。你
　　若自己不為非，諸事王子照看得你來；你若作不法，憑誰不能
　　與你作福。不要亂跑門路，瞎費心思力量買禍受。除怡王之
　　外，竟可不用再求一人拖累自己。為甚麼不揀省事有益的做，
　　做費事有害的事？因你們向來混帳風俗貫了，恐人指稱朕意撞
　　你，若不懂不解，錯會朕意，故特諭你。若有人恐嚇詐你，不

妨你就求問怡親王，況王子甚疼憐你，所以朕將你交與王子。
你主意要你拿定，少亂一點。壞朕聲名，朕就要重重處分，王
子也救你不下了。特諭。(《關於江寧織造曹家檔案史料》，中
華書局，1975年，頁165)

關於曹家的敗落，馮先生曾論述其政治方面的原因：「康熙的去
世，曹家失去了靠山。特別是雍正的上臺，是在激烈的兄弟鬥爭中取
得的。為了奪取皇位，康熙的兒子之間早已形成了各個政治集團並展
開了殊死的鬥爭，影響所及，大臣之間也各有依附。所以雍正上臺後
自必清除政敵，首先是清除了他的兄弟，其次是清除了一批康熙時的
大臣。曹家原是康熙的親信和重臣，同時也未發現過曹寅有投附胤的
活動，所以當康熙去世之後，原先對曹寅十分有利的政治因素，一變
而為十分不利的政治因素了。」(〈我與《紅樓夢》〉) 從情況看，雍正
對曹家的打擊是逐步實施的，而第一著就是限制曹的自由，下旨將他
交給自己唯一信賴的十三弟、總理朝政的和碩怡親王允祥「照看」。
克非先生曾對我說過，政治上的用語不能照字面的意思理解。曹其時
與怡親王，一方是「專政」對象，另一方是奉旨實施「專政」的人：
明白了這一點，自會懂得後者對前者的「教導」、「照看」、「疼憐」等
等，絕不能理解為「私交甚好」。雍正一再指責曹「亂跑門路」、「瞎
費心思」，警告他「你若作不法，憑誰不能與你作福」，要他「除怡王
之外，竟可不用再求一人拖累自己」，正說明他一心想擺脫允祥的羈
縻，而到處去另走門子，尋求出路。將其誤認成「親密的關係」，並
用來「揣測」曹雪芹會將把《紅樓夢》稿本借給怡府，顯然是不能成
立的。

再說第三步。馮其庸先生對己卯本與庚辰本的見解，存在兩個不
可調和的內在矛盾：1、「己卯本，依署年應是乾隆二十四年（1759）

抄本，但實際現存此本怡親王府過錄的時間，我認為是在乾隆三十二年（1767）或稍後」（〈重論庚辰本〉，《石頭記脂本研究》，頁 1），「怡府過錄己卯本的時間，也有可能是在丁亥即乾隆三十二年以後」（〈論庚辰本〉，《石頭記脂本研究》，頁 66）——這就是說，「己卯本」不是己卯年過錄的；2、「現存庚辰本並不是從現存己卯本直接過錄的」（〈重論庚辰本〉，《石頭記脂本研究》，頁 11），而是「據己卯過錄本過錄的」（〈我與《紅樓夢》〉，《紅樓夢學刊》，2000 年第 1 輯），加之「現存的這個庚辰本，並非庚辰原抄本，而是一個過錄本，過錄的時間，據我的考證，約在乾隆三十三、四年」（〈重論庚辰本〉，《石頭記脂本研究》，頁 2-3）——這就是說，「庚辰本」也不是庚辰年過錄的。

然而，馮先生推崇庚辰本的全部立論，又是以下的判斷為前提的：「庚辰本是曹雪芹生前最後的一個本子。大家知道，曹雪芹死於乾隆二十七年壬午（按西元是 1763 年 2 月 12 日）。庚辰是乾隆二十五年，下距曹雪芹之逝只有二年了，我們至今沒有發現署年比庚辰更晚的《石頭記》原抄本或原抄過錄本，所以可以說，這個庚辰本，是曹雪芹生前的最後一個本子。」（〈重論庚辰本〉，《石頭記脂本研究》，頁 2）庚辰本之所以有驕人的價值，就是因為它是「曹雪芹生前的最後一個本子」。但庚辰本自身不能證明是「曹雪芹生前的最後一個本子」；要它取得令人信服的權威地位，需要藉重己卯本與曹家的「特殊親密關係」和它與己卯本的「特殊密切關係」。

克非先生對我說，現存己卯本既不是己卯原本，而是乾隆三十二年丁亥以後的過錄本，即便它還能冒稱「己卯本」的話，在乾隆三十二年丁亥以後，據這個過錄本再過錄的本子，時間就必定在丁亥以後——如果是在乾隆三十三年（1768）過錄，就應稱「戊子本」，在乾隆三十四年（1769）過錄，就應稱「己丑本」，卻絕對不能稱作

「庚辰本」，這是再簡單不過的道理。於是，現存的「庚辰本」就不可能是「曹雪芹的定本」，也不可能是「曹雪芹生前最後改定的一個本子」，「庚辰本」與曹雪芹的聯繫，就完全被切斷了。

凡此種種都提示我們：在「還原」脂硯齋的時候，對於他的「存在狀態」要保持清醒頭腦。脂本上的批語固然是脂硯齋所批，但並不是批在「最早」的「曹雪芹」的本子上的。這樣，我們就能減少不必要的盲目性。

## 二 脂硯齋自身的「存在狀態」

大致弄清脂硯齋批語「依存」的母體——脂本的狀況，就該進入對脂批的清點，弄清脂硯齋自身的「存在狀態」，亦即他是如何「存在」的了。從操作認識層面上，有四個問題需要解決：一、「脂批」的界定；二、「脂批」的確認；三、「脂批」的分類；四、「脂批」的數量。

第一個問題：「脂批」的界定。

從字面上講，脂批可以是「《脂硯齋重評石頭記》批語」的簡稱，也可以是「『脂硯齋重評石頭記』批語」的簡稱。前一說從版本著眼，凡《脂硯齋重評石頭記》抄本上的批語，都可稱作脂批；後一說從批者著眼，出於脂硯齋之手的批語，方可稱作脂批。兩種界定的差異，在理論上是容易區分的，操作起來可就不那麼簡單了。請看《中國文學批評通史》「脂硯齋評《紅樓夢》」的說法：

> ……評語並非出於一人之手，見於評語署名的有脂硯齋、畸笏
> 叟、棠村、梅溪、松齋、玉藍坡、立松軒、鑒堂、綺園、左綿

癡道人等，其中脂硯齋和畸笏叟是二位主要的評者，脂硯齋尤其重要。因此我們這裏談脂硯齋評《紅樓夢》，實是指以脂硯齋為首的、包括時代相近的其它評語作者在內的人對《紅樓夢》的批評。」（頁 832-833）

《通史》的角度，好像是從批者著眼的，但又將一大群「見於評語署名的」人，包括脂硯齋、畸笏叟、棠村、梅溪、松齋、玉藍坡、立松軒、鑒堂、綺園、左綿癡道人等，統統地歸在一塊，說是「以脂硯齋為首的、包括時代相近的其它評語作者」，顯然又從版本著眼了。當然，這樣說說也未嘗不可，只是提法上很有些含糊。如「脂硯齋為首」是什麼意思？「時代相近的其它評語作者」又包括哪些人？都沒有能夠界說清楚。

比如署名「立松軒」的批語，只在有正本上出現過一次；有人卻對他情有獨鍾，認定是《紅樓夢》的「早期批點者」，但回應者不多。不過，有正本終究是石印的刊本，當它在宣統三年（1911）出版之後，它的全部文字信息就統統凝固了。換句話說，有正本上所有的批語，都必定產生在一九一一年之前，因此「立松軒」的問題還比較容易處理。抄本就完全不同了，它始終處於「開放」狀態，誰也無法阻止後人添加新的批語，要判定它們的下限是很困難的。甲戌本「左綿癡道人」的批語，即在時代上也與「脂硯齋」相去甚遠，不能算「脂硯齋為首」的圈子中人；玉藍坡、鑒堂、綺園一流就更晚、就更不相干了，都不應列入我們的考察範圍。

至於棠村、梅溪、松齋，一般認為他們比較靠前，或者勉強可以算作「以脂硯齋為首的、時代相近的其它評語作者」。甲戌本第一回寫空空道人將《石頭記》從頭至尾抄錄回來以後，「……因空見色，由色生情，傳情入色，自色悟空，遂易名為情僧，改《石頭記》為

《情僧錄》。至吳玉峰題曰《紅樓夢》，東魯孔梅溪則題曰《風月寶鑒》。」A0049【◎甲戌眉】曰：「雪芹舊有《風月寶鑒》之書，乃其弟棠村序也。今棠村已逝，余睹新懷舊，故仍因之。」有紅學家很看重這條眉批，以為棠村就是脂硯齋本人，甚至想從脂批中「鉤沉」棠村的序文。但有「棠村」署名的批語，只在「靖本」中出現，不應予以理會。有人認為是「東魯孔梅溪」就是梅溪，但他只在第十三回「三春去後諸芳盡，各自須尋各自門」句上，寫了一條 A1092【◎甲戌眉】：「不必看完，見此二句，即欲墮淚。梅溪。」（庚辰本同）那位松齋呢，則在同回「便敗落下來，子孫回家讀書務農，也有個退步」句上，寫了一條 A1089【◎甲戌眉】：「語語見道，句句傷心，讀此一段，幾不如此身為何物矣。松齋。」（庚辰本同）此二人縱然是「真正的脂批」，但他們既沒有「看完」作品，批語的意思也不大，實可略而不論。

剩下來要著重考察的，就是畸笏叟了。《通史》說「脂硯齋和畸笏叟是二位主要的評者」，實可代表多數人的看法，我們「還原」脂硯齋要考察的脂批，主要是脂硯齋的批語，也要注意畸笏叟的批語，這是不言而喻的。《紅樓夢大辭典》設置了「畸笏」、「畸笏老人」、「畸笏叟」、「老朽」、「朽物」五個辭條，可見他在紅學家心目中的重要地位。「畸笏」條云：

《紅樓夢》（《石頭記》）早期抄本上有署名畸笏的評語。據傳錄靖本（揚州靖氏藏本）第四十一回眉批有「丁丑春，畸笏」的落款，丁丑為一七五七年（乾隆二十二年）。庚辰本有壬午年（1762）畸笏批語，丁亥年（1767）畸笏叟的批語。畸笏除了對《紅樓夢》的思想藝術做評點外，亦熟知曹雪芹家世和《紅樓夢》的創作過程，且提出過修改意見。畸笏與曹雪芹及

《紅樓夢》的創作有著非常密切的關係。畸笏究竟是誰，迄今尚無定論。有認為即脂硯齋者，周汝昌《紅樓夢新證》云：「我因此便疑心畸笏之人，恐怕還就是這位脂硯，不過是從庚辰以後，他又採用了這個新別號罷了。」另外，吳世昌在《紅樓夢探源外編》中亦主此說。俞平伯《輯錄脂硯齋本〈紅樓夢〉評注的經過》認為，「我以為大約是他（曹雪芹）的舅舅。」戴不凡等則認為即曹。從批語內容及語氣看，畸笏與脂硯齋應為二人，畸笏為曹雪芹的長輩，脂硯齋與曹雪芹平輩，二人與曹雪芹均有親族關係。畸笏亦自稱畸笏老人、畸笏叟、朽物、老朽等。畸笏的評語，也統稱為脂評，對研究曹雪芹和《紅樓夢》有重要作用。（頁 980-981）

辭條的釋義要點有四：1、畸笏叟的文獻出處：《紅樓夢》（《石頭記》）早期抄本上有署名畸笏的評語。2、畸笏叟與曹雪芹、《紅樓夢》的關係：他熟知曹雪芹的家世和《紅樓夢》的創作過程，且提出過修改意見。3、畸笏叟是誰：從批語內容及語氣看，畸笏與脂硯齋應為二人，畸笏為曹雪芹的長輩，脂硯齋與曹雪芹平輩，二人與曹雪芹均有親族關係。4、畸笏評語的價值：畸笏的評語也統稱為脂評，對研究曹雪芹和《紅樓夢》有重要作用。

對於以上四個要點，紅學界僅對畸笏叟與脂硯齋是兩人還是一人持有不同觀點，而對於「畸笏與曹雪芹及《紅樓夢》的創作有著非常密切的關係」、畸笏評語「對研究曹雪芹和《紅樓夢》有重要作用」，觀點則是基本一致的。這些，都準備放到後面去討論。這裏要說的是，《大辭典》在紹介畸笏叟時，也是採用「《紅樓夢》（《石頭記》）早期抄本上有署名畸笏的評語」的提法，隱含著執筆者因文獻欠缺而難以措詞的無奈，它無異於向讀者承認：1、沒有發現有關畸笏叟的文

獻，畸笏叟的姓名字型大小、籍貫里居、家世生平等都是一片空白。
2、所有關於畸笏叟的材料，都集中在有畸笏叟批語的《紅樓夢》「早期抄本」上。從文獻學角度看，上述提法是既不清晰，也不準確的：

（1）「據傳錄靖本（揚州靖氏藏本）」從未以真面顯露於世，僅因為某條眉批有「丁丑春，畸笏」的落款，就被引作首要文獻，未免不夠慎重。

（2）被紅學家公認為「《紅樓夢》早期抄本」的，向指題《脂硯齋重評石頭記》的三個脂本。《大辭典》卻沒有向讀者交代：甲戌本和己卯本都沒有「署名畸笏的評語」；畸笏叟的批語只存在於晚出的庚辰本中，這一點更是不應該含混過去的。

## 第二個問題：「脂批」的確認。

讀者也許會料想不到，最為棘手的竟是「脂硯齋批語」的鑒別和確認。我們面對著一個複雜現象：在甲戌本上，除兩條眉批署「梅溪」、「松齋」外，其餘批語一律沒有署名；己卯本、庚辰本卻在部分批語下，另署了「脂研」、「脂硯」、「指研」。這一罕見的版本現象，特別受到紅學家的重視，如馮其庸先生在對自己紅學研究作世紀回顧時，就說過這樣一番話：

> 這個本子上保留了不少脂硯齋和畸笏叟等人長時期批閱本書時的署名的隨記和具有特殊意義的批語。具有『脂硯』、『脂研』、『指研』或『脂硯齋』署名的批語，最早見於己卯本的正文下的雙行小字批語，庚辰本過錄時，照原樣過錄了下來。另外，庚辰本上又增加了署『脂硯齋』或『脂硯』、『畸笏』、『畸笏叟』的朱筆行間批及朱筆眉批。具有署名的『脂批』，可以說主要集中在庚辰本上。甲戌本上有些批語也極重要，並且也

可肯定是『脂批』，但卻無署名，有的在文中用到了『脂』
字，如說：『今而後惟願造化主再出一芹一脂，是書何本
（幸），余二人亦大快遂心於九泉矣。甲午八日淚筆。』這顯
然是脂硯齋的批語，但無署名。所以己卯、庚辰兩本上帶有大
量的脂硯、畸笏等人的署名的批語，是此兩本的一大特點和優
點，集中在庚辰本上的這些署名脂批，是研究《紅樓夢》的一
批珍貴資料，由於它的存在，也大大增加了此本的重要性。
（〈我與《紅樓夢》〉，《紅樓夢學刊》，2000 年第 1 輯）

　　馮先生將己卯、庚辰兩本上署名的批語，看成「脂硯齋長時期批
閱《紅樓夢》時的隨記和具有特殊意義的批語」，「是研究《紅樓夢》
的一批珍貴資料」，卻沒有說明：己卯、庚辰兩本上不署名的批語，
應該算是誰的；他承認甲戌本沒有署名的批語，也肯定是「脂批」，
根據是「在文中用到了『脂』字」，卻沒有回答：大量既沒有署名、
也沒有「在文中用到了『脂』字」的批語，又應該算是誰的。當然，
馮先生的論證自有學理上的需要。因為他想證明在三脂本中，「批語
署名的情況，保留得最多的是庚辰本」，所以是較早的；而「甲戌本
的評語，沒有批者的名字，看來是抄手刪掉的或被統一整理刪掉
的」，所以倒是晚出的。但他並沒有再深究：如果未署名的批語都不
算脂批，脂批數量就只剩下一個零頭；如果未署名的批語也算脂批，
它們與署名脂批又是什麼關係？這些，都是不應含糊過去的。
　　前面說過，脂批是「依存」於「母體」脂本之上的；要解決這個
「難題」，還得回到版本學通則上來。三脂本的卷端既然一律都題作
「脂硯齋重評石頭記」，從著作權角度看，三書中的全部批語（除別
署他人者外），都應出於脂硯齋之手。以甲戌本為例，正文每半葉十
二行，每行十八字，正文與回前回後總批都用墨筆書寫，雙行夾批、

側批與眉批都用朱筆書寫，且全部正文與批語（包括署名「梅溪」、「松齋」的批語）皆為同一抄手的筆跡，可見全書是一氣抄成的。尤可注意的是它的版式：每葉中縫（版心）都標明書名、回數、頁數、抄閱者，如第一回第一頁中縫為：

# 石頭記卷一一脂硯齋

　　全書中縫都寫有脂硯齋的齋名，足見此本的評點者便是脂硯齋。依據歷來著述的通例，誰也不會懷疑書中批語不是脂硯齋的。舉個眼前的例子來說，馮其庸先生二〇〇二年十月在黑龍江教育出版社版了新著《論紅樓夢思想》，讀者既已在封面、扉頁、版權頁看到題署「馮其庸著」，相信任何人都不會懷疑此書的三卷，連同自序、後記、再記都是馮先生所撰；更不會有人荒唐地作出如下判斷：由於卷二《千古文章未盡才》沒有署名，就肯定它不出於馮先生之手。道理很簡單：除非此書是多人的合集，方會有逐篇一一署名之舉。

　　從版本鑒定的角度看，甲戌本是較為正規的本子，而己卯、庚辰二本就不怎麼像樣了。它們雖然卷端也題「脂硯齋重評石頭記」，紙張的中縫卻沒有標明書名、回數、頁數、評閱者，全書共有七、八人的筆跡，有人只抄了一頁，甚至只抄了三行，抄錯抄漏，別字改字，比比皆是。由於拆開分抄，各人不知所抄之回應屬第幾卷（分卷與裝訂有關），卷首竟都寫作「脂硯齋重評石頭記卷之□」，原擬空著以待補，裝訂時又忘記添上，己卯本第四回甚至誤作「脂硯重評齋石頭記卷之□」，都是態度草率的反映。然而，偏偏是在這不像樣的己卯、庚辰二本，出現了「具有署名的『脂批』」，我們怎能不格外小心一些呢？

　　為了切實解決這一疑團，需作進一步的深究：1、署名批語究竟有多少？2、它們與未署名的批語的比例如何？3、它們的內容究竟是

什麼？這些乃是解開迷團的關鍵所在。先來看己卯本署名的批語。馮其庸先生說，署名批語「最早見於己卯本的正文下的雙行小字批語」，事情確是如此。現試按照署名的不同，將己卯本有關批語縷述於後：

## 一　署「脂硯」的，見於第十六回的有二條

1、在「希罕你們鬼鬼祟祟的！說著，一逕去了」下，J0162【●己卯夾】批道：「阿鳳欺人處如此。忽又寫到利弊，真令人一歎。脂硯。」甲戌本也有這條批語，為 A1259【◎甲戌側】，「一歎」下無「脂硯」二字。

2、在「陰陽並無二理」下，J0177【●己卯夾】批道：「更妙。愈不通愈妙，愈錯會意愈奇。脂硯。」

**按：**第十六回己卯本脂批共五十八條，有「脂硯」署名者為二條，占百分之三點四四。

見於第十九回的有三條：

1、在「花自芳母子兩個百般怕寶玉冷，又讓他上炕，又忙另擺菜桌，又忙倒好茶」下，J0417【●己卯夾】批道：「連用三『又』字，上文一個『百般』，神理活現。脂硯。」

2、在「彼此放心，再無贖念了」下，J0494【●己卯夾】批道：「一段情結。脂硯。」

3、在「更覺放蕩弛縱」下，J0497【●己卯夾】批道：「四字妙評。脂硯。」

**按：**第十九回己卯本脂批一八六條，有「脂硯」署名者為三條，占百分之一點六一。

## 二 署「脂研」的，見於第十六回的有十條

1、在「且自靜候大愈時再約」下，J0124【●己卯夾】批道：「所謂好事多磨也。脂研。」本條甲戌本也有，為 A1207【◎甲戌側】，句末無「脂研」二字。

2、在「便姿意的作為起來，也不消多記」下，J0125【●己卯夾】批道：「一段收拾過阿鳳心機膽量，真與雨村是一對亂世之奸雄。後文不必細寫其事，則知其平生之作為。回首時，無怪乎其慘痛之態，使天下癡心人同來一警，或萬期共入於恬然自得之鄉矣。脂研。」本條甲戌本也有，為 A1208【◎甲戌夾】，惟末句作「或可期共入於恬然自得之鄉矣」，無「脂研」二字。己卯夾、庚辰夾作「萬期」，講不通；分明是先將甲戌本的「可期」錯看成「萬期」，後又轉為繁體的「萬期」了。

3、在「咱們家所有的這些管家奶奶們，那一位是好纏的」下，J0133【●己卯夾】批道：「獨這一句不假。脂研。」本條甲戌本也有，為 A1220【◎甲戌側】，句末無「脂研」二字。

4、在「那薛大傻子，真玷辱了他」下，J0135【●己卯夾】批道：「垂涎如見，試問兄寧不有玷平兒乎？脂研。」本條甲戌本也有，為 A1223【◎甲戌夾】，句末無「脂研」二字。

5、在「這一年來的光景，他為要香菱不能到手」下，J0139【●己卯夾】批道：「補前文之未到，且並將香菱身份寫出。脂研。」本條甲戌本也有，為 A1228【◎甲戌側】，惟「寫出」作「寫」，句末無「脂研」二字。

6、在「省親的事竟准了不成」下，J0149【●己卯夾】批道：「問得珍重，可知是外方人意外之事。脂研。」本條甲戌本也有，為 A1241【◎甲戌夾】，惟「外方人」作「萬人」，句末無「脂研」二字。

7、在「可見當今的龍恩。歷來聽書看戲，古時從來未有的」下，J0151【●己卯夾】批道：「於閨閣中作此語，直與擊壤同聲。脂研。」本條甲戌本也有，為 A1243【◎甲戌夾】，句末無「脂研」二字。

8、在「鳳姐忙向賈薔道」下，J0160【●己卯夾】批道：「再不略讓一步，正是阿鳳一生斷處。脂研。」本條甲戌本也有，為 A1257【◎甲戌側】，句末無「脂研」二字，惟「斷處」作「短處」。

9、在「正要和嬤嬤討兩個人呢」下，J0161【●己卯夾】批道：「寫賈薔乖處。脂研。」本條甲戌本也有，為 A1258【◎甲戌側】，句末無「脂研」二字。

10、在「原來見不得『寶玉』二字」下，J0175【●己卯夾】批道：「調侃『寶玉』二字，妙極。脂研。」本條甲戌本也有，為 A1276【◎甲戌側】調侃「寶玉」二字，惟「妙極」作「極妙」，句末無「脂研」二字。

**按**：第十六回己卯脂批共五十八條，有「脂研」署名者十條，占百分之十七點二四。

**見於第十九回的有一條**，在「竟是寫不出來的」下，J0401【●己卯夾】批道：「若都寫的出來，何以見此書中之妙？脂研。」

**按**：第十九回己卯脂批一八六條，有「脂研」署名者占百分之零點五三。

**三署「指研」的只有一條**，第十九回在「回去我定告訴嬤嬤們打你」下，J0415【●己卯夾】批道：「該說，說的更是。指研。」

**按**：第十九回己卯脂批一八六條，署「指研」者占百分之零點五三。

掌握了以上情況，就有條件對己卯本署名批語進行總體分析了：

先看署名批語的總量與比重。據統計，己卯本有署名的批語共十七條，其脂批的總數為七五四條，署名的批語僅占百分之二點二五，

「不少」「大量」云云，顯然是言過其實。

再看署名批語的部位。馮其庸先生說，它們是「脂硯齋長時期批閱《紅樓夢》時的隨記」。但己卯本署名的批語，只出現在第十六回、第十九回兩回中；最前的一條，是署名「脂研」的 J0124【●己卯夾】「所謂好事多磨也」；最後的一條，是署名「脂硯」的 J0497【●己卯夾】：「四字妙評。」換句話說，自開始批點《紅樓夢》時，脂硯齋並沒有「隨時署名」的習慣，直到批至第一二四條，才想起要署上自己的名號；而批到四九八條以後，他又放棄署名的做法了。

三看署名批語的內容。馮其庸先生說，那是「具有特殊意義的批語」。但己卯本署名的批語，僅出現在第十六回、第十九回，如果說真有「特殊意義」，不外乎或是這兩回內容特別重要，故脂硯齋要著重加批；或是脂硯齋認為這些批語有特別的價值，不署上自己的大名，生恐為人忽略。從前一點著眼，第十六回「賈元春才選鳳藻宮，秦鯨卿夭逝黃泉路」，第十九回「情切切良宵花解語，意綿綿靜日玉生香」，在《紅樓夢》中好像都不算最精彩的章節。從後一點著眼，事情就更簡單了。敘寶玉原約定與秦鍾好好讀書，因為秦鍾患了咳嗽，只好靜候大愈時再約，J0124【●己卯夾】批道：「所謂好事多磨也。」這完全是老生常談，根本不值得特地署名。又王熙鳳說：「咱們家所有的這些管家奶奶們，那一位是好纏的？」J0133【●己卯夾】批道：「獨這一句不假。」又有什麼要特地署名的價值呢？尤其是在寫襲人道：「你也特胡鬧了」下，J0412【●己卯夾】批道：「該說，說得是。」沒有署名，而在襲人又道：「都是茗煙調唆的，回去我定告訴嬤嬤們打你」下，J0415【●己卯夾】反批道：「該說，說的更是。指研。」二條批語都無生色之處。「該說，說的更是」，分明承上批「該說，說得是」而來，是為了加重語氣，上批不署名，莫非出他人之手？下批寥寥數字，又何須鄭重地署上名號，且把自己的大號

也錯成了「指研」（圖 1-43），豈非太滑稽了麼？

四看署名批語和甲戌本批語的關係。甲戌本是最早的脂本，是真正的脂硯齋「重評石頭記」；己卯本是後出的脂本，是「四閱評過」的「定本」。己卯本有署名的批語十七條中，與甲戌本相同的就有十一條，但卻無一條署了名。這又該如何解釋？

五看署名的文字。在四種署名中，「脂硯」可算「脂硯齋」的省略；古文中「硯」和「研」可以互通，寫成「脂研」未嘗不可；但寫成「指研」卻是萬萬不行的。不能想像，一個人在同一個場合要不斷改換自己的署名，更不能想像一個人會把自己的別號也寫錯了。那結論只能是：那些都不是脂硯齋自己之所為。

下面再看庚辰本上署名的批語。馮其庸先生認為，庚辰本是忠實地依據己卯本過錄的，己卯本上有署名的墨筆夾批，「庚辰本過錄時，照原樣過錄了下來」；此外，庚辰本還增加了署「脂硯齋」或「脂硯」的朱筆行間批及朱筆眉批。前一點，馮先生所說基本是對的，己卯本上署名的十六條批語，庚辰本都能找到，只是文字稍有錯訛，署名也略有差異，如 G0392【●庚辰夾】署「脂研」，而己卯本署「脂硯」，就不完全一致。

總計庚辰脂批共二三一九條，署名批語三十二條，占百分之一點三八，比重比己卯本還小，扣除與己卯本重複的十六條（為醒目計，重複批語前以「v」號標示），新添署名批語就更是少得可憐。

## 一　署「脂硯」的，見於第十六回的二條

1、在「「鳳姐忙向賈薔道」下，vG0358【●庚辰夾】批道：「再不略讓一步，正是阿鳳一生斷處。脂硯。」

2、在「希罕你們鬼鬼祟祟的！說著，一逕去了」下，vG0362

【●庚辰夾】批道：「阿風欺人處如此。忽又寫到利弊，真令人一歎。脂硯。」惟將「阿鳳」錯作「阿風」。

按：第十六回庚辰脂批一三九條，有「脂硯」署名者占百分之一點四三。

見於第十九回的三條：

1、在「花自芳母子兩個百般怕寶玉冷，又讓他上炕，又忙另擺菜桌，又忙倒好茶」下，VG0701【●庚辰夾】批道：「連用三『又』字，上文一個『百般』，神理活現。脂硯。」

2、在「彼此放心，再無贖念了」下，VG0790【●庚辰夾】批道：「一段情結。脂硯。」

3、在「更覺放蕩弛縱」下，VG0793【●庚辰夾】批道：「四字妙評。脂硯。」

按：第十九回庚辰脂批二一八條，有「脂硯」署名者占百分之一點三七。

## 二　見於第二十四回二條

1、在「各自回房安息，不在話下」下，G1288【●庚辰夾】批道：「一段為五鬼壓魔法引。脂硯。」

2、在「不想一頭就碰在一個醉漢身上，把賈芸唬了一跳」下，G1303【◎庚辰眉】批道：「這一節對《水滸記》楊志賣刀遇設毛大蟲一回看，覺好看多矣。己卯冬夜，脂硯。」

按：第二十四回庚辰脂批一一四條，有「脂硯」署名者占百分之一點七五。

見於第四十九回的一條：在「說著又指著代玉，湘雲便不則聲」

下，G1980【●庚辰夾】批道：「是不知道代玉病中相談贈燕窩之事也。脂硯。」

　　按：第四十九回庚辰脂批八條，有「脂硯」署名者占百分之十二點五。

　　**見於第五十一回的一條**，在「代玉忙攔道」下，G1994【●庚辰夾】批道：「好極，非代玉不可。脂硯。」

　　按：第五十一回庚辰脂批六條，有「脂硯」署名者占百分之十六點六六。

　　**見於第五十二回的一條**，在「唬的小丫頭篆兒忙進來問：『姑娘作什麼？』」下，G2008【●庚辰夾】批道：「此『姑娘』亦姑姑娘娘之稱，亦如賈族處小廝呼平兒，皆南北互用一語也。脂硯。」

　　**按**：第五十二回庚辰脂批十四條，有「脂硯」署名者占百分之七點一四。

　　**見於第五十三回的一條**。在「娘娘和萬歲爺豈不賞的」下，G2016【●庚辰夾】批道：「是莊頭口中語氣。脂硯。」

　　按：第五十三回庚辰脂批八條，有「脂硯」署名者占百分之十二點五。

## 三　署「脂研」的共十一條，見於第十六回十條

　　1、在「且自靜候大愈時再約」下，VG0263【●庚辰夾】批道：「所謂好事多魔也。脂研。」惟「多磨」作「多魔」。

　　2、在「便姿意的作為起來，也不消多記」下，VG0267【●庚辰夾】批道：「一段收拾過阿鳳心機膽量，真與雨村是一對亂世之奸雄。後文不必細寫其事，則知其平生之作為。回首時，無怪乎其慘痛

之態，使天下癡心人同來一警，或萬期共入於恬然自得之鄉矣。脂研。」「可期」仍作「萬期」。

3、在「咱們家所有的這些管家奶奶們，那一位是好纏的？」下，VG0289【●庚辰夾】批道：「獨這一句不假。脂研。」

4、在「那薛大傻子，真玷辱了他」下，VG0295【●庚辰夾】批道：「垂涎如見，試問兄寧不有玷平兒乎？脂研。」惟己卯夾「不有」作「有不」。

5、在「這一年來的光景，他為要香菱不能到手」下，VG0300【●庚辰夾】批道：「補前文之未到，且並將香菱身寫出。脂研。」惟將己卯夾「身份」寫作「身」。

6、在「省親的事竟准了不成」下，VG0320【●庚辰夾】批道：「問得珍重，可知是外方人意外之事。脂研。」「萬人」仍作「外方人」。

7、在「可見當今的龍恩。歷來聽書看戲，古時從來未有的」下，VG0323【●庚辰夾】批道：「於閨閣中作此語，直與擊壤同聲。脂研。」

8、在「賈薔忙陪笑道：『正要和嬸嬸討兩個人呢。』」下，VG0359【●庚辰夾】批道：「寫賈薔乖處，脂研。」

9、在「原來見不得『寶玉』二字」下，VG0389【●庚辰夾】批道：「調侃『寶玉』二字，妙極。脂研。」

10、在「陰陽並無二理」下，VG0392【●庚辰夾】批道：「更妙。愈不通愈妙，錯會意愈奇。脂研。」惟將己卯夾「愈錯會意愈奇」作「錯會意愈奇」，署名也由「脂硯」變成「脂研」了。

**按**：第十六回庚辰脂批一三九條，有「脂研」署名的十條，占百分之七點一九。

**見於第十九回一條：**

在「竟是寫不出來的」下，VG0684【●庚辰夾】批道：「若都寫的出來，何以見此書中之妙？脂研。」

按：第十九回庚辰脂批二一八條，有「脂研」署名者占百分之零點四五。

## 四 署「指研」的一條

第十九回，在「回去我定告訴嫫嫫們打你」下，VG0699【●庚辰夾】批道：「該說，說的更是。指研。」

**按：**第十九回庚辰脂批二一八條，署指研的一條，占百分之零點四五。

說庚辰本「忠實地」依據己卯本過錄，大體不差，如「指研」的一條亦在第十九回，就是一證。庚辰本的文字錯誤，也說明它是由己卯本而來的。庚辰本的最大發展，是多了署「脂硯齋」的九條批語：

一、見於第十六回一條，在「其山石樹木，雖不敷用」下，G0368【◎庚辰側】批道：「余最鄙近之修造園亭者，徒以頑石土堆為佳，不引泉一道。甚至丹青唯知亂作山石樹木，不知畫泉之法，亦是誤事。脂硯齋。」此條 A1262【◎甲戌側】作：「余最鄙近之修造園亭者，徒以頑石土堆為佳，不知引泉一道。甚至丹青，唯知亂作山石樹木，不知畫泉之法，亦是恨事。」句末無「脂硯齋」三字。庚辰本將「不知引泉」作「不引泉」，「恨事」作「誤事」。

**按：**本回庚辰脂批一三九條，有「脂硯齋」署名者占百分之零點七一。

二、見於第二十六回一條，在「又是誰家有奇貨，又是誰家有異物」下，G1531【●庚辰夾】批道：「幾個『誰家』，自北靜王公侯駙

馬諸大家，包括盡矣，寫盡紈口角。脂硯齋再筆：對芸兄原無可說之話。」A1409【◎甲戌夾】作「幾個『誰家』，自北靜王公侯駙馬諸大家，包括盡矣，寫盡紈口角。」庚辰本抄了前半截，又將「公侯」改正為「公侯」，添上「脂硯齋再筆對芸兄原無可說之話」數字。

**按**：此回庚辰脂批一一三條，有「脂硯齋」署名者占百分之零點八八。

三、見於第四十五回一條，在「如今園門關了，就該上場了」下，G1949【●庚辰夾】批道：「幾句閒話，將潭潭大宅夜間所有之事，描寫一盡。雖偌大一園，且值秋冬之夜，豈不寥落哉？今用老嫗數語，更寫得每夜深人定之後，各處光燦爛，人煙簇集，柳陌之巷之中，或提燈同酒，或寒月烹茶者，竟仍有絡繹人跡不絕，不但不見寥落，且覺更勝於日間繁華矣。此是大宅妙景，不可不寫出。又伏下後文，且又趁出後文之冷落。此閒話中寫出，正是不寫之寫也。脂硯齋評。」本條批語甲戌本無。

**按**：此回庚辰脂批十四條，有「脂硯齋」署名者占百分之七點一四。

四、見於第四十六回一條，在「比如襲人、琥珀、素雲、紫鵑、彩霞、玉釧兒、麝月、翠墨，跟了史姑娘去的翠縷，死了的可人和金釧，去了的茜雪」下，G1955【●庚辰夾】批道：「余按此一算，亦是十二釵，真鏡中花，水中月，雲中豹，林中之鳥，穴中之鼠，無數可考，無人可指，有跡可追，有形可據，九曲八折，遠響近影，迷離煙灼，縱橫隱現，千奇百怪，眩目移神，現千手千眼大遊戲法也。脂硯齋。」

**按**：此回庚辰脂批十四條，有「脂硯齋」署名者占百分之二點一二

## 五　見於第四十八回的三條

1、在「他見這樣，只怕比在家裏省了事，也未可知」下，G1969【●庚辰夾】批道：「作書者曾吃此虧，批書者亦曾吃此虧，故特於此注明，使後人深思默戒。脂硯齋。」

2、在「然後寶釵和香菱才同回園中來。」下，G1971【●庚辰夾】批道：「細想香菱之為人也，根基不讓迎、探，容貌不讓鳳、秦，端雅不讓紈、釵，風流不讓湘、黛，賢慧不讓襲、平，所惜者青年罹禍，命運乖蹇，足為側室，且雖曾讀書，不能與林、湘輩並馳於海棠之社耳。然此一人，豈可不入園哉？故欲令入園，終無可入之隙，籌畫再四，欲令入園，必呆兄遠行後方可。然阿呆兄又如何方可遠行？曰：名不可，利不可，正事不可，必得萬人想不到、自己忽一發機之事方可，因此思及『情』之一字，及呆素所誤者，故借『情誤』二字生出一事，使阿呆遊藝之志已堅，則菱卿入園之隙方妥。回思因欲香菱入園，是寫阿呆情誤；因欲阿呆情誤，先寫一賴尚華，實委婉嚴密之甚也。脂硯齋評。」

3、在「寶釵正告訴他們，說他夢中說夢話」下，G1977【●庚辰夾】批道：「一部大書起是夢，寶玉情是夢，賈瑞淫又是夢，秦之家計長策又是夢，今作詩也是夢，一併風月鑒亦從夢中所有，故紅縷夢也。余今批評，亦在夢中，特為夢中之人特作此一大夢也。脂硯齋。」

**按**：本回庚辰脂批九條，有「脂硯齋」署名者占百分之三三點三三。

## 六　見於第四十九回的二條

1、在「那寶琴年輕心熱」下，G1981【●庚辰夾】批道：「四字道盡，不犯寶釵。脂硯齋評。」

2、在「越顯的蜂腰猿臂，鶴勢螂形」下，G1983【●庚辰夾】批道：「近之拳譜中有坐馬勢，便似螂之蹲立。昔人愛輕捷便俏，閒取一螂，觀其仰頭疊胸之勢。今四字無出處，卻寫盡矣。脂硯齋評。」

**按：**本回庚辰脂批八條，有「脂硯齋」署名者占百分之二十五。

脂硯齋在這些批語後鄭重其事地署了名，是否就格外重要呢？且來看看它們到底說了些什麼。屬於庚辰本「原創」的針對第四十五回「如今園門關了，就該上場了」而發的 G1949【●庚辰夾】，正如梅玫、閻大衛先生所評論的：「這條批語明顯地讚揚大宅中夜間聚賭，正文中特別指明，送東西的婆子是『頭家』，即張羅賭局且能抽頭之人，和開賭場性質相似，已經不是幾個親朋娛樂時或有小賭東之類的事了。這種觀念上的錯誤是明顯的，和小說正文中對賭博的批判也是背道而弛的。問題在於，這段批語可能是反話嗎？不是。此批中從『每夜深人定』至『更勝日間繁華矣』間這一段文字顯然是在歌頌。由這個署名批語只能讓人看出這位脂硯先生之糊塗顢頇，或他自己本是嗜賭的。」（〈脂硯齋的批語的水準分析〉，《紅樓》，2002 年第 4 期）再如 G1977【●庚辰夾】大講「一部大書起是夢」，想用「夢」來概括整部小說，於是寶玉的「情」，賈瑞的「淫」，秦可卿的「計長策」，香菱的「作詩」都統統是「夢」，慌亂之中，居然將「紅樓夢」寫成「紅縷夢」（圖1-44），脂硯齋真的「亦在夢中」了。

相反，對於一些較有價值的批語，己卯、庚辰本反而沒有署名。如第十九回在寶玉「可見他白認得你了。可憐，可憐」下，J0400

【●己卯夾】批道:「按此書中寫一寶玉,其寶玉之為人,是我輩於書中見而知有此人,實未目曾親睹者。又寫寶玉之發言,每每令人不解;寶玉之生性,件件令人可笑;不獨於世上親見這樣的人不曾,即閱今古所有之小說傳奇中,亦未見這樣的文字。於顰兒處更為甚,其囫圇不解之中實可解,可解之中又說不出理路。合目思之,卻如真見一寶玉,真聞此言者,移之第二人萬不可,亦不成文字矣。余閱《石頭記》中至奇至妙之文,全在寶玉、顰兒至癡至呆、囫圇不解之語中,其詩詞雅謎酒令奇衣奇食奇文等類,固他書中未能,然在此書中評之,猶為二著。」這條關於寶玉的長批,頗有一些見地,然批下並未署名;但緊接在茗煙答話「若說出名字來話長,真真新鮮奇文,竟是寫不出來的」下,J0401【●己卯夾】卻批道:「若都寫的出來,何以見此書中之妙?脂研。」此批並無佳處,較上批遜色多矣,上批不署名而此批署名,請問脂硯齋的擁戴者,誰願據此斷言上批不是脂批麼?

由此可見,將己卯、庚辰兩本的署名批語,說成「脂硯齋長時期批閱《紅樓夢》時的隨記和具有特殊意義的批語」的觀點,無論在邏輯上還是事實上都是站不住的。抄寫者絲毫沒有卷端標明「脂硯齋重評石頭記」,則所有批語皆為脂批的觀念;出於某種考慮,總忍不住要在一些批語後別出心裁地署上「脂硯」、「脂研」,乃至錯誤的「指研」,卻沒有想到這樣一來,大多數批語沒有署名卻有淪為「非脂批」的危險。抄寫者畫蛇添足、弄巧成拙的愚蠢舉止,反而受到了紅學家的青睞,真叫人啼笑皆非。

## 第三個問題:「脂批」的分類。

脂本卷端既已標「脂硯齋重評石頭記」,是否就能將所有批語都看作脂批呢?不能。因為作為手抄的本子,脂本始終處於「開放」狀

態，難免會有後人添加的批語。為了從性質上判定脂本批語的真偽，從時間上判定脂本批語的先後，就需要做好對脂批的分類。這項工作老一輩紅學家已經做了，如周汝昌先生就有很好的見解，他說：

> 研究脂批的專章文字，最早的似乎還得數拙作《紅樓夢新證》中的第九章〈脂硯齋批〉，它第一次綜合而系統地對脂批的若干方面進行了探索。那時曾對脂批的分類使用四個名詞：
>
> 一是回前或回後的總批。
>
> 一是行側的側批。我們叫它「側批」，是說批語本是為它左邊的這一行正文而作的，它居此行的右側，批隨正文，賓主有序。（其它使用「行間批」「夾行批」等等名稱的，是誤把兩行之間的夾空當作「主題」看待了，恐不妥。）
>
> 一是眉批，即批在「書眉」的空白處，俗呼「天頭」的那地方。眉批其實與側批無別，不過因為它文字較長，寫在行側容不下（要連跨兩三行，便失去了原來的針對地位），所以才挪往書眉上去寫了。
>
> 一是「雙行夾註批」。此種形式最整齊，出現也最晚，因為它要將正文截斷，留出空位，將批語作兩行並寫，小字夾註。不消說，這只能是作者、批者商量了之後，決定將多少條批語正式納入雙行夾註的形式，計算精確，才與正文一氣抄成的。
>
> 在《甲戌本》中，一副對聯、一首詩照例提行另寫、句下多有空位的時候，也常見用朱筆批在句下一行字跡，因為這裏字數和地位沒有發生矛盾，所以它也並不雙行書寫。等到較晚的本子，則此種句下單行批也會「整齊化」變成雙行批了。這其實也是一種由側批變來的「假雙行批」。由此可見，側、眉批因本無「定位」，而且是一種「暫記於此」的權宜之計，只要後來不歸刪削之列的，都應納入雙行夾註才符合規律。

回前總批，要特別說明一下：在《甲戌本》中，其正規形式
是，先寫回目，回目之後低一格寫總批，總批之後寫「詩曰」
或「題曰」，此處例應是一首絕句標題詩。儘管也有詩句尚缺
待補的空白之例，不過已寫好了「詩曰」並留出空白，則此定
式仍然一致有效。但到別的本子上就不然了，大抵總批反在回
目之前，而且有的單占一頁紙。照《甲戌本》定式，回前總批
一經寫定，再想增刪很麻煩。而後一種形式，在單頁紙上自可
任意改動了。

至於回後總批，問題簡單，只要後邊再想加批，接著空白處寫
下去，不夠用再加紙，就行了，無太大限制。（《紅樓夢真
貌》，華藝出版社，1998 年，頁 51-53）

　　周先生將脂批分為「回前回後總批」、「側批」、「眉批」、「夾批」
四類，本書樂意採用他首倡的術語，而只作一些必要的補充和修正。

　　先說回前回後總批，這實際上是兩種不同性質的總批，應該區分
開來。關於回前總批，周汝昌先生已經注意到甲戌本回前總批與己卯
本、庚辰本的區別。應該說，甲戌本的格式是比較正規的：「先寫回
目，回目之後低一格寫總批」。第一條回前總批出現在第二回「賈夫
人仙逝揚州城，冷子興演說榮國府」，為 A0170【●甲戌回前】：

此回亦非正文本旨，只在冷子興一人，即俗謂冷中出熱、無中
生有也。其演說榮府一篇者，蓋因族大人多，若從作者筆下一
一敘出，盡一二回不能得明，則成何文字？故借用冷字一人，
略出其大半，使閱者心中，已有一榮府隱隱在心，然後用黛
玉、寶釵等兩三次皴染，則耀然於心中眼中矣。此即畫家三染
法也。

　　總批緊挨著回目之後，用墨筆由同一人書寫；兩條總批寫完之後，再抄「詩云」，緊挨著一行抄寫正文。由是可以斷定，甲戌本第二回的兩條回前總批，是脂硯齋「甲戌抄閱再評」時，與小說正文同時抄寫進去的，它應是可靠的脂批。但己卯本與庚辰本的回前總批就不盡然了。己卯本第一條回前總批，出現在第十七回至十八回「大觀園試才題對額，榮國府歸省慶元宵」，為 J0181【●己卯回前】：「此回宜分二回方妥。」它是寫在「在回目之前，而且有的單占一頁紙」的。這種格式，就不能保證一定是脂硯齋「四閱評過」時，與小說正文同時抄寫進去的了；因為既在正文書頁之外，抄寫之後的任何時候都可以添加上去，就不能保證是可靠的脂批。最突出的例子是庚辰本第十一回「慶壽辰寧府排家宴，見熙鳳賈瑞起淫心」前頁有兩條回前總批：G0083【◎庚辰回前】：「此回可卿夢阿鳳，蓋作者大有深意存焉。可惜生不逢時，奈何，奈何。然必寫出自可卿之意也，則又有他意寓焉。」G0084【◎庚辰回前】：「榮寧世家未有不尊家訓者，雖賈珍當奢，豈能逆父哉。故寫敬老不管，然後姿意，方見筆筆周到。詩曰：一步行來錯，回頭已百年，古今風月鑒，多少泣黃泉。」批中說到「此回可卿夢阿鳳」，分明是針對第十三回「秦可卿死封龍禁尉，王熙鳳協理寧國府」的內容而發，抄錄者因粗心搞錯了，就更很難說它是脂硯齋「四閱評過」時與小說正文同時抄寫進去的。正如周汝昌先生所說：「照《甲戌本》定式，回前總批一經寫定，再想增刪很麻煩。而後一種形式，在單頁紙上自可任意改動了。」所以，一經寫定就難以改動的，應是原先寫定的脂批；自可任意改動的，就不好說一定是早期的脂批了。

　　同樣道理，回後總批是批在正文後的空白處的，任何人在任何時候要想加批，只要接著後邊的空白寫下去就行了，所以在使用它們的時候，需要慎重一些才好。

　　對於正文中的雙行夾批，我的看法與周汝昌先生不同。周先生從批語形成的角度來考慮問題，故以為：「此種形式最整齊，出現也最晚，因為它要將正文截斷，留出空位，將批語作兩行並寫，小字夾註。不消說，這只能是作者、批者商量了之後，決定將多少條批語正式納入雙行夾註的形式，計算精確，才與正文一氣抄成的。」如果換了從抄寫角度考慮，情況就顛倒過來了：正由於需要將正文截斷，留出空位，所以夾批必定是與正文同時書寫的。俞平伯先生說：「以批註種類而論，在正文下的雙行批註最早，也最重要。這些比較靠得住是脂評，多在雪芹生前，從底本過錄，而底本又出於作者的原稿。」（《脂硯齋紅樓夢輯評》，上海市：文藝聯合出版社，1954 年，頁 9）俞先生下半句的判斷姑且不予評說，但他認定夾批比較靠得住是脂評，卻是符合事理的。

　　剩下來的兩種批語形式，即眉批與側批，就都無法保證一定與「抄閱」同步。A0178【◎甲戌眉】：「後每一閱，亦必有一語半言，重加批評於側」，就是對於側批的最好說明。周汝昌先生說：「眉批其實與側批無別，不過因為它文字較長，寫在行側容不下（要連跨兩三行，便失去了原來的針對地位），所以才挪往書眉上去寫了。」眉批與側批的區別並不在長短，而在它的地位較為醒目，批者認為有較大價值，需要提起讀者的注意。周汝昌先生關於眉批晚於夾批的判斷，可以得到內證支持。如甲戌本第八回，針對「寶釵託於掌上」，就有兩條批語：

　　A0938【◎甲戌夾】試問石兄：此一託，比在青埂峰下，猿啼虎嘯之聲何如？

　　A0939【◎甲戌眉】余代答曰：遂心如意。

又如庚辰本第十五回，針對「便是三萬兩，我此刻還拿的出來」，又有兩條批語：

G0246【●庚辰夾】阿鳳欺人如此。（己卯夾、己卯夾、有正同）

G0247【◎庚辰眉】對如是之奸尼，阿鳳不得不如是語。

上面兩個例子都表明，眉批是對夾批的回應，顯然是在夾批後批的。如果認定夾批出脂硯齋之手，就不好說眉批也是脂硯齋的了——除非證明了脂硯齋有自言自語的僻性。側批是批在左邊一行正文右側，是閱讀本行正文時有感而發的，它更體現了批語與正文「相須而行」的特點。我們在措辭時，往往「批」、「評」混用，以為「批」就是「評」，「評」就是「批」。其實並不盡然。「批」和「評」固然都是對文本的評論，但「評」可以寫在任何地方，「批」卻必須寫在本子之上，周汝昌先生所謂「批隨正文，賓主有序」，是說得非常之好的。眉批與側批的產生不會比夾批早，俞平伯先生說：「眉批夾批（他所謂「夾批」，就是側批）便差一點，時代既早晚不定。」（《脂硯齋紅樓夢輯評》，頁9）依照它們針對某一段文字而發的特點，還可根據不同眉批與側批是否「失去了原來的針對地位」，來判定它們的先後與真假。

脂批的鑒別除了格式以外，還有用墨用朱即批語「用色」的問題。甲戌本書寫比較正規，行款也比較規範，正文與批語都用楷書，全書是同一抄手的筆跡。尤其是正文和回前回後總批一律用墨筆，夾批、眉批、側批一律用朱筆，絕無例外。甲戌本的批語都用朱筆書寫，是朱批、「脂批」；從這個意義上說，甲戌本堪稱真正的「脂硯齋重評石頭記」。

　　己卯本、庚辰本的抄錄者就缺乏這種意念，或者是要寫兩色批語，就得準備兩枝毛筆、兩塊硯臺（一塊可稱「脂硯」），還得不斷地掉換使用，沒有相當的耐心和責任心，是很難堅持下去的。己卯本也有朱墨兩色，正文和批語一律用墨筆，朱筆只用來改訂正文的錯訛，唯一出現的朱筆眉批是第十七到十八回的 J0296【◎己卯眉】：「『不能表白』後，是第十八回的起頭。」庚辰本加批是從第十二回開始的，全部九一六條朱筆批語，都集中在第二、第三兩冊（即第十二回至第二十八回），第二十九回之後，就一條朱批也沒有了，看來抄錄者是不願再堅持了。

　　庚辰本批語的用色，大體上是夾批用墨筆，但第二十五回在「冤孽償清好散場」詩句下，G1462【◎庚辰夾】：「又是一番鍛鍊，焉得不成佛作祖？」用的卻是朱筆。這條批語甲戌本也有，為 A1360【◎甲戌側】：「三次鍛鍊，焉得不成佛作祖？」庚辰本將「三次」改作「一番」，將側批變成了夾批。如果說這尚是周汝昌先生所謂「假雙行批」，即「一副對聯、一首詩照例提行另寫、句下多有空位的時候，也常見用朱筆批在句下一行字跡」的話，那麼，庚辰本上出現的「一批兩色」的夾批，就令人深思了。第二十六回在「那寶玉便和他說些沒要緊的散話」句下，G1530【●◎庚辰夾】：「妙極是極。況寶玉又有何正緊可說的？此批被作者偏過了。」而 A1408【◎甲戌夾】：「妙極是極。況寶玉又有何正緊可說的？」庚辰本抄錄甲戌本的文字，用墨筆；自加的「此批被作者偏過了」，則用朱筆。

　　庚辰本的側批多用朱筆，但第二十七回也有三條墨筆側批：在「拿五百錢出去給小子們，管拉一車來」句下，G1659【●庚辰側】：「不知物理艱難，公子口氣也。」在「可巧遇見了老爺，老爺就不受用」句下，G1661【●庚辰側】：「補遺法。」在「待我送了去，明兒再問著他」句下，G1667【●庚辰側】：「至理香菱方不牽強，好

情思。」前兩條為庚辰本所獨有，後一條 A1505【◎甲戌側】作：「至埋香冢方不牽強，好情理。」庚辰本抄錄時將「埋香冢」錯作「理香冢」，「情理」錯作「情思」，痕跡猶可追溯。

庚辰本的眉批也多用朱筆，但也有七條墨筆眉批，內中有的是為了回應先有眉批的。如第十四回在「鳳姐即命彩明定造簿冊」句下，有一朱一墨兩條眉批：

> G0143【◎庚辰眉】寧府如此大家，阿鳳如此身份，豈有便貼身丫頭與家裏男人答話交事之理呢？此作者忽略之處。（甲戌眉「便」作「使」）
> G0144【●庚辰眉】彩明系未冠小童，阿鳳便於出入使令者。老兄並未前後看明是男是女，亂加批駁可笑。

又如第二十六回在「若共你多情小姐同鴛帳，怎捨得疊被鋪床？」句下，有一朱一墨兩條眉批：

> G1547【◎庚辰側】真正無意忘情，衝口而出之語。
> G1548【●庚辰眉】方才見芸哥所拿之書一定見是《西廂》。不然，如何忘情至此。

後一條墨眉顯然是回應前一條朱眉的。朱眉在先，墨眉在後；朱眉或許出脂硯齋之手，墨眉就不一定是脂硯齋所為了。

由庚辰本的墨眉，還引出了批語字跡辨識的問題。原來這裏有三條署名「畸笏叟」的墨眉：

> G1493【●庚辰眉】獄神廟回有茜雪紅玉一大迴文字，惜迷失

無稿。歎歎。丁亥夏，畸笏叟。

G1567【●庚辰眉】寫倪二、英、湘蓮、玉菡俠文，皆各得傳真寫照之筆。丁亥夏，畸笏叟。

G1568【●庚辰眉】惜衛若蘭射圃文字迷失無稿。歎歎。丁亥夏，畸笏叟。

庚辰本署有「畸笏」、「畸笏老人」、「畸笏叟」之名的批語，一般都被看作畸笏叟的批語。現將此類批語的類型、署名，逐回統計如後：

第十二回：朱眉三條，分別署：畸笏；壬午春，畸笏；壬午春，畸笏。

第十四回：朱眉二條，分別署：壬午春，畸笏老人；壬午春，畸笏。

第十六回：朱眉三條，分別署：畸笏；丁亥春，畸笏叟；壬午季春，畸笏。

第十七至十八回：朱眉六條，分別署：壬午季春，畸笏；畸笏；畸笏；畸笏；壬午季春，畸笏；畸笏。

第十九回：朱眉二條，分別署：丁亥春，畸笏叟；丁亥春，畸笏叟。

第二十回：朱眉四條，分別署：壬午孟夏，畸笏老人；丁亥夏，畸笏叟；丁亥夏，畸笏；丁亥夏，畸笏叟。

第二十一回：朱眉五條，分別署：畸笏；壬午九月，畸笏；丁亥夏，畸笏叟；丁亥夏，畸笏叟；畸笏。

第二十二回：五條（朱眉四條、回後墨批一條），分別署：丁亥夏，畸笏叟；丁亥夏，畸笏叟；丁亥夏，畸笏叟；丁亥夏，畸笏叟；丁亥夏，畸笏叟。

第二十三回：朱眉一條，分別署：丁亥夏，畸笏叟。

第二十四回：朱眉二條，分別署：丁亥夏，畸笏叟；丁亥夏，畸笏叟。

第二十五回：朱眉四條，分別署：壬午孟夏雨窗，畸笏；壬午夏雨窗，畸笏；乙酉冬雪窗，畸笏老人；丁亥夏，畸笏叟。

第二十六回：朱眉三條、墨眉三條，分別署：丁亥夏，畸笏叟；壬午孟夏雨窗，畸笏；壬午雨窗，畸笏；丁亥夏，畸笏叟；丁亥夏，畸笏叟；丁亥夏，畸笏叟。

第二十七回：朱眉五條，分別署：畸笏；丁亥夏，畸笏叟；丁亥夏，畸笏叟；丁亥夏，畸笏叟；畸笏。

第二十八回：朱眉一條，分別署：丁亥夏，畸笏叟。

　　總計庚辰本上有畸笏叟署名的批語四十九條，全部集中於第十二回至第二十八回。從批語形態分，朱眉四十五條，墨眉三條，回後墨批一條；從署名方式分，署「畸笏」二十二條，署「畸笏老人」三條，署「畸笏叟」二十四條；從作批年代分，壬午年十三條，乙酉年一條，丁亥年二十五條。按《紅樓夢大辭典》「畸笏老人」條云：

　　《脂硯齋重評石頭記》庚辰本第十四回有署「壬午春，畸笏老人」的眉批，第二十回有署「壬午孟夏，畸笏老人」的眉批。壬午年為乾隆二十七年（1762），壬午年還有多條署名「畸笏」的批語。另，庚辰本第二十五回有署「乙酉冬雪窗，畸笏老人」的眉批，乙酉為乾隆三十年（1765）。畸笏老人，即畸笏，參見「畸笏」條。從批語可知，一七六二年（壬午年）畸笏作批時又稱「畸笏老人」，一七六五年（乙酉年）仍稱畸笏老人，而至丁亥（乾隆三十二年，1767）做批時，則又稱「畸笏叟」、「朽物」。（頁981）

「畸笏叟」條云：

> 即畸笏。《脂硯齋重評石頭記》庚辰本第十八回有署「丁亥
> 春，畸笏叟」的批語。丁亥為一七六七年（乾隆三十二年），
> 壬午（1762）時署「畸笏」，乙酉（1765）則署「畸笏老人」，
> 丁亥又署「畸笏叟」。（頁981）

按《大辭典》的意思，似乎他壬午年作批時署「畸笏」，又署
「畸笏老人」；乙酉年作批時署「畸笏老人」；至丁亥年則署「畸笏
叟」。其實，第二十回 G0917【◎庚辰眉】正作：「齡月閒閒無語，令
余酸鼻，正所謂對景傷情。丁亥夏，畸笏。」則丁亥年也有署「畸
笏」的，可見「畸笏」、「畸笏老人」、「畸笏叟」是隨意使用的，並無
年代的分別。

從字跡辨識的角度看，庚辰本所有署畸笏的朱批，與其它朱筆批
語基本相同。如第十三回「便敗落下來，子孫回家讀書務農，也有個
退步」句上，庚辰本有一條朱眉：

> G0092【◎庚辰眉】語語見道，句句傷心，讀此一段，幾不如
> 此身為何物矣。松齋。

在「三春去後諸芳盡，各自須尋各自門」句上，庚辰本又有一條朱眉：

> G0095【◎庚辰眉】不必看完，見此二句，即欲墮淚。梅溪。

這兩條朱眉的字體與有畸笏叟署名的朱眉完全一樣，說明畸笏叟
的朱眉不是畸笏叟本人的親筆，是庚辰本它與將松齋、梅溪的批語一

同抄錄的。如果承認松齋、梅溪的批語是較早出現的，也就應該承認畸笏叟的批語同樣是較早的產物。

現在的問題是，在庚辰本上又有兩條署名「畸笏叟」的墨眉，它們的字跡竟與畸笏叟的朱眉完全不同：

第二十六回〈蜂腰橋設言傳心事，瀟湘館春困發幽情〉，在「好呀，也不出門了，在家裏高樂罷」上有兩條墨眉：

> G1567【●庚辰眉】寫倪二、英、湘蓮、玉菡俠文，皆各得傳真寫照之筆。丁亥夏，畸笏叟。
> G1568【●庚辰眉】惜衛若蘭射圃文字迷失無稿。歎歎。丁亥夏，畸笏叟。

此外，在第二十二回有署名畸笏叟的回後總批：

> G1216【●庚辰回後】此回未成而芹逝矣，歎歎。丁亥夏，畸笏叟。（圖 1-45）

這條後總批字跡與 G1493【◎庚辰眉】「獄神廟回有茜雪紅玉一大迴文字，惜迷失無稿」（圖 1-46）及 G1567【●庚辰眉】、G1568【●庚辰眉】墨批相同，而與畸笏叟其它四十五條朱眉如 G0189【◎庚辰眉】：「數字道盡聲勢。壬午春，畸笏老人」（圖 1-47）筆跡完全不同，於是出現了在同一個庚辰本中，有兩種畸笏叟批語的怪事。這種現象，只能用署名「畸笏叟」的墨寫的批語，比他的朱眉出現還晚來解釋。俞平伯先生說：「各本上的墨筆眉批更晚了，大約收藏這抄本的人所批，在清中世以後。（《脂硯齋紅樓夢輯評》，頁 9）他的意見可供參考。

　　總之，我們要時刻意識到，抄本與印本的最大差異在於它是開放的。印本一旦印刷完成，就已經最後定型；而一個本子抄成以後，隨時都可能有人在上面添加什麼。對於這一通常規律的認可，將使後面的分析有一個可以遵循的規則。

## 第四個問題：「脂批」的數量。

　　儘管我們對鑒定、辨識脂批已有一些標準，但最後還得將脂本上所有的批語納入考察的視野；原因是我們的鑒別標準和鑒別結果，不能保證讓每位讀者都折服，哪怕是為了接受事後的核對總和質疑，都沒有理由不面對「現存十一個脂抄本上……近八千條脂批」。

　　當然，楊光漢先生所說只是一個約數。脂批的確切條數是多少？是八千條？七千條？六千條？五千條？大家都是心中無「數」的。半個世紀以來，雖然先後出版了俞平伯、朱一玄、陳慶浩三位先生的《脂硯齋紅樓夢輯評》、《紅樓夢脂評校錄》、《新編石頭記脂硯齋評語輯校》，但俞先生《輯評引言》所說的「各本情形，同中有異，或大同小異，參差不一，看了這本，丟了那本；找到那本，又忘了這本」的情形，並無多大改觀。研究者大致橫有「近八千條脂批」的模糊概念，誰也難以做到爛熟於胸，臨到需要應用時，又難以查找和覆按，於是只好各說各的，甚至「各取所需」，無法形成符合學術規範的「對話」。一些有志於弄清脂硯齋「底裏」的人，遇到這種情況，便會臨門而跅躅；少不更事的青年人，更選擇了退守「文本」的策略，將「版本」的領地拱手讓專家去縱橫馳騁。

　　為了改變這種茫然憒然的狀況，需要對脂批的充分把握與精確統計。我將「三脂本」（甲戌本、己卯本、庚辰本）的全部批語（排除玉藍坡、鑒堂、綺園之流不相干的批語）輸入電腦，得到的統計結果是：甲戌本脂批一五八七條，己卯本脂批七五四條，庚辰本脂批二三

一九條；將三本脂批簡單相加，共四六六〇條。考慮到批語有些是相同或相近的，不能重複計算，便以如下方法處理：1、己卯本的批語，多與甲戌本、庚辰本相同或相近，可以忽略不計，惟前十一回有十三條批語為其所獨有，故只另計作十三條；2、庚辰本與甲戌本批語相同或相近的有一三一條，亦應予以扣除。故脂批總數實為：1587＋2319－131＋13＝3788 條。詳情請見第七章「備考」的三篇《脂批總匯》。

上述數字一旦得出，脂批的不平衡性就立刻呈現出來了。這種不平衡表現在兩個方面：一是各脂本間脂批分佈的不平衡，一是脂本各回間脂批分佈的不平衡。二者雖有區別，又有內在的關聯。

且以己卯本為例。無論從所標干支（己卯介於甲戌與庚辰之間），還是從出現年代（甲戌本一九二七年由胡適所購得，庚辰本一九三二年由徐星曙購得，己卯本原為董康所藏，其時約在二者之間）看，己卯本在「三脂本」中都排名第二，惟獨批語數量，卻居於倒數第一。甲戌本殘缺得最嚴重，雖然僅存十六回，卻有一五八七條批語，占全部脂批總數的百分之四十一點九；己卯本今存三十八回，篇幅是甲戌本的二點四倍；卻只有七五四條批語，占全部脂批總數的百分之十九點九，比甲戌本少八三三條，只及它批語的四十七點五一。己卯本上海古籍出版社一九八一年影印本卷首〈凡例〉說：「此書經陶洙收藏時，曾據庚辰、甲戌兩本鈔補並過錄其眉批、行間批、回末批等，凡屬此類過錄文字，經與兩本核實，一併予以清除，以存己卯本原來極少批語之樸素面目。」〈凡例〉用「極少批語之樸素面目」來形容己卯本的批語，「極少」之外，又加上「樸素面目」，是很有意味的。大約是由於批語最少，未博人們的青睞，對己卯本的研究也就長期處於停頓狀態。但如果肯作進一步追索，問題就出來了。馮其庸先生一九七九年為上海古籍出版社影印己卯本作序，強調「這十一種

本子，惟獨過錄已卯本已確知它的抄主是怡親王弘曉，因而也可大致確定它的抄成的年代約在乾隆二十五年到三十五年之間。其它的各種本子，至今不能確知它的抄主和抄成的確切年代。即此一點來說，這個已卯本也就彌足珍貴了。」他相信「四閱評過」的題句，是脂硯齋評閱《石頭記》的一個確切的紀錄和極為重要的證據，「在目前的《石頭記》早期抄本中，已卯本是過錄得最早的一個本子，也是最接近原稿面目的一個本子。」

　　已卯本既是「四閱評過」的本子，理應是對「重評」的甲戌本的承襲與發展，它的批語理應比甲戌本更豐富、更完善才是。可實際上，甲戌本前八回批語極多，幾於「密不透風」，已卯本前十一回卻幾乎沒有批語；相反，在甲戌本缺失的部分，已卯本的批語卻相對多了起來。這種不正常的狀況，該如何理解呢？為了弄清個中的原因，不妨從甲戌本與已卯本批語分佈的實際出發，把它們分解為四個部分：

　　第一部分，兩本正文都存留的第一至八回：

　　　　第一回甲戌脂批一六九條，已卯脂批〇條，少一六九條
　　　　第二回甲戌脂批一一九條，已卯脂批一條，少一一八條
　　　　第三回甲戌脂批一八一條，已卯脂批〇條，少一八一條
　　　　第四回甲戌脂批八十九條，已卯脂批〇條，少八十九條
　　　　第五回甲戌脂批一三七條，已卯脂批〇條，少一三七條
　　　　第六回甲戌脂批一〇二條，已卯脂批二條，少一〇〇條
　　　　第七回甲戌脂批一一一條，已卯脂批〇條，少一一一條
　　　　第八回甲戌脂批一七一條，已卯脂批二條，少一六九條

　　——以上八回，甲戌本批語為一〇七九條，已卯本批語為五條，較甲戌本少一〇七四條。

　　第二部分，兩本正文都存留的第十三至十六回：

　　　第十三回甲戌脂批四十八條，己卯脂批二十條，少二十八條
　　　第十四回甲戌脂批二十四條，己卯脂批八條，少十六條
　　　第十五回甲戌脂批四十八條，己卯脂批三十八條，少十條
　　　第十六回甲戌脂批七十九條，己卯脂批五十八條，少二十一條

　　——以上四回，甲戌本批語為一九九條，己卯本批語為一二四條，較甲戌本少 75 條。
　　第三部分，甲戌本正文存而己卯本缺佚的第二十五至二十八回：

　　　第二十五回甲戌脂批九十一條
　　　第二十六回甲戌脂批九十條
　　　第二十七回甲戌脂批五十九條
　　　第二十八回甲戌脂批六十九條

　　——以上四回，己卯本缺佚，甲戌本批語為三〇九條。這樣，在甲戌本擁有的十六回中，己卯本的批語相應共少一四五八條。
　　第四部分，己卯本正文存而甲戌本缺佚的各回：

　　　第九回己卯脂批〇條
　　　第十回己卯脂批一〇條
　　　第十一回己卯脂批〇條
　　　第十二回己卯脂批四十一條
　　　第十七至十八回己卯脂批二〇六條
　　　第十九回己卯脂批一八六條

第二十回己卯脂批十六條

第三十一回己卯脂批三條

第三十二回己卯脂批一條

第三十三回己卯脂批一條

第三十四回己卯脂批一條

第三十五回己卯脂批一條

第三十六回己卯脂批六條

第三十七回己卯脂批五十九條

第三十八回己卯脂批二十一條

第三十九回己卯脂批十四條

第四十回己卯脂批二條

第四十一回之後己卯批語五十六條

——甲戌本缺佚的部分，己卯本批語為六二四條。二差相抵（1458－624＝833），己卯本的批語比甲戌本少八三三條，恰與上面的統計數字相符。

——以上情況表明，不同本子間批語的不平衡，是由批語分佈的不平衡派生出來的。

有了對全域的大致把握，讓我們再進入細部的分析。這裏最有可操作性的，是兩個本子正文都存留的兩大部分。

先看第一回至第八回。這一部分，己卯本僅有五條批語。其中第二回結末「雨村忙回頭看時」句下，J0001【●己卯夾】云：

語言太煩，令人不耐。古人云「惜墨如金」，看此視墨如土矣，雖演至千萬回亦可也。

這條夾批流露出對《紅樓夢》的不恭，與脂批的「主旋律」頗不相合。到了第六回，己卯本又出現了二條側批：在「因貪王家的勢利，使連了宗，認作侄子」旁，J0002【●己卯側】云：「與賈雨村遙遙相對。」在「沒了錢就瞎生氣，成個什麼男子汗大丈夫了」旁，J0003【●己卯側】云：「為紈褲下針，卻先從此等小處寫來。」這兩條側批在甲戌本中都作夾批，為 A0705【◎甲戌夾】、A0714【◎甲戌夾】，文字全同。

第八回己卯本另有二條夾批：在「不離不棄」下，J0004【●己卯夾】云：

「不離不棄」與「莫失莫忘」相對，所謂愈出愈奇。

在「芳齡永繼」下，J0005【●己卯夾】云：

「芳齡永繼」又與「仙壽恒昌」一對，請合而讀之。問諸西曆來小說中，可有如此可巧奇妙之文以換新眼目。

——己卯本前八回，雖然只有區區五條批語，卻可以引發出兩點帶有根本性的思考：

1、己卯本既自號為「四閱評過」的「定本」，為什麼甲戌本前八回中的一〇七九條批語，己卯本卻少了一〇七七條？如果說是「抄書人有時很懶，或校書人對評注不重視」（俞平伯：《脂硯齋紅樓夢輯評》引言），他為什麼還要費力氣去抄這部《脂硯齋重評石頭記》己卯本呢？為什麼在前十回要多寫十三條自出心裁者之批語呢？

2、己卯本第六回有（只有！）兩條與甲戌本相同的批語，說明抄閱者是看過甲戌本的（這兩條批語除甲戌本、己卯本外，庚辰本、

有正本等都沒有），那麼，這是否意味著脂硯齋己卯年「四閱評過」時，經過認真審訂，只認可了被他重抄的兩條，而把其它未抄的批語（包括被紅學家看重的，如 A0066【◎甲戌眉】「能解者方有辛酸之淚，哭成此書。壬午除夕，書未成，芹為淚盡而逝。余嘗哭芹，淚亦待盡。每意覓青埂峰再問石兄，余不遇獺頭和尚何，悵悵。」A0067【◎甲戌眉】「今而後，惟願造化主再出一芹一脂。是書何本，余二人亦太快遂心於九泉矣。甲午八日淚筆」等等），都一概否定、一概刪除了呢？趙岡先生說：「有一點要特別著重提出。這一點是十分明顯和簡單，但竟然被許多研究者所忽略，故不得不在此一提。那就是一旦有了一個新定本，它便取代了舊的定本。所有的新批都是寫在新定本上的，而不是寫在舊定本上。因為舊定本已經『作廢』。」（《紅樓夢新探》，文化藝術出版社，1991 年，頁 72-73）他這話並沒有說錯——要知道，作為批點者的脂硯齋，是有權在「定稿」時這麼做的。

再看第十三至十六回。在這四回中，己卯本有一二四條批語，只比甲戌本少了七十五條，可比性就大得多了。以第十三回來說，己卯本全部二十條脂批，都與甲戌本完全相同；奇怪的是，它所缺少的二十八條甲戌本批語，在後世紅學家看來，反倒是更為重要、更有價值的。甲戌本被有意撕毀的還有一處，這就是第十三回首頁回前的 A1082【甲戌回前】總批。現按格式抄錄如下：

A 面為：

　　賈珍尚奢豈有不請父命之理因敬□□□
　　要緊不問家事故得姿意放為□□□□□
　　若明指一州名似落西遊□□□□□□□
　　地不待言可知是光天□□□□□□□□□
　　矣不云國名更妙□□□□□□□□□□□

義之鄉也直與□□□□□□□□□□□□□
今秦可卿托□□□□□□□□□□□□□□
理寧府亦□□□□□□□□□□□□□□□
凡□□□□□□□□□□□□□□□□□□
□□□□□□□□□□□□□□□□□□□

B 面為：

在封龍禁尉寫乃褒中之貶隱去天香樓一節是不忍下筆也（圖 1-47）

　　第十三回首頁殘缺的情況表明，分明是有人從中縫處裁開，又將 A 面幾乎作對角線裁開，又保留了完整的 B 面，這無疑是精心的毀壞。試想，一本可以賣得高價的「珍貴古本」，卻被賣書人有意撕損，這就有特殊的原因了。可能的答案是：如果按原貌出手，就難以賣到現在的高價；因為從回前總批開始，甲戌本批語的「大方向」，幾乎都聚焦於「秦可卿淫喪天香樓」。如在「彼時闔家皆知，無不納罕，都有些疑心」句上，A1093【◎甲戌眉】云：「九個字寫盡天香樓事，是不寫之寫。」在「只覺心中似戳了一刀的，不忍哇的一聲，噴出一口血來」旁，A1095【◎甲戌側】云：「寶玉早已看定可繼家務事者，可卿也，今聞死了，大失所望，急火攻心，焉得不有此血？為之一歎。」在「賈珍哭的淚人一般」旁，A1099【◎甲戌側】云：「可笑，如喪考妣，此作者刺心筆也。」在「另設一壇於天香樓上」旁，A1101【◎甲戌側】云：「刪卻，是未刪之筆。」在「秦氏之丫鬟名喚瑞珠看，見秦氏死了，他也觸柱而亡」旁，A1108【◎甲戌側】云：「補天香樓未刪之文。」此回結末，又有 A1126【◎甲戌

眉】云：「此回只十頁，因刪去天香樓一節，少卻四五頁也。A1127
【◎甲戌回後】云：「『秦可卿淫喪天香樓』，作者用史筆也。老朽因
有魂託鳳姐賈家後事二件，嫡是安富尊榮坐享人能想得到處。其事雖
未漏，其言其意則令人悲切感服。姑赦之，因命芹溪刪去。」墨寫的
回前總批說「不忍下筆」，是未寫也，又怎麼會「命芹溪刪去」？不
將此批撕損，豈不暴露關於刪去「淫喪天香樓」批語之謬妄？出於利
潤的驅使，賣家只好出此下策。只是撕裁得太匆忙，或無法將 B 面前
兩行一併裁去，遂留下了破綻。

　　令人詫異的是，集中傾瀉式的、傾注了甲戌時期脂硯齋的全部熱
情的以「刪去天香樓」為核心的批語，到了己卯年「定本」，同一位
脂硯齋卻又將它們統統勾銷了。這就不免讓人懷疑：脂硯齋的眼光和
旨趣是否發生了突變？否則，他為什麼要把自己那麼多辛苦經營的
「業績」輕易抹殺呢？

　　以上種種複雜情況都提醒我們：在「還原脂硯齋」的時候，對於
需要多留個心眼。

# 第二章
# 脂硯齋「自白」中的個人訊息

「脂硯齋」是誰？是大家最關心的問題，又是最難回答的問題。丁維忠先生說：

> 關於脂硯齋其人，除了清時裕瑞提到過「（曹雪芹）其叔脂硯齋」，主要的只能從脂評本身所提供的有關材料，得知一個大概的輪廓；然後根據這個輪廓，再從曹雪芹的生平家史或其姻親的家史等資料中，按圖索驥地找出一個近似的對應人員，大致地推斷他可能是某某人。至今所能做到的，只能到達這一步。由於脂評提供的有關材料本身就很模糊、有限，各人對這些材料（批語）的判定、理解又很不一致，因此由這些材料所得出的結論分歧是很大的。（《紅樓夢：歷史與美學的沉思》，黑龍江教育出版社，2002 年 9 月，頁 381）

丁維忠先生的介紹是相當客觀的。通過上一章的考察，我們已經知道，外在的材料如《棗窗閒筆》，已不可能告訴我們真實的脂硯齋；要了解這位謎一樣的人物，就只能傾聽他的「自白」，從脂批中去認識脂硯齋了。

應該承認，脂硯齋是非常投入的批點者，他很愛聯繫自身的經歷與體驗來評點作品。據統計，在四六六〇條脂批（甲戌本 1587 條，己卯本 754 條，庚辰本 2319 條）中，含「余」字的批語二〇六條（甲戌本 74 條，己卯本 30 條，庚辰本 102 條）；含「予」字的批語

一條（甲戌本）；含「我」字的批語二十七條（甲戌本 9 條，己卯本
1 條，庚辰本 17 條）；含「吾」字的批語九條（己卯本 3 條，庚辰本
6 條）；含「俺」字的批語一條（庚辰本）；含「批書者」、「批書
人」、「批者」的批語三十條（甲戌本 8 條，庚辰本 22 條）；另外，提
到「脂」、「脂硯」、「脂齋」、「脂硯齋」（不計算署名的）的批語六條
（甲戌本 2 條，己卯本 1 條，庚辰本 3 條）：這一類「自白」型批語
共達二八〇條，占批語總數的百分之六，平均每十六點六四條就出現
一條。

話又要說回來，相當數量含「余」字、「予」字、「我」字的批
語，只是一種表示語氣的或修辭的方式。如 G1016【◎庚辰側】：「文
是好文，唐突我襲卿，吾不忍也。」G1099【◎庚辰側】：「璉兄不分
玉石，但負我平姐，奈何奈何。」G1246【◎庚辰眉】：「此圖欲畫之
心久矣，誓不遇仙筆不寫，恐襲我顰卿故也。」G2021【●庚辰回
前】：「鳳姐乃太君之要緊陪堂，今題『斑衣戲彩』，是作者酬我阿鳳
之勞，特貶賈珍、璉輩之無能耳。」「我襲卿」、「我平姐」、「我顰
卿」、「我阿鳳」云云，無非是批者對書中人的感情或態度，並不表明
與其「原型」有何關係。再如敘丫鬟笑道：「寶玉來了。」A0421
【◎甲戌側】批道：「余為一笑。」敘「雨村心中甚是疑怪」，A0479
【◎甲戌側】批道：「原可疑怪，余亦疑怪。」敘「雨村聽了，如雷
震一驚」，A0482【◎甲戌側】批道：「余亦一驚，但不知門子何知，
尤為怪甚。」也無非是表述批者閱讀時的感受，並不說明他一定就在
現場。

排除了諸如此類的批語，剩下的「自報家門」型批語就不多了。
通過這類「自白」型批語，仍然可以窺見脂硯齋基本狀況，最重要的
是以下四個方面：

1 我是誰？

2 我與曹雪芹有什麼關係？

3 我在《紅樓夢》創作中起了什麼作用？

4 我在《紅樓夢》傳播接受中起了什麼作用？

這四個方面的資訊，在批語中往往是糾合在一起的。為了論述的方便，且將後三點暫時擱置起來，先來看看他是怎樣向讀者交代「我是誰」的？由於材料自身的局限，確實只能做到大致鉤畫他的「輪廓」；與丁維忠先生做法不同的是，我們不打算據這一輪廓「按圖索驥地找出一個近似的對應人員」。既無法追根窮源，更不能深文周納，只是從表象入手，作一點簡單的梳理而已。

## 第一節　脂硯齋的家世

### 一　脂硯齋的家庭境況

先看脂硯齋的父母。

第五回，在「襁褓中父母歎雙亡」句旁，A0665【◎甲戌側】批道：「意真辭切，過來人見之，不免失聲。」自稱「過來人」的脂硯齋，讀了「襁褓中父母歎雙亡」喚起共鳴，不免失聲痛哭，可知他也是襁褓中父母雙亡了的。第二十五回，寫賈母、王夫人見寶玉、鳳姐二人漸漸醒來，如得了珍寶一般，A1362【◎甲戌側】批道：「昊天罔極之恩，如何報得？哭殺幼而喪親者。」據脂批的用詞習慣與語氣，這位「哭殺」的，自然是「幼而喪親」的批者了。

在幼年脂硯齋心目中，母親留給他的印象是很深的。第二十八回寫寶玉道：「太太到不糊塗，都是叫『金剛』『菩薩』支使糊塗了。」A1542【◎甲戌側】批道：「是語甚對余幼時可聞之語合符，哀哉傷哉。」G1719【◎庚辰側】一條相同，惟將「可聞」改作「所聞」，

意思是一樣的。脂硯齋對於父親的印象，卻似不甚佳。第十七回敘寶玉「帶著奶娘小廝們，一溜煙就出園來」，G0411【◎庚辰側】批道：「不肖子弟來看形容。余初看之，不覺怒焉，蓋謂作者形容余幼年往事；因思彼亦自與其照，何獨餘哉？信筆書之，供諸大眾，同一發笑。」第二十三回敘「忽見丫鬟來說：『老爺叫寶玉。』寶玉聽了，好似打了個焦雷，登時掃去興頭，臉上轉了顏色。」G1222【◎庚辰側】批道：「多大力量寫此句，余亦驚駭，況寶玉乎？回思十二三時，亦曾有是病來，想時不再至，不禁淚下。」從這兩條批語看，脂硯齋十二三歲時父親好像尚在人世，且對其管教甚嚴，便與上面的「襁褓中父母歎雙亡」有了矛盾。

所以產生這種矛盾，可有兩種假定：一是母親改嫁，脂硯齋便有了繼父；一是上一條批語不實，遂使前後格。前一種假定，對照第二十五回敘賈寶玉「一頭滾在王夫人懷內」，A1292【◎甲戌側】批道：「余幾幾失聲哭出。」及接敘「王夫人便用手滿身滿臉摩挲撫弄他」，A1293【◎甲戌側】批道：「普天下幼年喪母者，齊來一哭。」可能性是很小的。己卯本第三十三回僅有一條批語，也在王夫人「我們娘兒們不敢含怨，到底在陰司裏得個依靠」的話下，J0593【●己卯夾】批道：「未喪母者來細玩，既喪母者來痛哭。」G1766【●庚辰夾】一條全同。可見，脂硯齋是自居於「喪母者」之列的。既然是幼年喪母，就不存在改嫁的事情。至於後一種情況，說十二三歲時父親尚在那兩條的批語，都是後來添加的朱筆（【◎庚辰側】）；所以，我們寧可相信早出的批語（【◎甲戌側】），況且 G1466【◎庚辰側】云：「昊天罔極之恩，如何得報？哭殺幼而喪父母者。」又將甲戌本的「幼而喪親者」，改作「幼而喪父母者」了呢。

脂硯齋家庭的其它成員，第十七回至十八回敘「那寶玉未入學堂之先，三四歲時已得賈妃手引口傳」，G0580【◎庚辰側】批道：「批

書人領至此教，故批至此竟放聲大哭。俺先姊先逝太早，不然，余何得為廢人耶？」用「俺」字來自稱，甲戌本、己卯本中俱無，庚辰本也只有一處，加之又係朱筆側批，可疑之點固多；但「俺先姊」云云，倒還顯得真切，故也不必提出異議。批語的意思是，當脂硯齋讀到此處的描寫，不由想起自己亦曾得先姊教誨，不幸「先（仙）逝」太早，遂使自己不得成材，成了「廢人」。看來，幼年的脂硯齋在父母雙亡之後，曾得姊姊撫養教誨，「手引口傳」，略有長進；奈姊姊早逝，遂致不能成才。

　　按理而論，像脂硯齋這樣的家庭，應該是比較清寒冷落的；但有些批語所透露的，似又不盡然如此。如第二回敘賈雨村見智通寺「身後有餘忘縮手，眼前無路想回頭」一聯，A0210【◎甲戌側】批道：「先為寧榮諸人當頭一喝，卻是為余一喝。」「余」既可與「寧榮諸人」並提，則其亦曾處「身後有餘」之境況；生活其中的脂硯齋，自然是位「貴公子」了。

　　果然，第八回敘寶玉出二門，到穿堂，繞廳後，遇見清客詹光、單聘仁，一個抱住腰，一個攜著手，請了安，又問好，勞叨半日，方才走開，A0923【◎甲戌眉】批道：「一路用淡三色烘染，行雲流水之法，寫出貴公子家常不跡不離氣致。經歷過者則喜其寫真，未經過者恐不免嫌繁。」從對「未經者」的揶揄口氣看來，脂硯齋是以「經歷過者」自居的，故能欣賞作者的手筆，「喜其寫真」也。第八回敘管錢華等哄寶玉說：「二爺寫的斗方，字法越發好了，多早晚賞我們幾張帖帖。」A0927【◎甲戌眉】批道：「余亦受過此騙，今閱至此，赧然一笑。此時有三十年前向余作此語之人在側，觀其形已皓首駝矣，乃使彼亦細聽此數語，彼則潸然泣下，余亦為之敗興。」小說喚起他對幼年往事的回憶，故「閱至此，赧然一笑」，恰好三十年前說這話的人就在身邊，今已「皓首駝腰」，因而引發了一番感慨。此

外，A0401【◎甲戌側】：「是富貴公子」、A0618【◎甲戌側】：「貴公子口聲」、A0642【◎甲戌側】：「貴公子不怒而反退」，等等，雖是用來評論寶玉，亦不失批者自況的味道。脂硯齋的家庭，後來看來是衰敗了。第十三回敘鳳姐想：「頭一件是人口混雜，遺失東西；第二件事無專執，臨期推委；第三件需用過廢，濫支冒領；第四件任無大小，苦樂不均；第五件家人豪縱，有臉者不服黔束，無臉者不能上進。」A1125【◎甲戌眉】批道：「舊族後輩，受此五病者頗多，余家更甚。三十年前事見書於三十年後，今余想慟血淚盈。」作為「人口混雜」的「舊族」，脂硯齋家的「五病」，甚至比賈府更甚，令他十分痛心。第五回的判詞「勢敗休雲貴，家亡莫論親」下，A0633【◎甲戌夾】批道：「非經歷過者，此二句則云紙上談兵。過來人那得不哭。」在「家富人寧，終有個家亡人散各奔騰。枉費了意懸懸半世心，好一似蕩悠悠三更夢，忽喇喇似大廈傾，昏慘慘似燈將盡，一場歡喜忽悲辛，歎人世終難定」上，A0673【◎甲戌眉】批道：「過來人睹此，寧不放聲一哭。」都是生動的說明。

但不管怎樣，脂硯齋一家還不至於過分窮困。當鳳姐說：「今兒既來了瞧瞧我們，是他的好意思，也不可簡慢了他」時，A0787【◎甲戌側】批道：「窮親戚來看是好意思，余又自《石頭記》中見了，歎歎。」A0788【◎甲戌眉】批道：「王夫人數語，令余幾哭出。」比起窮親戚來，脂硯齋還要算是富裕的。

所以他還有「書房伴讀」：G1242【◎庚辰側】：「書房伴讀，累累如是，余至今痛恨。」又有「聰敏乖巧不過的丫頭」：G1030【●庚辰夾】批道：「又是一個有害無益者。作者一生為此所誤，批者一生亦為此所誤，於開卷凡見如此人，世人故為喜，餘犯抱恨。蓋四字誤人甚矣。被誤者深感此批。」

並且還受過「愚奴賤婢」的「調唆」之害，G2130【●庚辰夾】

批道：「殺，殺，殺！此輩生離異，余因實受其蠱。今讀此文，直欲拔劍劈紙，又不知作者多少眼淚，灑出此回也。又問：不知如何顧恤些？又不知有何可顧恤之處？直令人不解。之言，酷肖之至。」

## 二　脂硯齋的籍貫遭際

　　關於脂硯齋的籍貫，宛情先生《脂硯齋籍貫初探》曾經作過探索。他從「吳新登」A0924【◎甲戌側】云「無星戥」，「戴良」A0925【◎甲戌側】云「大量」，「錢華」A0926【◎甲戌夾】云「錢開花」，判定這是由他所持的方音決定的。脂硯齋的語音讀「大」如「戴」，讀「新」如「星」，說明他生活在韻母阿（a）、哀（ai）不分、恩（en）、厄亨（eng）不分的語區。這個語區就在江南。他又據第三十九回「二門上該班小廝見平兒出來，有兩個又跑上來趕著平兒叫姑娘」句下，G1859【●庚辰夾】批道：「想這一個姑娘非下稱上之姑娘也。按北俗似姑母曰姑姑，南俗曰娘娘，此姑娘定是姑姑娘娘之稱。每見大家風俗，多有小童稱少主妾曰姑姑娘娘者。按此書中若干人說話語氣，及動用前照飲食諸賴，皆東西南北互相兼用，此姑娘之稱，亦南北相兼而用無疑矣。」說明脂硯齋對「姑娘」一詞茫然莫解，說明他沒有到過北方城市，沒有「北俗」的親身體階，以致認為「姑娘」一詞是曹雪芹「南北互相兼用」的發明創造，可以推斷脂硯齋原籍江南，直至批書時還不曾到過北京。(《紅樓》，2000 年第 2 期)

　　證明脂硯齋是南方人的最好證據，是第二十四回寶玉「好姐姐，把你嘴上的胭脂賞我吃了罷」，G1273【◎庚辰側】：「胭脂是這樣吃法，看官阿經過否？」之批。《辭海》釋「阿」：「吳方言中作語助，表示詢問，相當於北方話的『可』，如阿是？阿好？」(圖 2-1) 姑舉數例如下：

《孽海花》第二回：「耐阿急弗急？」

《官場現形記》第八回：「耐朵做官人，自家做勿動主，阿是一樣格？」

《官場現形記》第八回：「大人路浪辛苦哉！走仔幾日天？太太阿曾同來？」

《九尾龜》第一回：「耐阿要好意思格！花家裏明朝去末哉，倪搭小場化，委屈耐點阿好？」

從這不經意露出的吳方言，我們甚至可以斷定：脂硯齋是地地道道的上海人或蘇州人。

脂硯齋一生際遇，大約不甚遂順。這從他對賈芸向倪二借貸的一組批語可以隱約看出：

只從我父親沒了，這幾年也無人照管教導。

G1280【◎庚辰側】雖是隨機而應，伶俐人之語，余卻傷心。

再休提賒欠一事。

G1294【◎庚辰側】何如，何如？余言不謬。

三日兩頭來纏著舅舅，要三升米二升豆子的。

G1296【◎庚辰側】芸哥亦善談，井井有理。余二人亦不曾有是氣。

便下個氣，和他們的管家或者管事的人們嬉和嬉和，也弄個事兒管管。

G1297【◎庚辰側】可憐可歎，余竟為之一哭。

你要寫什麼文契，趁早把銀子還我。

G1319【◎庚辰眉】余三十年來，得遇金剛之樣人不少，不及金剛者亦不少，惜書上不便歷歷注上芳諱，是余不是心事也。壬午孟夏。

在艱難的境況下，他似乎有過外出經營，以求「成人立事」的打算，但沒有得以實現。第四十八回敘薛蟠思外出經營，薛姨媽恐他在外生事，不命他去。薛蟠說：「天天又說我不知世事，這個也不知，那個也不學。如今我發狠把那些沒要緊的都斷了，如今要成人立事，學習著做買賣，又不准我了，叫我怎麼樣呢？」寶釵道：「他出去了，左右沒了助興的人，又沒了倚仗的人，到了外頭，誰還怕誰？有了的吃，沒了的餓著，舉眼無靠，他見這樣，只怕比在家裏省了事也未可知。」G1969【●庚辰夾】批道：「作書者曾吃此虧，批書者亦曾吃此虧，故特於此注明，使後人深思默戒。」未能如寶釵所說外出闖蕩，不能夠「成人立事」，深感吃了「此虧」。

## 第二節　脂硯齋的秉性

### 一　脂硯齋的秉性

從批語透露的情緒看，脂硯齋是出身大家的「不肖子弟」，從小不愛讀書。第七回賈寶玉說：「就說我才從學裏來的。」A0860【◎甲戌眉】：

> 余觀「才從學裏來」幾句，忽追憶昔日形景，可歎。想紈褲小兒自開口云「學裏」，亦如市俗人開口，便云「有些小事」；然何常真有事哉？此掩飾推託之詞耳。寶玉若不云「從學房裏來涼著」，然則便云「因憨頑時涼著者」哉？寫來一笑，繼之一歎。在「早知日後閒爭氣，豈肯今朝錯讀書」旁，A1079【◎甲戌側】批道：「這是隱語微詞，豈獨指此一事哉。◎余則為讀書正為爭氣，但此爭氣與彼爭氣不同，寫來一笑。」

不愛讀「正經書」，卻頗喜小說雜書。所謂「書房伴讀，累累如是」，就是指茗煙為了給寶玉開心，買來了他「不曾看見過」的古今小說，並那飛燕、合德、武則天、楊貴妃的外傳，與那傳奇角本。另據 A0848【◎甲戌眉】：「余素所藏仇十洲《幽窗聽鶯暗春圖》，其心思筆墨，已是無雙，今見此阿鳳一傳，則覺畫工太板。」可見他還藏有春宮畫。什麼「余至今痛恨」，大約也不過是說說而已。

脂硯齋自幼玩愛。小說寫「寶玉聽了，帶著奶娘小廝們，一溜煙就出園來」，G0411【◎庚辰側】批道：「不肖子弟來看形容。余初看之，不覺怒焉，蓋謂作者形容余幼年往事；因思彼亦自與其照，何獨餘哉？信筆書之，供諸大眾，同一發笑。」

愛賭。賈環擲骰時耍賴，鶯兒道：「一個作爺的，還賴我們這幾個錢。」G0935【◎庚辰側】批道：「酷肖。」鶯兒又道：「前兒我和寶二爺玩，他輸了那些，也沒著急。」G0936【◎庚辰側】批道：「倒捲簾法。實寫幼時往事，可傷。」確有點自況的味道。

長大後愛飲。J0617【●己卯夾】：「試思近日諸豪宴集，雄語偉辯之時，座上或有一二愚夫不敢接談，然偏好問，亦真可厭之事也。」他是「諸豪宴集」的常客，故能在席間「雄語偉辯」，鄙薄那些未曾見過世面，「不敢接談」又「偏好問」的「愚夫」，表明其時的脂硯齋，至少還像《紅樓夢》中的賈芸，「素日行止，是『金盆雖破分兩在』也。」（G1305【◎庚辰側】）

可能亦有沉湎女色之事。A0425【◎甲戌眉】：「少年色嫩不堅勞，以及非夭即貧之語，余猶在心，今閱至此，放聲一哭。」「少年色嫩不堅牢」一語，源於《金瓶梅》第九十六回葉頭陀的相法：「色怕嫩兮又怕嬌，聲嬌氣嫩不相饒。老年色嫩招辛苦，少年色嫩不堅牢。」

他最大的愛好是看戲。第十八回寫齡官執意不演《遊園》、《驚

夢》,「為此二出原非本角之戲」,定要作《相約》、《相罵》,J0379
【●己卯夾】批道:

> 按近之俗語云:「能養千軍,不養一戲。」蓋甚言優伶之不可
> 養之意也。大扺一班之中,此一人技業稍憂出眾,此一人則拿
> 腔作勢,轄眾恃能,種種可惡,使主人逐之不捨,責之不可,
> 雖不欲不憐而實不能不憐,雖欲不愛而實不能不愛。余歷梨園
> 子弟廣矣,各各皆然。亦曾與慣養梨園諸世家兄弟談議及此,
> 眾皆知其事,而皆不能言。今閱《石頭記》至「原非本角之
> 戲」,「執意不作」二語,便見其恃能壓眾,喬酸姣妒,淋漓滿
> 紙矣。復至「情悟梨香院」一回,更將和盤托出,與余三十年
> 前目睹身親之人,現形於紙上。使言《石頭記》之為書,情之
> 至極,言之至恰,然非領略過乃事,迷陷過乃情,即觀此茫然
> 嚼蠟,亦不知其神妙也。

　　「能養千軍,不養一戲」,口氣是很大的。不是「歷梨園子弟廣
矣」的人,不是「領略過乃事」、「迷陷過乃情」的人,是絕對說不出
來的。敗落後的脂硯齋,值得誇耀的就是能與「慣養梨園」的「諸世
家兄弟」討論優伶之「不可養」了。

## 二　脂硯齋的素養

　　脂硯齋的素養,需要一提的是他的詩文水準。翁同文先生《漫談
脂硯齋批語引詩》指出:「脂批引詩,有時即點明原出前人,如第十
五回述饅頭庵寓鐵檻寺不遠,甲戌本即有雙行夾批稱:『前人詩云:
「縱有千年鐵門檻,終須一個土饅頭」,是此意,故不遠二字有文

章。」此詩即曾經周春《讀紅樓夢隨筆》指出是范成大句。」又說：「脂批所引很是廣泛，除詩句外，尚有曲語及俗諺，也有從前代小說中轉引的，如甲戌本第七回批語中有『柳藏鸚鵡語方知』句，不僅見於《金瓶梅》第二十五回，也見於元明人之擬話本中。」因此，他判定：「若說脂硯根本不能作詩，則絕非實情。」（《臺灣紅學論文選》，百花文藝出版社，1981年，頁720-721）

李國文先生則持相反的見解：

> 《紅樓夢》中大量的詩詞歌賦，酒令謎語，楹聯字畫，祭誄禪偈，表現大師達到極至境地的才華，未見脂硯齋有強烈的反應，這不由得不疑問？而最起碼的唱和，是中國舊文人最愛幹的一件風雅事，他竟未在批註中留下一點痕跡。在文人最喜雕章琢句的推敲上，也未見他對曹雪芹做過任何助益的事情，這又有些費解了。於是，只能作曹雪芹寫書時，脂爺並不在場的解釋。而且他在那首《葬花詞》的眉批上寫道：「且讀去非阿顰無是且吟」，也證明他未和曹雪芹有什麼交流，如果像他所說的關係緊密，會不懂得是作家為自己的人物所寫的詩嘛？（《樓外談紅》，中國工人出版社，2003年，頁259）

可以肯定的是，脂硯齋懂園林藝術。A1262【◎甲戌側】云：「余最鄙近之修造園亭者，徒以頑石土堆為佳，不知引泉一道。甚至丹青，唯知亂作山石樹木，不知畫泉之法，亦是恨事。」G0505【●庚辰夾】云：「寫出水源，要緊之極。近之畫家著意於山，若不講水。又造園圃者，惟知弄莽憨頑石，壅笨冢，輒謂之景，皆不知水為先著。此園大概一描，處處未嘗離水，蓋又未寫明水之從來，今終補出，精細之至。」從「甚至丹青，唯知亂作山石樹木，不知畫泉之

法」來看，他大約也懂得繪畫。

但此人的文字功夫實在太差，否則，脂批是不會有那麼多錯字別字的。這是否與他不愛讀書學習有關，我們也就不去深究了。

大體了解脂硯齋的種種，對於剖析他的批語，是有幫助的。

# 第三節　脂硯齋的時代

## 一　脂硯齋的時代

就紅學史或小說批評史而言，弄清脂硯齋的姓名家世、秉賦性格，都沒有弄清他的時代來得重要。如果說前一方面還可含糊混沌一些，後一方面則絲毫也不能掉以輕心。因為判明他所處的年代，才是對他進行「還原」的必要前提。

解決這個問題，本來有一個最簡便的方法，即依據脂本所題的干支來判定。甲戌本第一回寫空空道人將《石頭記》從頭至尾抄錄回來後的情形道：

> ……因空見色，由色生情，傳情入色，自色悟空，遂易名為情
> 僧，改《石頭記》為《情僧錄》。至吳玉峰題曰《紅樓夢》，東
> 魯孔梅溪則題曰《風月寶鑒》。後因曹雪芹於悼紅軒中披閱十
> 載，增刪五次，纂成目錄，分出章回，則題曰《金陵十二
> 釵》，並題一絕云：
> 滿紙荒唐言，一把辛酸淚。
> 都云作者癡，誰解其中味？
> 至脂硯齋甲戌抄閱再評，仍用《石頭記》。出則既明，且看石
> 上是何故事……

　　「甲戌」，是甲戌本提供的脂硯齋批點《石頭記》的時間；己卯本第三十一回前目錄頁題：「脂硯齋凡四閱評過」、「己卯冬月定本」，庚辰本每冊均題：「脂硯齋凡四閱評過」，第五至八冊題：「庚辰秋月定本」或「庚辰秋定本」，「己卯」、「庚辰」是己卯本、庚辰本提供的脂硯齋批點《石頭記》的時間。胡適先生判定「甲戌為乾隆十九年（1754），那時曹雪芹還沒有死」（《胡適紅樓夢研究論述全編》第 161頁）；有了「甲戌」為乾隆十九年的基點，以「己卯」為乾隆二十四年（1759）、「庚辰」為乾隆二十五年（1760），一切都順理成章了。

　　當胡適說「甲戌」是乾隆十九年時，庚辰本還沒有出現於世，人們有理由不同意他的看法，依照干支的六十年一輪提出別的算法。彷彿是為了消除這一疑問，庚辰本第七十五回回前另頁，出現了一條G2173【●庚辰回前】：

> 乾隆二十一年五月初七日對清，
> 缺中秋詩，俟雪芹。
> □□□　開夜宴　發悲音
> □□□　賞中秋　得佳讖（圖 2-2）

　　由於庚辰本的「明文」，疑問似乎一下子就消解了。周汝昌先生說：「我們一個普通人也就不難推斷：庚辰是乾隆二十五年，上面有一條小『附記』說是『乾隆二十一年丙子五月初七日對清……』。」（〈還「紅學」以學──近百年紅學史之回顧〉，《北京大學學報》，1995 年第 4 期）需要指出的是，周汝昌先生的引文有誤，脂批的原句是「乾隆二十一年丙子五月初七日對清」，其中並沒有「丙子」二字。這條批語中的「乾隆」二字，確實起了「畫龍點睛」的作用，頓時將脂批中所有的干支，都歸到了乾隆年代；脂硯齋是乾隆時代人，已經是毫無疑問的事。

　　但是，正如周汝昌先生曾對「脂硯齋批語是『明文』，是『明明白白的話』，『信用脂評』的人就應該相信其可靠性」的觀點，提出「所謂『明文』，許不許懷疑」提出過質疑一樣：「古往今來的學術問題中，有很大一部分就是對『明文』的懷疑和反對。如果『明文』不許可置疑和反對，那我們就只有盲目地向一切『明文』禮拜了。以干支年月的問題而言，那些考訂史籍、碑版紀年差誤的例子，多得豈能枚舉？」（《紅樓家世》，黑龍江教育出版社 2003 年，頁 78-79）我們也認為對「明文」不能盲目輕信，需要進行考訂；只是我們要考訂的還不是紀年的差誤，而是更為重要的紀年的可信度。

　　誠然，G2173【●庚辰回前】一條是「明文」，是「明明白白」的話；但只要稍加鑑別，就會發現這條 G2173【●庚辰回前】墨批的字跡，與上一章所引的 G1493【◎庚辰眉】、G1567【●庚辰眉】、G1568【●庚辰眉】署名畸笏叟的墨批，是完全相同的，故有人認為它也是畸笏叟批的。上面曾經指出，它們與署名畸笏叟的四十五條朱眉字跡不同，「兩種畸笏叟批語」的怪事，表明墨批比朱批出現更晚，也更不可靠。脂硯齋紀年的習慣是：凡紀年的批語，一律署「壬午」、「丁亥」、「庚辰」、「己卯」等干支；記時也較為籠統，一般為「孟夏」、「冬夜」，最精確的是「壬午除夕」、「甲午八日」、「壬午重陽日」等。惟此批獨標「乾隆二十一年」，且將「五月初七日」也明確標出。這條晚出的墨筆批語，改變了脂硯齋慣例的批語，全書僅此一例，是耐人尋味的。

　　就全書的整體看，脂本所署干支又是很混亂的。己卯本既稱「己卯冬月定本」，署己卯年的批語卻一條也不見於己卯本，卻頻頻出現在庚辰本上；庚辰本署「己卯」年的批語，又都在第二十回至第二十八回。其中第二十回六條，第二十一回三條，第二十二回二條，第二十三回三條，第二十四回二條，第二十五回一條，第二十六回一條，

第二十七回三條，第二十八回三條，一共二十四條。這與庚辰本全部
九一六條朱筆批語，都集中在第十二回至第二十八回，似有某種內在
的聯繫。署有干支的紀年，又多不合常理常情。甲戌本是最早的本子
了，內中卻有遲至甲午的批語，前後達二十年之久；庚辰本中最遲批
語的繫年為丁亥，比甲戌本反而早了七年。甲戌本閱評在前，許多批
語原未繫年，後出的庚辰本反為之繫了年。如第二十六回在「紅玉聽
了，冷笑了兩聲，方要說話」句上，甲戌本有兩條朱眉：

> A1378【◎甲戌眉】紅玉一腔委曲怨憤，繫身在怡紅，不能遂
> 志，看官勿錯認為芸兒害相思也。
> A1379【◎甲戌眉】獄神廟紅玉茜雪一大迴文字，惜迷失無稿。

　　兩條眉批針對同一內容，且緊挨書寫，顯然為同一時間所批。這
兩條批語庚辰本也有：

> G1492【●庚辰眉】紅玉一腔委曲怨憤，繫身在怡紅，不能遂
> 志，看官勿錯認為芸兒害相思也。己卯冬。
> G1493【●庚辰眉】獄神廟回有茜雪紅玉一大迴文字，惜迷失
> 無稿。歎歎。丁亥夏，畸笏叟。（圖2-3）

　　這兩條墨眉的字跡，與 G2173【●庚辰回前】相同，均屬於可疑
者之列。明明是甲戌本緊挨著的朱眉，到了庚辰本中，前一條署「己
卯冬」，後一條署「丁亥夏」，性質相近的兩條批語竟隔開八年，內中
一條又變成畸笏叟的，豈非怪事？
　　又如第二十八回在「前日不過是我的設辭，誠心請你們一飲，恐
又推託，故說下這句話」句上，A1558【◎甲戌眉】批道：「若真有

一事，則不成《石頭記》文字矣。作者得三昧在茲，批書人得書中三昧亦在茲。」到了 G1746【◎庚辰眉】，不但批錯了地方，又變成：「若真有一事，則不成《石頭記》文字了。作者得三昧在茲，批書人得書中三昧亦在茲。壬午孟夏。」還將「不成《石頭記》文字矣」抄作「不成《石頭記》文字了」，雖僅一字之差，卻不合脂硯齋用詞習慣；如 G0031【◎庚辰側】批：「將到矣。」G0047【◎庚辰眉】批：「此刻還不回頭，真自尋死路矣。」G0090【◎庚辰眉】批：「屈指卅五年矣。」G0133【◎庚辰側】批：「阿鳳此刻心癢矣。」都用「矣」字收尾，用「了」字的 G1747【◎庚辰眉】一條，顯然出於後來所抄，「壬午孟夏」的紀年就完全不能作數了。有的研究者盲目相信脂本字面上的干支，甚至想用排比干支的做法來「考證」脂硯齋的年代，是靠不住的。

《清代文學批評史》「脂硯齋評《紅樓夢》」一節說：「從評語內容和語氣來看，脂硯齋、畸笏叟等非常熟悉曹雪芹，了解《紅樓夢》的創作經過，並且對《紅樓夢》的創作和成書產生了一定影響。」脂硯齋與曹雪芹的關係，原是很難從「評語內容和語氣」中「看」出來的；但脂硯齋的時代，倒真的可能從「評語內容和語氣」中「看」來。道理很簡單：小說的情節可以虛構，小說的評點可以虛構，唯獨時代的氛圍和氣息，唯獨人的時間感受，是絲毫也虛構不了的。

《清代文學批評史》為了揭示脂批的理論價值，引用了脂硯齋貶低嘲笑「近之小說」的九條批語。我們不妨沿著這條思路，來考察一下涉及「近」「今」內容的脂批。據統計，甲戌本有「近」字的批語有二十二條：

1. A0016【◎甲戌側】妙。佛法亦須償還，況世人之償乎。近之賴債者來看此句，——所謂遊戲筆墨也。

2. A0116【◎甲戌眉】更好。這便是真正情理之文。可笑近之小說中，滿紙「羞花」「閉月」等字。這是雨村目中，又不與後之人相似。

3. A0120【◎甲戌眉】這方是女兒心中意中正文，又最恨近之小說中，滿紙「紅拂」、「紫煙」。

4. A0132【◎甲戌眉】寫士隱如此豪爽，又全無一些黏皮帶骨之氣相，愧殺近之讀書假道學矣。

5. A0177【◎甲戌側】僥倖也。託言當日丫頭回顧，故有今日，亦不過偶然僥倖耳，非真實得塵中英傑也。非近日小說中滿紙「紅拂」「紫煙」之比。

6. A0199【◎甲戌眉】可笑近時小說中，無故極力稱揚浪子淫女，臨收結時，還必致感動朝廷，使君父同入其情慾之界，明遂其意，何無人心之至。不知被作者有何好處，有何謝報到朝廷廊廟之上，直將半生淫污瀆睿聰，又苦拉君父作一干證護身符，強媒硬保，得遂其淫欲哉。

7. A0203【◎甲戌側】看他寫黛玉，只用此四字。可笑近來小說中，滿紙「天下無二」、「古今無雙」等字。

8. A0204【◎甲戌眉】如此敘法，方是至情至理之妙文。最可笑者，近小說中，滿紙「班昭」、「蔡琰」、「文君」、「道韞」。

9. A0328【◎甲戌眉】渾寫一筆更妙。必個個寫去，則板矣。可笑近之小說中，有一百個女子，皆是如花似玉一付臉面。

10.A0394【◎甲戌側】「三」字有神。此處則一色舊的，可知前正室中亦非家常之用度也。可笑近之小說中，不論何處，則曰「商彝周鼎」，「繡幕珠簾」，「孔雀屏」，「芙蓉褥」等樣字眼。

11.A0395【◎甲戌眉】近聞一俗笑語云：一莊農人進京回家，眾人問曰：「你進京去，可見些個世面否？」莊人曰：「連皇帝老爺都見了。」眾罕然問曰：「皇帝如何景況？」莊人曰：「皇帝左手拿一金元寶，右手拿一銀元寶，馬上梢著一口代人參，行動人參不離口。一時要屙屎了，連擦屁股都用的是鵝黃綾子。所以京中掏毛廁的人都富貴無比。」試思凡稗官用「富貴」字眼者，悉皆莊農進京之一流也。蓋此時彼實未身經目睹，所言皆在情理之外焉。

12.A0460【◎甲戌眉】妙極。此等名號，方是賈母之文章。最厭近之小說中，不論何處，滿紙皆是「紅娘」「小玉」「嬌紅」「香翠」等俗字。

13.A0463【◎甲戌側】只如此寫又好極。最厭近之小說中，滿紙「千伶百俐」，「這妮子亦通文墨」等語。

14.A0522【◎甲戌側】近時錯會書意者，多多如此。

15.A0641【◎甲戌眉】奇筆攄奇文。作書者視女兒珍貴之至，不知今時女兒可知？余為作者癡心一哭，又為近之自棄自敗之女兒一恨。

16.A0655【◎甲戌眉】警幻是個極會看戲人。近之大老觀戲，必先翻閱角本，目睹其詞，後聽彼歌，卻從警幻處學來。

17.A0660【◎甲戌夾】讀此幾句，翻厭近之傳奇中，必用開場副末等套，累贅太甚。

18.A0963【◎甲戌夾】按，瓔珞者，頭飾也，想近俗即呼為項圈者是矣。

19.A1076【◎甲戌側】四字可思，近之鄙薄師傅者來看。

20.A1077【◎甲戌夾】可知宦囊羞澀與東拼西湊等樣，是特為近日守錢虜而不使子弟讀書之輩一大哭。

21. A1170【◎甲戌夾】大凡創業之人，無有不為子孫深謀至細。今後輩仗一時之榮顯，猶自不足，另生枝葉，雖華麗過先，奈不常保，亦足可歎，爭及先人之常保其模哉？近世浮華子弟來著眼。

22. A1262【◎甲戌側】余最鄙近之修造園亭者，徒以頑石土堆為佳，不知引泉一道。甚至丹青，唯知亂作山石樹木，不知畫泉之法，亦是恨事。

己卯本有「近」字之批語亦有十二條（不包括與甲戌本相同或相近的批語）：

1. J0183【●己卯夾】好詩，全是諷刺。近之諺云：「又要馬兒好，又要馬兒不吃草」，真罵盡無厭貪癡之輩。

2. J0261【●己卯夾】寫出水源，要緊之極。近之畫家著意於山，若不講水。又造園圃者，惟知弄莽憨頑石，壅笨冢，輒謂之景，皆不知水為先著。此園大概一描，處處未嘗離水，蓋又未寫明水之從來，今終補出，精細之至。

3. J0270【●己卯夾】不獨此花，近之謬傳者不少，不能悉道，只藉此花數語駁盡。

4. J0275【●己卯夾】至此方見一朱彩之處，亦必如此式方可。可笑近之園庭，行動便以粉油從事。

5. J0346【●己卯夾】想見其構思之苦，方是至情。最厭近之小說中滿紙「神童」、「天分」等語。

6. J0379【●己卯夾】按近之俗語云：「能養千軍，不養一戲。」蓋甚言優伶之不可養之意也。

7. J0587【●己卯夾】可笑近之野史中，滿紙羞花閉月，鶯啼

燕語，除不知真正美人方有一陋處，如太真之肥，燕飛之
瘦，西子之病，若施於別個不美矣。今見「咬舌」二字加
以湘雲，是何大法手眼，敢用此二字哉？不獨見陋，且更
學輕俏嬌媚，儼然一嬌憨湘雲立於紙上，掩卷合目思之，
其「愛厄」嬌音如入耳內，然後將滿紙鶯啼燕語之字樣，
填糞窖可也。

8. J0617【●己卯夾】妙文。迎春、惜春故不能答言，然不便
撕之不序，故插他二人問。試思近日諸豪宴集，雄語偉辯
之時，座上或有一二愚夫不敢接談，然偏好問，亦真可厭
之事也。

9. J0629【●己卯夾】寶釵詩全是自寫身份，諷刺時事，只以
品行為先，才技為末。讖巧流蕩之詞，綺靡穠豔之語，一
洗皆盡，非不能也，屑而不為也。最恨近日小說中，一百
美人詩詞，語氣只得一個豔稿。

10.J0670【●己卯夾】近之暴發，專講禮法，竟不知禮法；此
似無禮，而禮法井井。所謂「整瓶不動半瓶搖」，又曰「習
慣成自然」，真不謬也。

11.J0677【●己卯夾】近之不讀書暴發戶，偏愛起一別號，一
笑。

12.J0719【●己卯夾】近之淫書，滿紙傷春，究竟不知傷春原
委。看他並不提「傷春」字樣，卻豔恨城愁，香流滿紙矣。

庚辰本有「近」字之批語五條（不包括與甲戌本、己卯本相同或
相近的批語）：

1. G0995【●庚辰夾】妙談。道「到便宜他」四字，是大家千

金口吻。近日多用「可惜了的」四字。今失一珠不聞此四字，妙極是極。

2. G1005【●庚辰夾】四字包羅許多文章筆墨，不似近之開口便雲「非諸女子之可比」者。此句大壞。然襲人故佳矣，不書此句是大手眼。

3. G1042【●庚辰夾】更好。可見玉卿的是天真爛熳之人也，近之所謂呆公子，又曰老好人，又曰無心道人是也。除不知尚古淳風。

4. G1138【●庚辰夾】此闋出自《山門》傳奇。近之唱者將「一任俺」改為「早辭卻」，無理不通之甚。必從「一任俺」三字，則「隨緣」二字，方不脫落。

5. G1203【●庚辰夾】非世家公子，斷寫不及此。想近時之家，縱其兒女哭笑索飲，長者反以為樂，其禮不法何如是耶？

與「近」時間概念相似的還有「今」，共計六條：

1. A0182【◎甲戌側】雨村已是下流人物，看此，今之如雨村者未有矣。

2. A0300【◎甲戌側】老師依附門生，怪通今時以收納門生為幸。

3. A0553【◎甲戌側】作者題清，猶恐看官誤認今之靠親投友者一例。

4. A0733【◎甲戌側】在今世，周瑞婦算是個懷情不忘的正人。

5. J0560【●己卯夾】耗子亦能升座且議事，自是耗子有賞罰有制度矣。何今之耗子猶穿壁齧物，其升座者置而不問哉？

6. G1316【◎庚辰側】如今單是親友言利，不但親友，即閨閣
中亦然。不但生意新發戶，即大戶舊族，頗頗有之。

　　總計含有「近」、「今」字樣的批語四十五條，占總數三七八八條
的一點一九，這個比例是相當高的。之所以不厭其煩地將其羅列出
來，是想來玩味一下脂硯齋的「時間感」。「近」、「今」是和「遠」、
「古」相對的，當人們嘴上說「近日」、「今時」的時候，他心中一定
有相對應的「遠日」、「古時」在。脂硯齋所說的「近」「今」，涉及到
「近物」、「今物」，「近人」、「今人」，「近事」、「今事」，「近小說」、
「今小說」。弄清了他所謂的「近」「今」，他所處的時代也就自然顯
露出來了。

　　先說「近物」、「今物」。第八回敘薛寶釵「將那珠寶晶瑩黃金燦
爛的纓珞掏將出來」，A0963【◎甲戌夾】注道：「按，瓔珞者，頭飾
也，想近俗即呼為項圈者是矣。」他先是注明瓔珞的性質，乃是一種
頭飾；又怕讀者不懂，便通俗地說，就是「近俗」所稱呼的「項
圈」。「項圈」既是大家都懂的今名，則《紅樓夢》中的瓔珞便是古名
了。否則，何勞脂硯齋加注呢？A0963【◎甲戌夾】是朱筆夾批，應
屬最早的脂批。

　　再說「近人」、「今人」。脂硯齋讀到《紅樓夢》中的人物，總忍
不住要拿他和「今人」相比，並大大地發一通感慨。如讀到甄士隱贈
五十兩白銀並兩套冬衣，A0132【◎甲戌眉】：「寫士隱如此豪爽，又
全無一些黏皮帶骨之氣相，愧殺近之讀書假道學矣。」以近之假道學
與甄士隱相比，則甄士隱儼然一「古人」矣。第二十一回「賢襲人嬌
嗔箴寶玉」，敘「寶玉將昨日的事已付與肚（度）外」，G1042【●庚
辰夾】：「可見玉卿的是天真爛熳之人也，近之所謂呆公子，又曰老好
人，又曰無心道人是也。除（殊）不知尚古淳風。」賈寶玉的天真爛

熳，卻被近日之人嘲為「呆公子」，根源乃在不知「上古淳風」。第二回敘雨村遣人送銀子錦鍛答謝甄家娘子，A0182【◎甲戌側】批道：「雨村已是下流人物，看此，今之如雨村者未有矣。」A0733【◎甲戌側】甚至說：「在今世，周瑞婦算是個懷情不忘的正人。」意謂人心不古，以今世的標準衡量，雨村那樣的「下流人物」今世已未有矣，甚至連周瑞婦也可算「正人」，則書中的雨村、周瑞婦自然都是「古人」了。

再說「近事」「今事」。脂硯齋無疑是個「世風日下」主義者，處處不忘借小說情事以抨擊「近俗」。第一回敘那僧對石頭說：「我如今大施佛法助你助，待劫終之日，復還本質，以了此案。」A0016【◎甲戌側】批道：「妙。佛法亦須償還，況世人之償乎。近之賴債者來看此句，──所謂遊戲筆墨也。」那僧所說「復還本質」的「還」，是「還原」的「還」，而非「償還」的「還」，脂硯齋胡亂發揮，為的是順帶揶揄「近之賴債者」。第二十四回「醉金剛輕財尚義俠」，敘倪二謂既說「相與交結」四個字，「如何放帳給他，使他的利錢。」G1316【◎庚辰側】批道：「如今單是親友言利，不但親友，即閨閣中亦然。不但生意新發戶，即大戶舊族，頗頗有之。」又把矛頭指向「如今」之親友、閨閣之言利，不但親友，不但新發戶，即大戶舊族頗頗有之。第八回敘秦業「說不得東拼西湊的，恭恭敬敬封了二十四兩贄見禮」，甲戌本連下兩條批語，A1076【◎甲戌側】：「四字可思，近之鄙薄師傅者來看。」A1077【◎甲戌夾】：「可知宦囊羞澀與東拼西湊等樣，是特為近日守錢虜而不使子弟讀書之輩一大哭。」批語以「恭恭敬敬」來反襯「近之鄙薄師傅者」，以「東拼西湊等樣」來反襯「近日守錢虜而不使子弟讀書之輩」，都是對世風的抨擊。第三回「金陵城起復賈雨村」，敘雨村另有一隻船，帶兩個小童依黛玉而行，A0300【◎甲戌側】批道：「老師依附門生，怪通今時以收納

門生為幸。」又抨擊「今時」老師「依附門生」的怪世象。對日常生活場景，脂硯齋也不忘聯想近事。第二十二回寫賈母命製作燈謎，眾人因賈政在場，雖是家常取樂，反見拘束不樂。G1203【●庚辰夾】批道：「非世家公子，斷寫不及此。想近時之家，縱其兒女哭笑索飲，長者反以為樂，其禮不法何如是耶？」下二句聯繫「近時之家」對比，則書中所寫無疑乃「遠時之事」。第三十七回「秋爽齋偶結海棠社，蘅蕪苑夜擬菊花題」，J0603【●己卯回前】：「美人用別號，亦新奇花樣，且韻且雅，呼去覺滿口生香。」敘李紈說「『替薛大妹妹也早已想了個好的，也只三個字』，惜春迎春都問是什麼」，J0617【●己卯夾】：「妙文。迎春、惜春故不能答言，然不便撕之不序，故插他二人問。試思近日諸豪宴集，雄語偉辯之時，座上或有一二愚夫不敢接談，然偏好問，亦真可厭之事也。」及第三十八回敘探春對湘雲道：「你也該起個號。」J0677【●己卯夾】批道：「近之不讀書暴發戶，偏愛起一別號，一笑。」在脂硯齋看來，書中美人用別號，是滿口生香；「近之不讀書暴發戶」愛起別號，則可發一笑。迎春、惜春自知身份，不能答言；「近日諸豪宴集，雄語偉辯之時」，一二愚夫偏好問：則書中所寫，皆遠、古之事也。

　　總之，從大量批語的「內容和語氣」，可以感受出脂硯齋是在《紅樓夢》流傳很久以後方加上批語的。

　　有人也許會說，「時間感」乃主觀感覺，以此推斷指稱物事的時間不一定準確。下面就來說「近小說」、「古小說」。與其它事物不同，作為具體的文學作品，是可以確定成書年代的。《清代文學批評史》多次引用貶低嘲笑「近之小說」的脂批，細細排比一下，卻大同小異，無非「滿紙『羞花』、『閉月』等字」（A0116【◎甲戌眉】）、「滿紙『紅拂』、『紫煙』」（A0120【◎甲戌眉】、A0177【◎甲戌側】）、「滿紙『天下無二』、『古今無雙』等字」（A0203【◎甲戌

側」）、「滿紙『班昭』、『蔡琰』、『文君』、『道韞』」（A0204【◎甲戌眉】）、「有一百個女子，皆是如花似玉一副臉面」（A0328【◎甲戌眉】）、「滿紙皆是『紅娘』、『小玉』、『嬌紅』、『香翠』等俗字」（A0460【◎甲戌眉】）、「滿紙『千伶百俐』，『這妮子亦通文墨』等語」（A0463【◎甲戌側】）、「滿紙『神童』、『天分』等語」（J0346【●己卯夾】）、「滿紙『羞花閉月』、『鶯啼燕語』」（J0587【●己卯夾】）、「一百美人詩詞，語氣只得一個豔稿」（J0629【●己卯夾】）……按照通常的理解，相對於已成書流傳的「近小說」，尚未完稿的《紅樓夢》，應是比「近小說」還要「近」的小說。若認定脂硯齋是在曹雪芹書稿中加批作注，他喋喋不休地攻擊「近之小說」，難道是為了取悅於曹雪芹，向他邀功討好？顯然不是。第五十八回敘寶玉見山石之後，一株大杏樹葉稠陰翠，上面結了許多小杏，想道：「能病了幾天，竟把杏花辜負了，不覺倒『綠葉成蔭子滿枝』了。」又想起邢岫煙已擇了夫婿，未免又少了一個好女兒。再幾年，岫煙未免烏髮如銀，紅顏似槁了，因此不免傷心，只管對杏流淚歎息。J0719【●己卯夾】批道：「近之淫書，滿紙傷春，究竟不知傷春原委。看他並不提『傷春』字樣，卻豔恨穠愁，香流滿紙矣。」G2045【●庚辰夾】同。在脂硯齋看來，《紅樓夢》比「近之淫書」高明之處在於，滿紙傷春而並不提「傷春」字樣。可見批者落筆之時，已視《紅樓夢》為「小說古詞」矣。如果抽出幾條來剖析，也許就能幫助我們確定脂批的時代了：

一、A0463【◎甲戌側】「最厭近之小說中，滿紙『千伶百俐』，『這妮子亦通文墨』等語」（圖2-4）一條，由於將脂硯齋厭惡的「近之小說」的套話，落實到「千伶百俐」、「這妮子」上，使查對成為可能。

要說明的是，非「近之小說」的《紅樓夢》中，也用過「千伶百

俐」一語，第七十七回寫道：「賴家的見晴雯雖在賈母跟前千伶百俐，嘴尖性大，卻倒還不忘舊。」甲戌本這條 A0463【◎甲戌側】的批語，是批在第三回「這襲人亦有些癡處」句一側的，意思是用「癡處」二字形容襲人，比用「千伶百俐」更好；殊不知對於晴雯，《紅樓夢》偏偏用了「千伶百俐」！況且脂硯齋已經注意到這一點，G2218【●庚辰夾】批道：「此一句便是晴雯正傳，可知無晴雯為聰明風流所害也。一篇為晴雯寫傳，是哭晴雯也；非哭晴雯，乃哭風流也。」這條是行間夾批，是與正文同時抄寫的。可見脂硯齋前批對「千伶百俐」的嘲笑，未免失之檢點。

　　脂硯齋也許會申辯說，「余閱此書，偶有所得，即筆錄之，非從首至尾閱過，復從首加批者」（A0178【◎甲戌眉】），那條批語是針對第二回寫「姣杏那丫頭買線」，那時還沒有讀到第七十七回，我不能預見曹雪芹也會用「千伶百俐」；我所指斥的只是自己讀過的「近之小說」而已。好罷，我們就來看看清代有哪些小說，用了「千伶百俐」。粗粗翻檢一下，計有：

1. 《續金瓶梅》（順治年間刊）第四十八回：「孔寡婦道：『桂姑娘，你平日千伶百俐，又和我女兒比親生姊妹般同，就尋不出條路來救他救兒！』」

2. 《後紅樓夢》（嘉慶元年刊，1796）第二十八回：「偏這林丫頭千伶百俐，總要弄出頂好的壓人家，上年扎燈就是了。咱們也不犯著大家來朝你。」

3. 《綠野仙蹤》（道光十年刊，1830）第十八回：「胡監生道：『娘子千伶百俐，難道還不知小生的意思麼？』」

4. 《品花寶鑒》（道光二十九年刊，1849）第四十回：「原來那三姐才十九歲，生得十分標緻，而且千伶百俐，會說會笑。

若做了男子，倒是個有作為的，偏又叫他做了女身。」

5. 《孽海花》（光緒三十一年刊，1905）第十四回：「那鳳兒年紀不過十二歲，倒生得千伶百俐，果然不一會，人不知鬼不覺的都拿了來。」

6. 《孽海花》第二十六回：「二妞兒是個千伶百俐的人，豈有不懂清帝的意思呢！」

7. 《九尾龜》（光緒三十二年刊，1906）第五十三回：「程小姐年當及笄，情竇已開，又是個千伶百俐的性情，不免就有些秋恨春愁的心事。」

以上小說，除了《續金瓶梅》，成書都比《紅樓夢》晚。脂硯齋所謂「近之小說」，肯定不會指《續金瓶梅》。

清代小說用了「這妮子」的，粗粗翻檢，計有：

1. 《鏡花緣》（嘉慶二十三年刊，1818）第二回：「無奈這妮子猶在夢中，毫無知覺。這也是群花定數，莫可如何！」

2. 《蕩寇志》（咸豐三年刊，1853）第九十回：「哪知這妮子聞得雲龍賢侄在此，卻害羞不肯來。」

3. 《兒女英雄傳》（光緒四年刊，1878）第四十回：「這妮子從此便是你們屋裏的人了。你兩個就此帶她去吧！」

4. 《花月痕》（光緒十四年刊，1888）第六回：「這妮子脾氣，總是這樣，難怪討人嫌了。」

5. 《老殘遊記（光緒二十九年起連載，1903）第十七回：「你這妮子！老爺們今天高興，你又發什麼昏？」

6. 《孽海花》（光緒三十一年刊，1905）第四回：「那妮子向來高著眼孔，不大理人。」

　　上面這些小說，寫得都比《紅樓夢》晚。最有意思的是，將「千伶百俐」、「這妮子」寫進同一書中的，是曾樸的《孽海花》。脂硯齋之所嘲，莫非即此書乎？若真是這樣，這條脂批就批在光緒三十一年（1905）之後了。

　　二、G0995【●庚辰夾】這條批語是批在第二十一回「不妨被人揀了去，倒便宜他」句下的，也是雙行夾批。原來寶玉央告湘雲替他梳辮，湘雲發現丟了一顆珠子，道：『必定是外頭去掉下來，不防被人揀了去，倒便宜他。』」脂硯齋批道：「妙談。道『到便宜他』四字，是大家千金口吻。近日多用『可惜了的』四字。今失一珠不聞此四字，妙極是極。」（圖 2-5）脂硯齋這次又沒有弄清楚，《紅樓夢》也是「多用『可惜了的』四字」的！請看：

1. 第十六回：「鳳姐道：『……香菱模樣兒好還是末則，其為人行事，卻又比別的女孩子不同，溫柔安靜，差不多的主子姑娘也跟他不上呢，故此擺酒請客的費事，明堂正道的與他作了妾。過了沒半月，也看的馬棚風一般了，我倒心裏可惜了的。』」

2. 第四十二回：「寶釵道：『你不該早說。這些東西我卻還有，只是你也用不著，給你也白放著。如今我且替你收著，等你用著這個時候我送你些，也只可留著畫扇子，若畫這大幅的也就可惜了的。』」

3. 第五十二回：「寶玉只得到了王夫人房中，與王夫人看了，然後又回至園中，與晴雯麝月看過後，至賈母房中回說：『太太看了，只說可惜了的，叫我仔細穿，別遭踏了他。』」

　　不過，脂硯齋再糊塗，也不會把第二十一回的「到便宜他」四字，與其它各回「可惜了的」四字混為一談。他所說的「近日多用『可惜了的』四字」，也許是指與《紅樓夢》題材相同的小說。果然，在《紅樓夢影》第六回「憨寶玉輕視奇珍，敏探春細談怪物」，就發現了類似的情節：

　　……眾人正然說笑，只見寶玉、賈蘭進來請安。同眾人都見過，又說起前日的燈戲怎麼熱鬧。探春叫侍書拿檳榔，寶玉說：「不用拿，我這裏有。」說著就把荷包摘下遞與探春。探春接過來，不拿檳榔，且看荷包，說：「這是誰做的？這麼細針線！」李紈湊過來看，是個大紅緞子紮的歲寒三友腰子荷包，說：「這是襲姑娘手筆。」探春問：「你怎麼知道？」李紈說：「去年他給我作生日，就是這個樣的。」只見那一頭拴著個金線和青線織的絡子，絡著那塊寶玉。李紈說：胎裏帶來的寶貝，最能避邪，如同你的性命根子一樣。」寶玉說：「既能避邪，怎麼鬧出那些事來？」王夫人說：「都是你輕慢的緣故，才招出那些事來。」寶玉說：「太太說我輕慢他，他就惱我。如今就給這小孩子帶罷，橫豎他不會得罪他。」說的眾人大笑起來。王夫人就把這玉解了下來，給芝哥帶上。探春說：「也怪，怎麼這些事都湊在咱們家？二哥哥的玉，寶姐姐的金鎖，史妹妹的麒麟，那幾年鬧的還了得！」李紈問寶釵：「你的鎖帶著呢麼？」寶釵說：「這麼大人還帶那個？昨日給史妹妹家的妞兒作了滿月了。」探春說：「你知道麼？他的麒麟丟了！」寶釵說：「恍惚聽見，可不記得誰說的。」寶玉說：「可惜了兒的，怎麼會丟了？」王夫人說：「自己的倒不要緊，可心疼人家的。」寶玉說：「不是心疼人家的東西，皆因手工實在細的很。」

　　《紅樓夢》寫丟了一顆珠子，湘雲道「倒便宜他」；《紅樓夢影》寫麒丟了麟，寶玉倒說「可惜了兒的」：兩處情節相似，而一有「大家千金口吻」，一則實在小家子氣。脂硯齋對「近日多用『可惜了的』四字」的批評，是有根據的。那麼，「近之小說」《紅樓夢影》，究竟「近」到什麼時候？《紅樓夢書錄》敘得非常清楚：「雲槎外史撰。二十四回。光緒三年（1877）北京聚珍堂活字刊本，扉頁題：『雲槎外史新編，紅樓夢影，光緒丁丑校印，京都隆福寺路南聚珍堂羽書坊發兌』。首咸豐十一年（1861）西湖散人序，次目錄。」（上海古籍出版社，1991 年，頁 128）

　　三、第十六回結末，敘秦鍾早已魂魄離身，正見許多鬼判持牌提索來捉他，因此百般求告鬼判。庚辰本有兩條批語：

　　G0381【●庚辰夾】看至此一句，令人失望；再看至後面數語，方知作者故意借世俗愚談論設譬，喝醒天下迷人，翻成千古未見之奇文奇筆。
　　G0382【◎庚辰眉】《石頭記》一部中皆是近情近理，必有之事，必有之言，又如此等荒庸不經之談，間亦有之，是作者故意遊戲之筆耶？以破色取笑，非如別書認真說鬼話也。（圖 2-6）

　　脂硯齋讚揚《石頭記》一部皆是「近情近理，必有之事，必有之言」，至於如秦鍾還魂此等「荒庸不經之談」，不過是「故意遊戲之筆」，非如「別書認真說鬼話」也。那麼，這部「認真說鬼話」的「別書」是什麼呢？那就是秦子忱的《續紅樓夢》。秦子忱懷著「吾將返魂香，補離恨天，作兩人再生月老，使有情者盡成眷屬，以快閱者心目」（鄭師靖：《〈續紅樓夢〉序》）的心緒，而作此書。吳克岐

《懺玉樓叢書提要》謂：「是書作於《後紅樓夢》之後，人以其說鬼
也，戲呼為『鬼紅樓』。……余按是書，神僊人鬼，混雜一堂，荒謬
無稽，莫此為甚，宜乎解居士論翻案諸作，列諸又次也。然筆舌快
利，閱之可以噴飯，較『後夢』之索然無味，似勝一籌。未知解以為
然否？」（北京圖書館出版社，2002年，頁74-80）此書有嘉慶四年
（1799）抱甕軒刊本，又有光緒八年壬午（1882）抱甕軒本、經訓堂
本，光緒十四年戊子（1888）善友堂本；石印本有民國十年（1921）
上海大成書局本等。脂硯齋所謂「認真說鬼話」的「別書」，不就是
這部人呼為「鬼紅樓」的《後紅樓夢》麼？

　　除了小說，關於「皇帝老爺」的笑話，也可以見出脂硯齋的時代
來。甲戌本第三回敘林黛玉初進榮國府，到了東廊三間小正房內，見
靠東壁面西設著半舊青緞靠背引枕，心中料定這是賈政之位，因見挨
炕一溜三張椅子上也搭著半舊的彈墨椅袱，黛玉便向椅上坐了。甲戌
本接連下了兩條眉批：

A0395【◎甲戌眉】近聞一俗笑語云：一莊農人進京回家，眾
人問曰：「你進京去，可見些個世面否？」莊人曰：「連皇帝老
爺都見了。」眾罕然問曰：「皇帝如何景況？」莊人曰：「皇帝
左手拿一金元寶，右手拿一銀元寶，馬上梢著一口代人參，行
動人參不離口。一時要屙屎了，連擦屁股都用的是鵝黃綾子。
所以京中掏毛廁的人都富貴無比。」試思凡稗官用「富貴」字
眼者，悉皆莊農進京之一流也。蓋此時彼實未身經目睹，所言
皆在情理之外焉。

A0396【◎甲戌眉】又如人嘲作詩者亦往往愛說富麗話，故有
「脛骨便成金玳瑁，眼睛嵌作碧琉璃」之誚。余是評《石頭
記》，非鄙薄前人也。

　　兩條批語的性質是一樣的。A0395【◎甲戌眉】引「近聞」的「俗笑語」，借莊農人進京回家，誇說「皇帝老爺」「左手拿一金元寶，右手拿一銀元寶，馬上梢著一口代人參，行動人參不離口。一時要屙屎了，連擦屁股都用的是鵝黃綾子」，來譏笑稗官用「富貴」字眼者，悉皆莊農進京之流。用城裏人的優越眼光嘲笑鄉下人，構成了笑話的一大模式，其源頭一時難以弄清。偶閱《嘻談錄》、《嘻談續錄》各二卷，題「小石道人纂輯，粲然叟參訂」，有光緒八年（1882）、光緒十年（1884）刻本及光緒間石印本。粲然叟《嘻談續錄序》謂：「文人遊戲，為龍為蛇，無所不可；況當滿地荊榛，盈眸戈戟，誰懷胞與，莫救瘡痍，將滔滔者，僅付之無可如何，而破涕為笑，又何論所著之美惡妍媸，而取訾於雌黃耶！」體現了「有激於中，必發於外」，「用以泄其胸中鬱結」的心緒。《嘻談續錄》卷上有一篇〈鄉人進城〉：

　　　　鄉人進城赴席，在席上看見鹹鴨蛋，怪而問之曰：「我們鄉下鴨蛋是淡的，城裏鴨蛋是鹹的，想必是醃鴨子生的。」又看見桌圍椅披，歎曰：「都說你們城裏人舒服，連桌椅都是舒服的：你看桌子還穿著繡花裙子，椅子還穿著錦緞背心呢！」席散，鄉人來到街前，見一太監，手把鵪鶉。鄉下人問曰：「老太太，你這小雞兒是多少錢買的？」太監怒曰：「你這小子，既認不得人，更不認得貨！」

　　此文可能是較早的嘲笑鄉下人模式的笑話，作者儘管對現實頗有不滿，也無非把矛頭指向太監而已；脂批所引「皇帝老爺」的笑話，膽敢將「聖天子」作為取笑的對象，時代更應朝後一些。
　　前面已經指出，脂硯齋是懂戲的內行。故在「若不先部其稿後聽

其歌，反成嚼蠟矣」上，A0655【◎甲戌眉】批道：「警幻是個極會看戲人。近之大老觀戲，必先翻閱角本，目睹其詞，後聽彼歌，卻從警幻處學來。」意謂「近之大老」觀戲時，比較重視角本（腳本），必先翻閱後聽彼歌，是從《紅樓夢》警幻之「依稿聽歌」學來的，可見他所指的「近之大老」，必在《紅樓夢》廣為流傳之後；否則，他們從何向虛構的警幻學習呢？這番又自詡和警幻一樣，「是個極會看戲人」。

明確了這個前提，再來看第二十二回關於「一任俺芒鞋破缽隨緣化」唱辭改動的一條批語，就很有文章了。此回寫寶釵生日聽戲，點了一齣〈魯智深醉鬧五臺山〉，寶玉說他從來怕熱鬧，寶釵則笑他不知戲，並誇說有一支〈寄生草〉填的極妙，寶玉便央告念與他聽聽。寶釵念道：「慢（應作漫或謾）英雄淚，相離處士家。謝慈悲剃度在蓮臺下。沒緣法，轉眼分離乍；赤條條來去無牽掛。那裏討煙蓑雨笠卷單行？一任俺芒鞋破缽隨緣化！」G1138【●庚辰夾】批道：「此闋出自〈山門〉傳奇。近之唱者將『一任俺』改為『早辭卻』，無理不通之甚。必從『一任俺』三字，則『隨緣』二字，方不脫落。」（圖2-7）

魏子雲先生〈《紅樓夢》的脂批〈山門〉〉一文，詳細介紹了〈山門〉傳奇的情節與版本：

> 這齣〈山門〉，出自《虎囊彈》傳奇。惜乎只存這一齣〈山門〉，也稱〈山亭〉，今仍在舞臺上演出，已稱之為〈醉打山門〉（也稱〈魯智深醉鬧五臺山〉），其它業已佚失。稍後編成的清宮大戲〈忠義璿圖〉，其中第十五出至第廿齣，所寫似是從《虎囊彈》傳奇中編纂來的。一十韻，就是〈山門〉的原樣，不同的字辭很少，卻沒有《虎囊彈》的情節在內。此劇之

稱為《虎囊彈》，乃由於地方惡霸鄭屠，有強娶行為。東京來
的金氏父女，到渭州投親不著，困住在旅店，鄭屠看上金女，
認為可欺，遂假造金父欠債契文，要以金女抵押。金氏父女無
奈，在旅店哭訴無門，還不起旅店飯錢，旅店也不准離開，適
巧魯達住在這家店中，聽到有人哀泣，問明情由，便追尋鄭屠
理論。一言不合，怒而動手，竟把鄭屠打死。雖然救了金氏父
女，卻犯了殺人罪，這魯達與金氏父女便各自逃命。

魯達被一位姓趙的員外收留，因官府捉拿人犯甚緊，趙員外便
寫信要魯達去五臺山，投靠智貞長老落髮為僧，方可免去這場
災禍。就這樣，魯達在五臺山落髮為僧。可是，那收留他的趙
員外，卻犯了窩藏人犯的罪名，被捕入獄。金女獲知此事，遂
向官府投訴實情。官府為了證明金女所訴是實，要金女接受
「虎囊彈」的生死考驗（「虎囊彈」是怎樣的刑？不知。推想
類似《九更天》的「滾釘板」，考驗訴冤人，有無真情神
助。）金女毫不畏懼，遂得冤情大白。

至於〈山門〉或稱〈山亭〉，只是這齣戲的一齣。寫魯智深
（落髮後的佛名）在五臺山為僧，不慣於佛門青燈紅魚的清靜
生活。有一天忍不住了，逃到山下攬住一個賣酒人，強自喝個
大醉。回山時山門已閉，遂趁酒打破了山門，到了佛殿大鬧一
通。長老知他難作佛門弟子，遂打發他離去。《紅樓夢》的這
一段薛寶釵念的〈寄生草〉曲子，就是魯智深在離別長老時，
唱出來的一段曲辭（心情）。（《戲曲藝說》，臺北市：萬卷樓圖
書有限公司，2002 年，頁 121-122）

　　脂硯齋既已察知「近之唱者」的曲辭與《紅樓夢》所記不同，證
明二者之間確有一段時間差。但他所說之「近」，又近到什麼時候

呢？弄清楚〈山門〉曲辭演變情況，就有較為明晰的概念了。查《綴白裘》三集（此集有乾隆丙戌〔1766〕元和許仁緒序）所收《虎囊彈・山門》，此闋末二句作「那裏去討煙衰雨笠卷單行？敢辭卻芒鞋破缽隨緣化？」另據魏子雲先生考證，刻於乾隆壬子（1792）的《納書盈曲譜》，正集卷一也收有此劇〈山門〉；稍後有《忠義璿圖》，關於魯智深這個故事敷衍了六齣（自十五齣起到廿齣）情節，第二十齣〈長老修書遣醉客〉即〈山門〉。這四種版本彼此雖有異辭，但這句「敢辭卻芒鞋破缽隨緣化」，則完全相同，都不如《紅樓夢》寶釵念的「一任俺芒鞋破缽隨緣化」。這究竟是怎麼回事呢？

按，在唱〈寄生草〉之前，長老與魯智深還有一段對話：「這五臺山千百年香火，被你攪得眾僧卷單而走，你在此住不得了。我有一師弟現在東京大相國寺主持，你到彼討個職事僧做罷。」魯智深聽說要差他往東京大相國寺，驚問：「嚇，師父，你不用徒弟了？」長老：「不用了。」魯智深遂說：「罷。如此徒弟就此告別。」於是作個揖。長老說：「罷了。」魯智深轉身唱〈寄生草〉：「漫拭英雄淚，相離（有作「隨」或作「辭」者）處（有作「乞」者）士家。」忽又想：「且住！想俺當日打死了鄭屠，若非師父相救，焉有今日？」遂又轉回身來，叫：「師父啊！」跪下再唱：「謝您個慈悲剃度蓮臺下。」下面兩人又有一番對白：「師父，你當真不用了？」「當真不用了。」「果然不用了？」「果然不用了。」「罷，……」最後方接唱：「沒緣法轉眼分離乍，赤條條來去無牽掛。那裏去討煙蓑雨笠卷單行？敢辭卻芒鞋破缽隨緣化？」魯智深犯了罪，不得已出家做了和尚，因醉打山門闖了禍，只得離開五臺山，心中對未來充滿迷惘與惆悵，故以「那裏討」、「敢辭卻」二句抒發自己的心情。魏子雲先生分析道：「這時，魯智深方知己無轉圜的餘地，遂又說了一聲『罷』，叩頭站起，再接唱：『沒緣法，轉眼分離乍。』」（意為他與佛家未結緣，

剃度不久就要離去了）『赤條條來，去無牽掛。那裏去討煙蓑雨笠卷
單行？敢辭卻芒鞋破缽隨緣化。』（意為來此未帶什麼，離去自也無
有牽掛。像那種在江湖上穿蓑衣帶雨笠的友麋鹿侶魚蝦的卷單行徑，
那裏去討？敢情脫離了這芒鞋破缽隨緣化的和尚生涯算了。）遂向師
父鄭重告別。」（《戲曲藝說》，頁 123）

　　《紅樓夢》將「敢辭卻」改為「一任俺」，是曹雪芹的「故意」，
重塑了魯智深形象，更突出他灑脫的一面，完全是出於製造環境氛
圍、烘託人物性格的需要。按，在〈山門〉一折中，魯智深還有一闋
「尾」。當長老把書信一封、紋銀十兩交與魯智深，又送了四句偈
言，說聲：「你去罷。」魯智深無奈地說：「師父竟進去了，不免下山
去也。」唱道：「俺只待迴避了老僧伽，收拾起浮生話。好向那杏花
村裏覓些酒水沾牙，免被那醮月贊禿子多驚訝，一任俺盡醉在山家，
早難道杖頭沽酒也不容咱？」這「尾」中「一任俺」三字，益可證上
闋中「一任俺」確為曹雪芹所改。

　　下面，我們再來追蹤這三字的演變軌跡：

　　1.趙景深先生藏《忠義璿圖》抄本，此句亦作「敢辭卻芒鞋破缽
隨緣化」，可見曲辭的最早本子，確為「敢辭卻」三字；

　　2.楊恩壽《詞餘叢話》（有光緒丁丑〔1877〕序）卷二，所記
〈山門〉，此句為「怎離卻芒鞋破缽隨緣化」。

　　3.庚辰本夾批所記，此句為「早辭卻芒鞋破缽隨緣化」。

　　「敢辭卻」、「怎離卻」、「早辭卻」三種異文，究竟孰先孰後？從
劇情看，魯智深儘管不喜歡做和尚，但卻不得不投大相國寺住持，依
然去過那受拘縛的僧徒生涯，「敢辭卻」、「怎離卻」中的「敢」字、
「怎」字，都有「哪裏敢？」、「怎能夠？」的意思，且以反問的語氣
唱出，與上句「那裏討」相協調，唱出了魯智深渴求自由的心聲；而
「早辭卻」卻徑以其已下了與僧徒生涯決絕的決心，是完全違背劇情

的。G1138【●庚辰夾】以考證的姿態出現，則其所記曲辭當不致有誤，「早辭卻」的唱法，必定晚於《綴白裘》、《忠義璿圖》、《詞餘叢話》之所錄，其時至早亦當在光緒三年（1877）之後。

再看一條沒有標明「今」、「近」的批語：第二十一回敘襲人向寶玉冷笑道：「你問我，我知道你愛往那裏去，就往那裏去。從今咱們兩個丟開手，省得雞聲鵝鬥，叫別人笑。橫豎那邊膩了過來，這邊又有個什麼『四兒』『五兒』伏侍。我們這起東西，可是白玷辱了好名好姓的。」G1047【◎庚辰眉】批道：

> 趙香梗先生《秋樹根偶譚》內，兗州少陵臺有子美詞（祠），為郡守毀為己詞（祠）。先生歎子美生遭喪亂，奔走無家，孰料千百年後，數椽片瓦，猶遭貪吏之毒手，甚矣，才人之厄也。固改公《茅屋為秋風所破歌》數句，為少陸解嘲：『少陵遺像太守欺無力，忍能對面為盜賊，公然折克非己祠，傍人有口呼不得，夢歸來兮聞歎息，日日無光天地黑。安得曠宅千萬官，太守取之不生欽顏，公祠免毀安如山。』瀆（讀）之令人感慨悲憤，心常耿耿。

批語將四兒之欲奪襲人之寵，比之為兗州郡守毀子美詞（祠）為己祠，實屬不倫不類，然從中可以窺見個中消息。查光緒戊子（1888）刊《滋陽縣志》，卷首有莫熾《重修滋陽縣志序》，末署「咸豐九年歲次己未（1859）七月既望荔波莫熾以南撰於少陵臺畔之小憩軒」。其《城池圖》繪有少陵臺，位於東門內，書院南，東為兗州鎮署，西為魯藩。卷六《古跡志》「南樓」云：「在東門內府河北岸，舊為兗州城樓，唐杜甫詩所云『南樓縱目初』者，後因其地為少陵臺。明在滋陽王府內。國初，知縣趙惠芽建亭臺上，並奉甫像於中，遂為

郡城勝地。」卷二《職官志》知縣：「順治十五年，趙惠芽，貢生，直隸淶水人。」據此可知，兗州之少陵臺明前已有之，順治十五年（1658），知縣趙惠芽建亭臺上，並奉甫像於中，此亭或即子美祠。咸豐九年（1859）莫燨撰《重修滋陽縣志序》於「少陵臺畔之小憩軒」時，並無子美祠被毀的消息。「郡守毀為己祠」，應屬非常出軌的行為，當在此後之動亂時期。而趙香梗之《秋樹根偶譚》對於此事的記載，又當在後。雖一時不能考實，要亦相去不遠。

　　上面的材料表明，脂硯齋生活在比乾隆晚得多的年代裏，根據他的「輪廓」，「按圖索驥」從曹雪芹生平家史等資料中，是找不出一個近似的「對應人員」來的。

## 二　畸笏叟的時代

　　畸笏叟與脂硯齋是兩人還是一人，我們不妨按俞平伯先生所說：「既有兩個名字，我們並沒有什麼證據看得出他們是一個人，那麼就當他們兩個人好了。」（《《脂硯齋紅樓夢輯評》引言》）關於畸笏叟的年代，第二十三回《西廂記妙詞通戲語，牡丹亭豔曲警芳心》的一組批語，倒為提供了實證。

　　針對「寶玉一回頭，卻是林代玉來了，肩上擔著花鋤，鋤上掛著竹囊，手內拿著花帚」等語句，庚辰本連續出現了幾條批語：

　　G1245【庚辰側】一幅採芝圖，非葬花圖也。

　　G1246【庚辰眉】此圖欲畫之心久矣，誓不遇仙筆不寫，恐襲我顰卿故也。己卯冬。

　　G1247【庚辰眉】丁亥春間，偶識一浙省發，其白描美人，真神品物，甚合餘意。奈彼因宦緣所纏無暇，且不能久留都下，

　　未幾南行矣。余至今耿耿，悵然之至。恨與阿顰結一筆墨緣之
難若此，歎歎。丁亥夏，畸笏叟。（圖 2-8）

　　我們就來解讀這組批語。

　　前兩條批語沒有署名，依本書題名「脂硯齋重評石頭記」來理
解，應當是脂硯齋所批。

　　第一條是側批，說：「一幅採芝圖，非葬花圖也。」就詞句看，
彷彿是讚美小說畫面之美，細按似又不盡然。芝是仙草靈藥，《太平
御覽》卷九百八十六〈藥部三〉，載有肉芝、菌芝、草芝、牛角芝、
龍仙芝、紫珠芝、白符芝、朱草芝、五德芝、龍御芝等多種。採芝的
典故，見《史記》卷十二〈孝武本紀〉：「復遣方士求神怪，採芝藥以
千數。」又，《六臣注文選》卷十五張衡〈思玄賦〉：「留瀛洲而採芝
兮，聊且以乎長生。」張衡注曰：「瀛洲，海中神山也。」劉良注
曰：「留此採芝草，服之以取長生。」《太平御覽》同卷〈僊人採芝
圖〉曰：「芝生於名山，食之，令人乘雲，能上天觀望八極，通見神
明。鳳凰芝草，生於名山之上，金玉間。文石上陰乾，始食一年，令
人羽翼皆生，壽千歲，能乘雲，與鳳凰俱。」歷來以「採芝」入詩文
者甚多，或求長生，或欲避世。採芝也成為繪畫的題材。謝肇《五雜
俎》卷七〈人部三〉曰：「自唐以前，名畫未有無故事者。……上之
則神農播種，堯民擊壤，老子度關，宣尼十哲，下之則商山採芝，二
疏祖道，元達鎖諫，葛洪移居。」據鄭午昌《中國畫學全史》，歷代
著名的《採芝圖》有顏德謙、趙伯駒、李唐、仇英、張問陶等，其中
趙伯駒所畫採芝圖，「絹本，大設色，峰巒競秀，溪澗奔流，茂樹垂
陰，白雲晴靄，深谷一人採芝，長空孤鶴欲落山頭，作橫豎，苔點蒼
潤已極，仇實甫竹院逢僧從此出。」而黛玉之葬花，吟的是「花謝花
飛花滿天，紅消香斷有誰憐？」「儂今葬花人笑癡，他年葬儂知是

誰？」既非求長生，亦非欲避世，以之作畫意境亦與採芝迥異，怎麼能說是「一幅採芝圖」呢？

　　第二條是眉批，寫於己卯年冬，說的是：「此圖欲畫之心久矣，誓不遇仙筆不寫，恐褻我顰卿故也。」「此圖」云云，應是《葬花圖》；「欲畫之心久矣」，但誓不遇「仙筆」不寫，為的是恐怕「襲」（「褻」字之誤，褻瀆）了我心愛的「顰卿」。「久」到什麼程度？沒有說。看來不會是作者方寫至此所批，與作書時顯然有較長的距離。又為什麼會「恐襲我顰卿」？或者是擔心畫家對黛玉不理解，或者對黛玉的看法原來就存在著分歧。

　　第三條是眉批，從署名看是畸笏叟所批。批語說：丁亥春間，他偶然結識一浙省發，看見他的一幅白描美人，甚合己意，奈他匆匆南行赴任，以致失之交臂云云。要理解這條眉批，需要辨清如下幾個問題：

　　一是「偶識一浙省發其白描美人」的斷句。有人斷為「偶識一浙，省發其白描美人」，以為「一浙」者，一浙江人也；「省發」一詞，則作「領會」、「啟示」講，如《五燈會元》卷十五：「初謁雙泉雅禪師，泉令充侍者，示以芭蕉拄杖話，經久無省發。」然「偶識一浙」之說，不合說話之習慣，「白描美人」非聖佛之經義，尤談不上「領會」、「啟示」。故此句應斷為「偶識一浙省發，其白描美人」。「省發」乃官員委任的一種制度，《元史》卷八十三《選舉三·詮法中》云：「征東行省令譯史、宣使人等，舊考滿從本省區用，若經省部擬發，相應之人依例遷用，如不應者，雖省發亦從本省區用。」「院臺以下諸司吏員，俱從吏部發補，據曾經省發並省判籍定典吏、令史，從吏部依次試補。」《元史》卷八十四《選舉四·考課》：「今後院臺並行省令史選充省掾者，雖理考滿，須歷三十月方許出職，仍分省發、自行踏逐者，各部令史毋得直理省掾月日。」「太府、利用

等四監同。省發者考滿與六部一體敍,其餘寺監令譯史正八品,奏差正九品。令典瑞監、前典寶監人吏出身同大府等監,係奉旨事理。」「令史省發,考滿正八品,奏差省發,考滿正九品,自用者降等敍。」這一制度,在明清小說也有反映,如《禪真後史》第二十二回:「劉仁軌令去綁釋放,給賞官銀五十兩,省發回籍。」從下文「彼因宦緣所纏」看,此人確是「奏差省發」、往浙江赴任的官員。

二是「其白描美人」,所畫到底是什麼人?聯繫上批「此圖欲畫之心久矣」,一旦發現這幅「白描美人」,便讚歎為「真神品物」,說「甚合餘意」,可能就是嚮往已久的《葬花圖》。再從下文所發感慨「恨與阿顰結一筆墨緣之難若此」看,這種判斷是能夠成立的。按照文學作品的傳播規律,以《紅樓夢》為題材的詩詞、戲曲、圖畫等藝術形式的再創作,都應在它廣為流傳之後。一粟先生《紅樓夢書錄》「圖畫」,題《葬花圖》的作品有:

## 1 《葬花圖》

李佩金《瀟湘夜雨‧題葬花圖》:「雨雨風風,花花草草,一番春夢誰憐。庭院絮如煙。多化作彩雲飛散,閒閒盼底事纏綿。埋愁地,掃將舊恨,付與啼鵑。瘦人天氣,落花時節,似水華年。想個儂病起,悄立闌邊。判幾許淚珠緘裏,知多少綠怨紅殘。遊絲嫋,韶華難綰,幽思上眉彎。」

李佩金,字紉蘭,一字晨蘭,長洲人,李邦燮女,何湘妻。此詞載其《生香館詞》(嘉慶二十四年刊本),作於嘉慶六年(1801)。楊芸《琴清閣詞》《蘇幕遮‧紉蘭以葬花圖屬題》:「曲屏閒,深院靜,新綠如煙,煙外涼雲暝。才見繁英紅玉瑩。一霎東風,瘦盡春魂影。把鴉鋤,穿蝶逕。脈脈相憐,人與花同命。淚滴香墳殘夢冷。誰更憐儂,薄慧翻成病。」亦題

此圖，約作於同年。楊芸，字蕊淵，金匱人，楊芳燦女，秦承霈妻。

又，照懋儀有《鳳凰臺上憶吹簫・題瘞花圖》（載其《聽雪詞》，道光三年刊本），曹慎儀有《念奴嬌・題葬花圖》（載其《玉雨詞》，嘉慶二十一年刊本）、江瑛有《燭影搖紅・題葬花圖》（載其「綠月樓詞」，光緒八年刊本），暫附於此。（頁236-237）

## 2 《瀟湘妃子葬花圖》

龍海門「瀟湘妃子葬花圖」：「東風吹恨瀟湘館，滿地殘紅人不管，美人如花命是花，不見飄零已腸斷。花落名姝可奈何，淚落爭如花落多，紮將翠鳳毛翎，苔腳牆陰細掃過。落花掃起誰供養，交與青山許埋葬，盡教淨土戀芳魂，曉風殘月添惆悵。一段香埋一段幽，名園花冢播千秋，絕勝明妃淪絕塞，膻鄉青冢留遐陬。錦幡繡幔勤遮起，護到殘時心未已，惜花惜命自纏綿，文人葬筆曾如此。我亦看花愛復憐，未堪花落自年年，連箋待語氤氳使，花要常開月要圓。此願從來酬未得，嬙施老去無顏色，輸與卿卿解斡旋，零脂斷粉留消息。癡絕情懷解不開，葬儂吟到益堪哀。可知春去悲何限，難向天涯遍掃來。」龍海門，號浙濤，嘉慶間諸生。此詩載徐瓏《桐舊集》卷四十。（頁237）

## 3 《林黛玉葬花圖》

楊恩壽《坦園詞餘》卷一〈題林黛玉葬花圖，仿掃花出〉：「（仙呂賞花時）雲影瀟湘暮靄開，雨漬殘紅襯綠苔，綰不住柳綠放春回。根觸著這蕙性蓮胎，怕兒女收場一樣哀。（麼

篇）再休要百尺花幡浪翦裁，再休要三首清平苦費才！收拾了
玉骨錦塵埋。怕明年花發時，這葬花人何在？則教人哭倒錦妝
臺。」（頁 241）

## 4 《黛玉葬花圖》

陶巽人繪。見光緒三十二年（1906）《著作林》第二期（一粟
園藏板）《駢花館文集》中白門鄭鍾琪（寄伯）《題黛玉葬花圖
弁言》，又同期「雁來山館詩鈔」中有崇川張鳳年（峽亭）《題
林黛玉葬花圖》七律二首。（頁 245）

又樂鈞《斷水詞》有《瀟湘夜雨》，自注謂：「沈楚仙女史屬題
《美人葬花圖》團扇」。

詞云：「淚是明珠，愁如香草，被人比作湘君。飛花時節斷腸
人。憐絕豔，深宵墮雨；傷薄命，花徑鋤雲。花知否，儂非葬
爾，自葬前身。家家庭院，落紅未掃，都化輕塵。更東風吹
去，落溷飄菌。憑畫欄，忘歸繡閣，抅翠帶，斜君。垂楊處，
鶯來蝶往，多少可憐春。」扇上的葬花美人，無疑是《紅樓
夢》中的林黛玉。此詞作於嘉慶十二年（1807）。

以上資料告訴我們：自程甲本出版以後，《紅樓夢》遂風靡於
世，金陵十二釵（尤其是林黛玉）成為畫家最搶手的題材。嘉慶六年
（1801）李佩金《瀟湘夜雨》所詠〈題葬花圖〉，是最早產生的葬花
圖，時在程甲本排印十年之後；光緒三十二年（1906）陶巽人繪《黛
玉葬花圖》，則是所見最晚的葬花圖。畸笏叟說他「欲畫之心久矣」，
但又「誓不過仙筆不寫，恐襲（褻）我顰卿故也」。到了丁亥年春

間，他偶識一浙省發，見其白描美人甚合己意。那麼，這幅「真神品物」畫的「美人」是誰呢？正是林黛玉！否則，他就不會說「恨與阿顰結一筆墨緣之難若此」了。明確了這一點，批中所云之丁亥，就「丁亥春」於京都見到一幅《葬花圖》，這個丁亥肯定不會是乾隆三十二年丁亥（1767），而只能是嘉慶年間《葬花圖》盛行之後的道光七年丁亥（1827）、甚至光緒十三年丁亥（1887）了。

有人不同意這樣的分析，以為「白描美人」畫的是一般的美人，這一位「浙省發」不是收藏家而是畫家；由於他繪畫技巧高超，「甚合余意」，故畸笏叟要請他畫一幅葬花圖，故不能構成丁亥為乾隆三十二年丁亥（1767）的反證。問題是，這條脂批稱讚的是「真神品物」，亦即繪畫本身；如果所畫的不是他嚮往的葬花圖，怎麼能說「甚合余意」？又怎麼能說「恨與阿顰結一筆墨緣之難若此」？退一步說，就算「浙省發」是繪畫高手（仙筆），情況如周汝昌先生所說，是「要畫《葬花圖》而發偌大的感歎」：「發心已久，夙願難酬，幸遇良工，因緣又舛，故始有耿耿、緣難之歎」（《紅樓夢新證》第848）；但乾隆三十二年丁亥（1767），《紅樓夢》還在寫作之中，作為外人的良工肯定沒有讀過，又怎會產生再創作的衝動？又怎麼能保證他畫的黛玉定會甚合己意？再說，恐「褻瀆」了「顰卿」的意念，實與社會上對釵黛褒貶的分歧有關。王希廉道光十二年（1832）刊《新評繡像紅樓夢全傳》，以「黛玉一味癡情，心地偏窄，德固不美，只有文墨之才」（《紅樓夢卷》，中華書局，1963 年，頁 150）責之，鄒弢《三借廬筆談》卷十一更記述許伯謙「謂黛玉尖酸，寶釵端重」，二人「遂相齟齬，幾揮老拳」，都是畸笏叟擔心恐褻瀆「顰卿」的原因。「恐襲（褻）我顰卿」此種心理，也不可能在《紅樓夢》尚未傳播時產生。

有趣的是，到了二十世紀二三○年代，又出現了《黛玉葬花畫》熱。據宋廣波先生介紹，臺北朝知紀念館收有胡適《題半農買的黛玉葬花畫》手稿，詩的原文是：

沒見過這樣淘氣的兩個孩子！
不去爬樹鬥草同嬉戲！
花落花飛飛滿天，
干你倆人什麼事！

胡知紀念館一九七○年六月影印《胡適手稿》第十集下冊，將該詩暫繫於一九二二年。安徽教育出版社一九九五年八月出版季維龍編《胡適著譯繫年目錄》，亦將該詩的寫作年月繫於一九二二年七月。宋廣波先生〈考證胡適《題半農買的黛玉葬花畫》一詩的寫作日期〉一文，引劉半農給胡適的信，證明作詩的時間絕對不會是一九二二年。劉信全文是：

適之兄：
於廠甸中得黛玉葬花畫圖一幅，雖是俗工所為，尚不覺面目可憎。此已重加裱製，欲乞《紅樓》專家胡大博士題數字，將來更擬請專演葬花之梅博士題數字，然後加以劉大博士之花印，亦一美談也。即請大安

弟復頓首　三月十三日
請用甚小字題於畫之上方，並留出一定地位予梅博士。

據宋廣波先生考證，梅蘭芳演「黛玉葬花」之事在一九一五、一九一六年間。一九三○年五月二十八日，正在美國訪問的梅蘭芳，被

波摩拿不院（Pomona College）授予榮譽博士學位。幾天後，梅氏又接受了南加洲大學（Southern California University）的榮譽博士學位。劉半農的信雖未注明年份，但可斷定寫於一九三〇年五月二十八日以後。信中的「劉大博士」是劉半農自稱，他獲博士學位是一九二五年三月十七日。故胡適不可能在一九二二年為他題詩。

宋廣波先生還查得此詩最早的出處，是胡適一九三四年七月十四日《日記》。在這一天的日記裏，詳細記錄了劉半農得病、救治及病歿之情形，然後黏貼了這封要求他題「黛玉葬花畫」的信，下面即是他寫的這首詩。在詩的末尾，題著「七月底」三個字。故此詩作於一九三四年七月，最有可能。

新一輪《黛玉葬花畫》創作熱，是由多種因素促成的。首先是改編戲曲的成功。據一粟《紅樓夢書錄》記載，早在嘉慶元年（1796），就有孔昭虔《葬花》問世；嘉慶四年（1799），仲振奎（紅豆樵）的《紅樓夢傳奇》五十六出刊行，中有《葬花》。到了二十世紀，一代名伶梅蘭芳之「黛玉葬花」，使黛玉愈益膾炙人口。其次是「新紅學」的形成，提升了《紅樓夢》的檔次。一位胡博士，一位梅博士，共同推動了以《紅樓夢》為題材的藝術再創作。但要指出的是，戲曲也好，繪畫也好，實際上都已進入藝術市場，受到市場規律的制約。有人愛看黛玉葬花的戲，舞臺上便有《葬花》之演出；有人愛看黛玉葬花的畫，廠甸中便有黛玉葬花畫出售。反之，由於舞臺上在演出《黛玉葬花》，便有人買票觀看；由於廠甸中有黛玉葬花畫出售，便有人掏錢購買。這就是說，生產者與消費者並不直接見面，他們間的聯繫是通過市場這個中介來實現的。劉半農在廠甸中得黛玉葬花畫，明知是「俗工」所為，雖說「尚不覺面目可憎」，但也不會是十分之滿意。此時的劉半農，絕對不會想到請一位高手特地繪製一幅，因為這不符合市場的規則。這半農尚且如此，畸笏叟若真是曹雪

芹同時代人，他所說的「甚合餘意」的「白描美人」，就應該是他嚮往已久的《葬花圖》。

中華文化思想叢書 A0100034

# 還原脂硯齋　上冊

| | |
|---|---|
| 作　　　者 | 歐陽健 |
| 責任編輯 | 蔡雅如 |
| 發 行 人 | 陳滿銘 |
| 總 經 理 | 梁錦興 |
| 總 編 輯 | 陳滿銘 |
| 副總編輯 | 張晏瑞 |
| 編 輯 所 | 萬卷樓圖書股份有限公司 |
| 排　　　版 | 林曉敏 |
| 印　　　刷 | 百通科技股份有限公司 |
| 封面設計 | 斐類設計工作室 |

出　　　版　昌明文化有限公司

桃園市龜山區中原街 32 號

電話 (02)23216565

發　　　行　萬卷樓圖書股份有限公司

臺北市羅斯福路二段 41 號 6 樓之 3

電話 (02)23216565

傳真 (02)23218698

電郵 SERVICE@WANJUAN.COM.TW

大陸經銷

廈門外圖臺灣書店有限公司

　　電郵 JKB188@188.COM

**ISBN 978-986-496-000-2**

2017 年 7 月初版

定價：新臺幣 320 元

如何購買本書：

1. 劃撥購書，請透過以下郵政劃撥帳號：

　　帳號：15624015

　　戶名：萬卷樓圖書股份有限公司

2. 轉帳購書，請透過以下帳戶

　　合作金庫銀行　古亭分行

　　戶名：萬卷樓圖書股份有限公司

　　帳號：0877717092596

3. 網路購書，請透過萬卷樓網站

　　網址 WWW.WANJUAN.COM.TW

大量購書，請直接聯繫我們，將有專人為您

服務。客服：(02)23216565 分機 10

如有缺頁、破損或裝訂錯誤，請寄回更換

國家圖書館出版品預行編目資料

還原脂硯齋 / 歐陽健著. -- 初版. -- 桃園市：

昌明文化出版 ；臺北市 ：萬卷樓發行,

2017.07　冊 ；　　公分. -- (中華文化思想叢書)

ISBN 978-986-496-000-2(上冊 ：平裝). --

1.紅學　2.研究考訂

857.49　　　　　　　　　　　106011184

本著作物經廈門墨客知識產權代理有限公司代理，由黑龍江教育出版社有限公司授權
萬卷樓圖書股份有限公司出版、發行中文繁體字版版權。